KB267164

항아
嫦娥

운모 병풍에 촛불 그림자 그윽하고
은하는 점점 기울어 새벽별은 지고 있네
항아는 분명 영약 훔친 것을 후회하며
푸른 바다 푸른 하늘을 밤마다 거려워하리

雲母屛風燭影深
長河漸落曉星沈
嫦娥應悔偸靈藥
碧海靑天夜夜心

지화풍 新무협 판타지 소설
건곤지인
Fantastic Oriental Heroes
乾坤之人

건곤지인 1

지화풍 新무협 판타지 소설

초판 1쇄 찍은 날 § 2005년 6월 2일
초판 1쇄 펴낸 날 § 2005년 6월 10일

지은이 § 지화풍
펴낸이 § 서경석

편집장 § 문혜영
편집책임 § 유경화
편집 § 장상수 · 이재권

펴낸곳 § 도서출판 청어람
등록번호 § 제1081-1-89호
등록일자 § 1999. 5. 31
어람번호 § 제2-0609호

주소 § 경기도 부천시 원미구 심곡1동 350-1 남성B/D 3F (우) 420-011
전화 § 032-656-4452 팩스 § 032-656-4453
http://www.chungeoram.com
E-mail § eoram99@chollian.net

ⓒ 지화풍, 2005

ISBN 89-5831-570-9 04810
ISBN 89-5831-569-5 (세트)

※ 파본은 본사나 구입하신 서점에서 교환하여 드립니다.
※ 저자와 협의하여 인지를 붙이지 않습니다.

지화풍 新무협 판타지 소설

건곤지인

Fantastic Oriental Heroes

1

乾坤之人

도서출판
청어람

목차

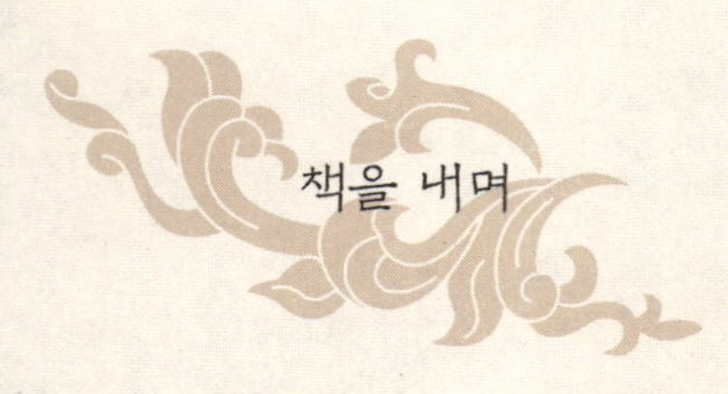

누구를 욕할 때 하는 말로 흔히 미친X라는 말이 있다.
하지만 '미치다' 라는 말처럼 아름다운 말이 또 있을까?

미친 듯이 살고, 미친 듯이 고민하며, 또 미치도록 방황한 젊음들.
젊음은 나이가 많고 적음으로 가늠하는 것이 아니다.
세상을 바라보는 눈빛의 밝기로 판단하는 것일 뿐.
어딘가에 있을 쉴 자리를 찾아 방황하는 청춘들처럼 나 역시 서른이 넘도록 그 방황 속에서 헤매고 있다.
뜬눈으로 밤을 지새우면서도, 머리카락이 빠지도록 고민을 거듭하면서도, 항상 즐거운 마음으로 글을 쓸 수 있는 건, 내 글 속 세상이 점점 내가 사는 세상으로 나오고 있음을 느끼기 때문이다.
높은 파도를 넘으면 그만큼 더 풍요로운 어장으로 다가갈 수 있다는 것, 어쩌면 산 정상에 올라 누리는 희열보다 오르기 위한 그 과정에서 보다 큰 행복이 있을 수 있다는 것.

나는 기무설이라는 인간을 통해 그런 세상을 그리기 위해 애썼다.

지금 자신이 겪고 있는 일이 어느 누구보다 힘들고 어렵게 느껴질지 몰라도, 지나보면 그런 시기가 더욱 나를 값지게 만든다는 희망을 전하고 싶었다.

부디 이 글을 통해 그런 희망의 노래를 듣기를 진심으로 바란다.

끝으로 글을 쓸 수 있도록 항상 희망과 용기를 북돋아주신 사랑하는 어머니와 개연성과 정확한 지식을 토대로 한 글이 되기를 바라시며 많은 조언과 충고를 아끼지 않으신 아버지. 그리고 함께 밤잠을 설쳐 가며 내 글에 숨이 멈추지 않도록 같이 애써준 사랑하는 아내에게 이 책을 바친다.

서장

건곤비(乾坤碑)!

본래의 이름보다는 무의비(無意碑)라는 이름으로 더 많이 불리는 장백산 정상에 세워진 비명이다.

하지만 세인들은 그 비가 언제 세워졌는지, 왜 세웠는지, 심지어 새겨진 글이 무슨 의미인지조차 모른다.

그것은 태고(太古)로부터 전해져 오는 현자(賢者)들만의 비밀이었다.

그들이 오기 전까지는…….

◆ 第一章 ◆
유림(儒林)의 개구쟁이

벌컥!

"어디 있냐, 이 못된 녀석?"

문을 열고 밖으로 나온 사내는 벌겋게 상기된 얼굴로 사방을 두리번거렸다.

"이 녀석, 어디 잡히기만 해봐라! 이번에는 그냥 넘어가지 않겠다!"

정원에 앉아 독서를 하거나 담소를 나누던 유생들은 자신들 쪽으로 성큼성큼 다가오는 사내가 누구라는 것을 알아보곤 슬금슬금 눈치를 보며 하나둘 자리를 피하기 시작했다.

씩씩거리며 걸어오는 기골이 장대한 사내는 퉁방울만한 눈알을 굴리며 주변을 둘러보았다.

그는 승관원주 왕도경(王道經)이었다.

그가 원주로 있는 승관원은 황실에도 막강한 영향력을 행사하는 유림 출신 관리들의 모임. 그것만으로도 그는 최고 세력가 중 하나로 꼽히는데 전혀 손색이 없었다.

왕도경이 속한 유림은 유학을 공부하는 유생들이 모인 곳으로도 유명했지만 이보다는 독보적인 경지에 이른 무공으로 더 명성을 날리고 있었다.

특히 유림삼기(儒林三機)라 불리는 무공들은 유가무공(儒家武功)의 한 획을 그었다는 평가를 받을 정도로 대단한 것들이었고, 유림의 문주 유종학은 천외삼성 중 일인으로 천하에 손꼽히는 고수 중 한 명이었다.

"엥? 다들 어디 간 거야?"

정원에 당도한 그는 방금 전까지만 해도 자리에 있던 유생들이 한 명도 보이지 않자 더욱 화가 치밀어 올랐다.

"킁, 킁킁! 우웩!"

왕도경은 제 몸에서 나는 역한 냄새에 속이 울렁거려 눈살을 찌푸렸다.

"안 되겠어. 다시 씻어야지. 으으으, 괘씸한 놈!"

그는 연신 킁킁거리며 몸을 홱 돌렸다.

왕도경이 떠나고 얼마 지나지 않아 나무 사이를 헤치고 한 아이가 슬며시 고개를 내밀었다.

"쳇! 방에서 꼼짝 말고 책만 읽으래서 시키는 대로 했는데 왜 성질이셔."

왕도경이 간 방향을 째려보는 아이의 두 눈에는 장난기가 가득했다.

"좀 심했나?"

아이는 좀 지나쳤나 하는 생각이 들었지만 자신을 괴롭히던 왕도경의 사악한 미소가 떠오르자 이내 고개를 도리질했다.

"아냐. 난 잘못한 거 없어. 하루 종일 방 안에 갇혀 있었는데. 그럼, 그럼!"

아이는 자신의 행동이 떳떳하다 여기며 고개를 주억거렸다.

"근데 왜 이리 찜찜하지? 아무래도 사백한테는 미리 얘기하는 게 낫겠다."

아이는 왕도경의 말대로 이번만큼은 정말 그냥 넘어갈 것 같지 않다는 불길함에 결국 사백을 찾아가기로 마음먹었다.

사백의 집무실인 태사관은 이곳 수행원에서 삼백여 장이나 떨어져 있는, 멀다면 먼 거리였지만 아이는 대수롭지 않다는 듯 두 팔을 머리 뒤로 포갠 채 터벅터벅 걸음을 옮겼다.

"장문인!"

"무슨 일로 그리 호들갑인고?"

서탁에 앉아 독서 삼매경에 빠져 있던 유종학(柳宗學)은 태사관을 울리는 쩌렁쩌렁한 목소리에 천천히 고개를 들어 올렸다.

졸린 듯 반쯤 감긴 두 눈으로 왕도경을 물끄러미 쳐다보는 백발노인의 거무튀튀한 피부는 입고 있는 백의와 묘한 대조를 이루고 있었다.

노인의 잔잔한 음성을 들은 왕도경은 자신이 너무 경박스러웠다는 생각에 잠시 입을 다물었다.

"또 설이 때문인가?"

"……."

왕도경이 쉽게 입을 열지 못하자 노인은 그를 올려다보며 재차 입을 열었다.

"쯧쯧, 어찌 열 살 먹은 어린아이 하나 제대로 다스리지 못하나."

"……."

왕도경은 유종학이 혀를 차며 책망하자 처음 들이닥칠 때의 기세와는 달리 고개를 푹 숙이며 한동안 입을 열지 못했다.

'음, 내가 좀 심하게 말했나?'

유종학은 설이 보통 장난꾸러기가 아니라는 것을 누구보다 잘 알기에 왕도경의 심정이 조금은 이해될 것도 같았지만 내심과는 달리 무심한 어조로 다시 입을 열었다.

"그래, 이번엔 또 무슨 일인가?"

"그것이… 그 녀석이 저에게 똥물을 뒤집어씌웠습니다."

"무어라? 허허허허."

왕도경의 기어들어 가는 대답에 유종학은 절로 웃음이 터져 나왔다.

"세상에 자네에게 그런 일을 벌일 만한 사람도 있나? 허허허!"

"아, 웃을 일이 아닙니다. 장문께서 오냐오냐해 줬더니 결국에는 이런 망종이……."

왕도경은 차마 다음 말을 이어가지 못했다. 그리하면 녀석의 사백인 유종학까지 욕하는 꼴이었기 때문이다.

"자네, 정말 오물을 뒤집어썼는가? 흠, 믿기지 않는군. 어디, 자세히 얘기해 보게나."

유종학은 그의 무공이 일절이라는 것을 알기에 설이 아무리 명석한 머리를 가졌다 해도 그리 호락호락 당할 인물이 아니라는 생각이 들었다.

"그게… 녀석의 숙제 검사를 하려고 방문을 열었을 때였습니다."

"숙제?"

"논어(論語)의 학이편(學而篇)을 외우라 했습니다. 외우기 전에는 방에서 나올 수 없도록 문을 잠가놨지요.”

“아니, 아이가 무슨 수로 그 많은 구절을 다 외운단 말인가? 학이편이라면 그 양도 양이지만 인간의 종신(終身)의 업(業)인 학문과 덕행에 관한 내용을 담고 있어 그 어린것이 단기간에 외운다는 건 불가능한 일. 그건 자네가 더 잘 알고 있지 않나? 쯧쯧.”

유종학은 왕도경이 설에게 무리한 숙제를 내줬다는 생각에 혀를 차며 고개를 저었다.

물론 설이 충분히 외울 만한 능력을 지니고 있다고는 생각했지만 강압적인 교육은 전혀 받아들이지 않는 체질도 함께 지니고 있는 아이라는 것이 유종학의 판단이었다.

또한 유학(儒學)을 공부하는 이들에게 있어 필독서인 논어는 세간에 널리 알려져 있긴 하지만 그렇다고 결코 쉬운 공부에 해당하는 것은 아니었다.

실제로 논어를 이해하기 위해서는 먼저 입문서인 천자문(千字文)을 익히고, 소학(小學), 십팔사략(十八史略), 대학(大學) 등으로 넘어간 다음에야 가능하다는 것이 유생들의 중론이었다. 따라서 논어는 십 년 정도 유학을 공부한 사람들이나 읽는 것이다.

이 모든 것을 잘 아는 유종학이 눈살을 찌푸리는 것도 무리는 아니었다.

“하라는 공부는 안 하고 맨날 놀 궁리만 하기에 제가 벌로 내린 숙제였습니다. 그리고 이미 시경(詩經), 서경(書經), 역경(易經)까지 다 뗀 녀석입니다. 당연히 논어를 외우는 건 일도 아닙니다.”

“흠, 벌써 역경까지 뗐나?”

“예, 제가 불철주야 설이에게만 집중 교육하였습니다. 뭐, 그렇다고 저만 잘해서 그랬다는 얘기는 절대 아닙니다.”

“그래도 너무 빠르군. 내 천천히 넘어가라 그리 일렀거늘.”

유종학은 설이 유림에 온 첫날 이미 자신이 가르칠 것은 오직 하나밖에 없다는 것을 알고 있었다.

아이의 부모가 자신에게 설을 맡긴 이유도 그 때문일 것.

그래서 설이 자유분방하게 뛰놀도록 그저 웃으며 지켜보기만 했던 것이다.

하지만 이를 모르는 왕도경은 유종학의 당부와는 달리 설을 가르치기 위해 열성을 다했다.

왕도경은 유종학의 당부처럼 설을 그대로 놔둘 수는 없었다.

설의 오성과 이해력은 이제껏 자신이 접한 인간들 중 단연 최고였기 때문. 그는 행여 자신의 관리 소홀로 똑똑하다 못해 천하의 기재 소리를 듣고도 남을 설이라는 아이가 지닌 능력을 잃을까 두려웠다.

하지만 문제는 설이 그의 의도를 몰라주고 번번이 골머리를 썩인다는 것이었다.

결국 오늘 일도 시시때때로 장난만 일삼던 설을 오냐오냐하며 곁에 끼고 돈 유종학에게 책임이 있다는 것이 왕도경의 생각이었다.

그런 원망과 더불어 칭찬을 받을 줄 알았던 왕도경은 유종학이 오히려 핀잔을 주자 벌레 씹은 표정으로 고개를 숙였다.

‘그럼 가르쳐 주는 대로 쏙쏙 받아먹는데 절더러 어쩌란 말입니까? 천재를 바보로 키우시려는 장문인의 뜻을 모르겠습니다.’

왕도경은 목구멍까지 치밀어 오르는 말을 애써 참으며 다시 말을 이어갔다.

“자존심이 무척 강한 녀석이니 열심히 외울 거라는 생각에 어디까지나 설이를 위해 순수한 의도로 내준…….”

왕도경은 여전히 유종학의 표정이 달가워 보이지 않자 자신이 효과적인 학습을 시키기 위해 얼마나 많은 고심을 했는지 장황하게 읊어대기 시작했다.

“알겠네. 그래, 그 다음은?”

유종학은 한 손을 들어 그의 말을 막고 되물었다.

“삼 일이 지나고 찾아갔습니다. 그게 바로 오늘이었죠. 방문을 열고 들어가니 위에서 무언가가 툭 떨어지는 게 아니겠습니까. 물론 전에도 몇 번 먹물 세례를 받은 적이 있기에 전 반사적으로 몸을 피했지요.”

“흠.”

유종학은 설이 삼 일씩이나 갇혀 있었다는 말에 기분이 팍 상했지만 잠자코 다음 말에 귀를 기울었다.

“피하면서 힐끗 보니 그 떨어지는 물건은 제가 가장 아끼는 연적이었습니다. 그놈이 언제 훔쳤는지 모르지만 그건 분명 제가 황제께 하사받은 그 연적이 틀림없었지요.”

슈욱!

머리 위로 무언가 떨어지는 소리에 반사적으로 몸을 피한 왕도경은 무심코 고개를 들어 올렸다.

자신의 눈에 흐릿하게 들어온 물건이 낯이 익다 느낀 순간,

“저, 저것은?”

쌔애액!

그는 더 생각할 것도 없다는 듯 떨어지는 물건을 향해 황급히 몸을

날렸다.

떨어지는 물체가 황제께 하사받은 것으로 자신이 목숨보다 소중히 여기는 연적임을 알아봤기 때문이다.

왕도경은 일신의 경공을 모두 발휘해 바람처럼 앞으로 쏘아져 갔지만 떨어져 내리는 연적을 보며 자신의 몸이 굼벵이보다 느리다는 생각이 들었다.

"악! 안 돼!"

연적과 지면이 한 자 거리에 이른 순간 왕도경은 사력을 다해 앞으로 손을 쭉 뻗었다.

연적이 지면과 맞닿는 찰나,

왕도경은 박살날 연적을 생각하며 두 눈을 질끈 감았다.

쉬이익!

턱!

"휴우!"

정말 간발의 차로 간신히 연적을 손에 쥘 수 있었던 왕도경은 가슴을 쓸어내리며 안도의 한숨을 내쉬었다.

순간,

투욱!

그 기쁨도 잠시, 또 다른 물체가 머리 위로 떨어져 내리는 것을 느낀 왕도경은 가슴이 철렁 내려앉았다.

"또 뭐야?"

순간적으로 피해야 한다는 생각이 들었지만 손에 쥐고 있는 연적처럼 혹시 소중한 무엇이 떨어지는 게 아닐까 하는 생각에 엉겁결에 양손을 위로 들어 올렸다.

하지만 그 잠깐의 판단 착오가 그에게 일생일대의 씻을 수 없는 치욕을 안겨줄 줄 누가 알았겠는가.

거무튀튀하고 끈적끈적한 뭔가가 쏟아져 내리자 왕도경은 들어 올렸던 손을 허우적거리며 급히 뒤로 물러났다.

차악!

"아푸푸!"

그의 전신은 흠뻑, 아주 흠뻑 적셔졌다.

뒤로 물러날 왕도경의 행동까지 미리 예상했는지 그가 이동한 바로 위에서도 뭔가가 쏟아져 내렸기 때문이다.

"퉤퉤퉤!"

왕도경은 몇 모금 들이켜진 그 액체와 덩어리들이 무엇인지를 깨닫고 온몸에 소름이 돋았다.

'으, 이 맛은? 먹어본 적은 없지만 알 수 있다. 이것은, 이것은!'

왕도경은 이 역겨운 냄새와 맛(?)을 내는 것이 제발 자신이 상상하는 그것이 아니기를 바랐지만 안타깝게도 자신의 몸은 벌써 그것에 반응하고 있었다.

"우웩! 우우우웩!"

그는 심한 악취와 구토를 느끼며 방바닥에 엎드려 토악질을 해댔다.

어찌 된 일인지 토하고 토해도 역겨움은 좀처럼 가시지 않았다.

"으으으, 간악한 놈! 우웩!"

자신이 조찬으로 들었던 음식물들에 섞여 있는 그것이 동물의 배설물이라는 것을 확인한 그는 더는 쳐다보지 못하고 두 눈을 질끈 감고 제 속에 있는 것들을 게워내기 시작했다.

"우웩! 꺼어어억!"

“아, 악마야! 나쁜 자식! 벼락 맞아 뒈질 자식!”

그렇게 무려 반 시진 동안의 처절한 몸부림 끝에 가까스로 일어난 왕도경의 얼굴은 눈물 콧물이 범벅이 된 참담함 그 자체였다.

“으, 젠장!”

“이런, 죄송해요. 저는 피할 수 있을 거라고 생각했는데…….”

문밖에서 들려온 음성에 힘겹게 고개를 든 왕도경은 한 아이가 손으로 코를 막은 채 얼굴을 찌푸리고 있는 것을 발견하곤 대노했다.

“너, 너, 이이…….”

왕도경은 치미는 살기를 가까스로 억누르며 아이를 노려보았다.

그는 혹여 설이 도망이라도 칠까 두려워 아이를 안심시키고자 최대한 자상한 표정을 지어 보이기 위해 애쓰며 입술을 달싹였다.

“기무설(奇珷雪), 여기 꼼짝 말고 있어. 있다가 얘기 좀 하자. 알았지?”

그의 본능은 당장 설을 죽지 않을 만큼 패주라고 외쳐 댔지만 안타깝게도 그의 이성은 우선은 씻어야 한다고 타일렀기 때문이다.

“네에.”

왕도경은 설이 다소곳이 대답하는 것이 오히려 미심쩍었지만 몸을 씻기 위해 허둥지둥 걸음을 옮겼다.

휙!

왕도경이 순식간에 연기처럼 사라지자 이를 바라본 설의 눈빛에 감탄의 기색이 가득했다.

“우와, 진짜 빠른데?”

사연을 들은 유종학의 눈이 살짝 찡그려졌다.

"흠, 좀 심했군. 자네가 씻고 왔을 때는 당연히 설이는 없었을 테고."

"맞습니다. 고 녀석, 다시 와보니 이미 도망가 버린 후였습니다!"

생각할수록 분통이 치미는지 왕도경의 수염이 부르르 떨렸다.

"그런데 씻긴 씻은 건가?"

"네?"

유종학이 코를 벌름거리며 미간을 살짝 찌푸리자 왕도경은 그가 이 상황을 그리 심각하게 여기지 않는다는 것을 눈치챘다.

"장문인!!"

"어이쿠! 귀청 떨어지겠네!"

"제발 좀 심각하게 받아들여 주십시오! 오늘 일은 설이의 장래를 위해서도 그냥 넘겨선 안 될 일입니다!"

쿵!

왕도경이 버럭 고함을 지르며 앞에 놓인 서탁을 내려치자 유종학은 이번만큼은 쉽게 넘어가기 힘들 것 같다는 생각이 들었다.

'흠, 어쩐다? 하긴 녀석이 장난이 좀 심하긴 하지. 아무래도 이젠 관리를 해야겠어.'

유종학이 고심 끝에 입을 열려는 순간 문밖에서 공손한 음성이 들려왔다.

"문주님, 제갈세가와 남궁세가에서 오신 손님들이 뵙기를 청하십니다. 지금 영빈관에 머물고 계십니다."

"오, 그래? 어서 모시게. 아니야. 내가 그리로 가지."

유종학은 때맞춰 온 방문객이 그렇게 고마울 수가 없었다.

"원주, 우리 그 얘기는 나중에 다시 하세."

"어?"

유종학은 왕도경의 대답도 듣지 않고 벌떡 일어나 밖으로 쏜살같이 빠져나갔다.

태사관 안에 혼자 남겨진 왕도경은 일순 멍한 표정이 되었다.

"으아아아악! 장문인! 이러는 게 어딨습니까아아!"

태사관이 떠나가라 고함을 질러대는 왕도경을 뒤로한 채 유종학은 행여 그가 쫓아올세라 빠르게 몸을 움직였다.

"설이도 설이지만 승관원주도 성질 좀 죽여야 할 텐데. 쯧쯧쯧."

먼발치에 영빈관이 보이자 그제야 속도를 늦춘 유종학은 문득 의아한 생각이 들었다.

'흠, 그런데 세가의 사람들이 무슨 일로 왔을꼬?'

영빈관에 다다르자 유종학은 뒷짐을 진 채 느릿느릿 안으로 들어갔다.

안에는 중년 사내 둘과 상청대주 이준엽이 마주 앉아 담소를 나누고 있었고, 한쪽 구석에서는 열두셋 정도 되어 보이는 소년 둘이 앉아 있었다.

유종학이 들어서자 이준엽이 먼저 일어섰고, 뒤를 이어 중년 사내들이 따라 일어났다.

"장문, 중원에서 귀한 손님이 오셨습니다."

이준엽이 사내들을 소개하려 하자 유종학은 손을 들어 그를 제지하며 앞으로 한 걸음 나왔다.

"천풍검법(天風劍法)이 무림일절이라는 소문은 익히 들어 알고 있습니다. 이렇게 남궁술 대협을 뵙게 되어 영광입니다. 허허허.”

육 척의 신장에 장대한 기골의 사내는 통성명도 안 한 상황에서 자신을 알아보는 유종학에게 무척 놀란 눈치였다.

“아, 예. 반갑습니다. 그동안 흠모해 오던 유 문주님을 뵙게 되어 제가 오히려 영광이지요.”

남궁술이 정중히 포권을 취하며 고개를 숙이자 유종학은 고개를 끄덕이며 마주 포권을 취했다.

“들어보신 적은 없겠지만 저는 제갈세가의 천우(天佑)라 합니다.”

유종학은 인사를 건네오는 자의 눈빛이 차갑게 가라앉아 있는 것이 남궁술보다 한 단계 위의 수준이라는 것을 간파했다.

“일곱 걸음에 백 가지 귀계를 떠올려 제갈신산(諸葛神算)이라 불리시는 분을 어찌 모르겠습니까. 더구나 제갈 대협의 칠현무형검(七絃無形劍)을 받아낼 수 있는 자가 강호에 거의 없다고 들었습니다만. 겸양이 지나치십니다. 허허.”

유종학이 아는 척하는 것이 싫어 자신의 이름을 먼저 밝혔던 제갈천우는 남궁술보다 더 놀라고 말았다. 자신의 주 무공이 칠현무형검임은 친우인 남궁술도 모르는 일이었고, 심지어 제갈세가의 가솔들조차 몇몇 인물을 빼면 전혀 모르는 비밀이었다.

‘음, 변방인이라 우습게 봤더니 그게 아니야. 달리 천외삼성(天外三聖)의 반열에 오른 것이 아니었구나.’

제갈천우는 찬찬히 유종학을 뜯어보았다.

강호에서 제갈신산이라 불리는 그의 본능이 유종학이 쉽게 할 수 없는 위험한 인물임을 경고하고 있었다.

얼핏 보기에는 거무튀튀한 안색에 촌로로 보였으나 다시 살펴보니 그게 아니었다. 특히 그의 눈빛은 오래도록 수련하지 않으면 보일 수 없는 넓고 깊은 대해를 담고 있었다.

"험, 일단 앉아서 대화를 나누는 게 어떨까요?"

유종학은 위아래를 훑는 그의 눈초리가 불쾌했으나 차마 겉으로는 내색하지 못하고 헛기침을 하며 자리를 권했다.

'음, 눈빛과 기도만으로도 내가 만만하게 생각할 수준이 아니야. 일단은 친분을 쌓아두는 게 여러모로 낫겠어.'

제갈천우는 유종학이라는 사내가 이미 자신이 넘볼 수 없는 높은 경지에 이른 고수라는 사실을 인정했다. 본래의 의도는 유림에 들른 길에 천외삼성 중 하나라는 유종학을 시험해 보고 별게 아니다 싶으면 비무를 청해 자신의 명성을 높여보려는 데 있었으나 그를 보는 순간 그런 호기가 자꾸 작아지는 것을 느꼈다.

"오늘 천외삼성(天外三聖) 중 한 분을 뵙고 새로이 안목이 트였습니다."

제갈천우는 이전과 달리 정중한 태도로 고개를 숙이며 다시 포권을 취했다.

"허허허, 나이만 먹어가는 노인네를 그렇게까지 봐주시니 몸 둘 바를 모르겠습니다."

제갈천우의 말에서 처음과 다른 겸양을 느낀 유종학은 다소 불쾌한 기분이 가셨다.

"그럼 저는 이만 나가보겠습니다."

상청대주 이준엽은 제갈세가와 남궁세가에서 찾아왔다는 말을 듣고 곧장 달려왔다. 이들이 어떤 목적으로 왔는지를 살폈으나 다행히 불순한 의도는 보이지 않는다고 결론을 내린 뒤 유종학이 오기만을 기다렸

다. 이제 유종학이 왔으니 자신은 어서 산적해 있는 업무를 처리하고
싶었다.

"그래, 바쁠 테니 어서 나가보게. 이 사람은 우리 유림의 기대주랍니
다."

유종학이 이준엽의 어깨를 두드리며 말하자 제갈천우는 그에게도
정중하게 포권을 취하며 입을 열었다.

"그럼 유 문주님의 대를 이어 앞으로 중원에 명성을 날리실 날이 머
지않았겠군요. 미리 인사드리겠습니다. 하하하!"

제갈천우의 말에 이준엽이 계면쩍은 미소를 지으며 고개를 숙여 보
인 뒤 밖으로 나갔다.

'음, 구대문파 장로 정도 수준은 되겠어. 유림, 소문 이상으로 강한
문파였군. 역시 적보다는 친구로 만드는 것이 낫겠어.'

제갈천우는 이준엽만 보더라도 유림이 어떤 단체라는 것을 짐작할
수가 있었다. 아까는 무시하는 마음에 자세히 보지 않았지만 지금 다
시 보니 이준엽 또한 안광이 안으로 갈무리된 것이 웬만한 고수 정도
로 볼 수 있는 사람이 아니었다.

이에 제갈천우의 태도는 순식간에 돌변했다. 이왕 찾아온 김에 이들
에게 좋은 인상을 남기는 것이 자신과 제갈세가 모두에 득이 될 것이
라 확신했다.

결정을 하면 곧바로 실천에 옮기는 것이 그의 가장 큰 장점. 그런 제
갈천우의 변화를 눈치 못 챈 남궁술은 그저 멀뚱히 유종학과 제갈천우
를 번갈아 바라보았다.

"그래, 이 변방까지는 어인 일로 오셨습니까?"

"아니, 그게 무슨 말씀이십니까? 유림의 뛰어난 무공과 학문을 모르

는 사람이 없는데 변방이라니요?"

"허허허, 감사합니다."

제갈천우는 유종학이 유쾌하게 웃자 잠시 말을 멈추고 그와 시선을 맞췄다. 물론 존경과 선망의 눈빛을 담는 것도 잊지 않았다.

"이번에 제 사질과 남궁 대협의 자제가 무당에 입문하게 되었답니다."

"오! 무당의 제자 선발은 극히 까다로운 것으로 알고 있는데 참으로 대단한 후학들을 두셨군요."

유종학은 진심으로 감탄하며 한쪽 구석에서 귀를 쫑긋 세우고 있는 아이들에게 고개를 돌렸다.

무당의 제자로 입문한다는 것은 가문의 후광만 가지고 될 일이 아니라는 것을 알고 있는 유종학은 한눈에 아이들의 근골이 뛰어남을 알아볼 수 있었다.

"이리 와보거라."

제갈천우의 부름에 두 소년이 쪼르르 달려왔다.

"인사드려라. 이분이 바로 천외삼성 중 한 분이신 유성 문주님이시란다."

제갈천우의 눈짓에 아이들이 동그랗게 눈을 뜨고 유종학을 향해 깊숙이 허리를 숙였다.

유종학은 아이들의 놀란 눈을 바라보며 점잖게 수염을 쓰다듬었다.

"안녕하세요. 저는 제갈명(諸葛明)이라고 합니다."

"저는 남궁무(南宮武)입니다."

"허허허! 그래."

아이들을 향해 의미심장한 눈길을 던지던 제갈천우가 다시 유종학에게 고개를 돌렸다.

"이 녀석들이 무당에 입문하기 전에 세상 구경을 하고 싶다고 졸라 이렇게 여기까지 오게 됐습니다."

"아, 그러셨군요."

유종학이 고개를 끄덕였다.

"문주님."

"말씀하시지요."

제갈천우가 잠시 뜸을 들이자 유종학은 그가 무슨 얘기를 꺼낼지 은근히 궁금했다.

"사실 유림까지 온 이유는 명이와 무에게 유성 어르신의 가르침을 받게 하고 싶은 염원 때문이었습니다."

"흠, 가르침이라니요?"

제갈천우의 천연덕스러운 거짓말을 듣자 유종학은 피식 웃으며 되물었다.

'허, 교활한……. 아이들을 빙자해 내 무공에 욕심을 내다니…….'

제갈천우는 유종학의 얼굴을 못 본 척하며 밑져야 본전이라는 생각에 감언이설을 쏟아내기 시작했다.

"아무리 무당이 대단하다고 하나 어찌 유성 어르신의 초절한 무공을 따르겠습니까. 부디 이 아이들에게 무당의 입문보다 더한 행운을 잡을 기회를 주십시오."

"허허허, 정 그러시다면 제가 본 유림의 교두에게 몇 가지를 가르치라 당부해 놓겠습니다."

유종학의 슬쩍 비껴가는 노련한 대답에 제갈천우는 속으로 아쉬움을 금치 못했다.

'역시 처음부터 말이 안 되는 얘기지. 괜한 말을 꺼낸 것 같군. 쩝.'

그때 곁에서 잠자코 있던 소년 하나가 불쑥 끼어들었다.

"저어, 사숙님."

"응?"

"말씀 중에 죄송하지만 제가 한말씀 드려도 될까요?"

"그래, 말해 보아라."

제갈천우는 자신의 사질이 비상한 머리를 지니고 있다는 것을 알기에 아이에게 발언 기회를 주었다. 아이는 머리를 쓸 일이 있으면 항상 그전에 입술을 축이는 버릇이 있었다.

제갈천우는 처음 아이가 입을 열기 전 입술을 축이는 것을 보았다.

"저 유림 무공 안 배울래요."

"뭐라고?"

제갈천우는 물론 유종학에게도 아이의 말은 의외였다.

"솔직히 저는 제갈세가의 무공도 벅차요. 대천성신장(大天星神掌), 소천성장(小天星掌), 응혈신조(凝血神爪), 천기신행(天機神行), 천기미리보(天機迷離步), 대천성검법(大天星劍法), 소천성검법(小天星劍法), 칠현무형검(七絃無形劍)도 아직 못 배웠는데 유림 무공을 배울 시간이 어디 있겠어요? 하물며 저는 무당 무공도 배워야 하잖아요. 괜히 헷갈리기 싫어요."

"허허허허허."

유종학은 아이의 말에 어이없는 웃음을 터뜨렸고, 제갈천우는 두 눈을 부릅뜨며 입을 열었다.

"그건 모르는 소리란다. 유림 무공은 구대문파와 오대세가 그 어디에 견주어도 전혀 손색이 없는 천하일절. 당금 무림에서 유림의 무공을 배우고 싶어 안달이 난 무인들이 얼마나 많은데 그런 소리를 하는 것이냐. 유성 어르신이 가르쳐 주지 않는다고 말씀하시면 사정을 해서라도 배워야 옳은 일이란다.”

제갈천우는 제갈명의 의도를 정확하게 파악하고 있었다.

‘기특한 녀석, 아직 가르쳐 주지도 않았는데 벌써 격장지계를 쓰다니…….’

제갈명은 사숙의 말에 가볍게 고개를 저으며 다시 입을 열었다.

“저는 사숙께 들은 것보다 읽는 것이 낫고, 읽는 것보다는 행하는 것이 더 낫다고 배웠어요. 유림의 무공이 대단하다고 하지만 저는 배워 보지도 않고 그것이 대단하다는 말은 차마 못하겠어요.”

“도대체 그게 무슨 헛소리냐! 유림의 무공이 최강의 무공 중 하나라는 것은 천하가 다 아는 사실인데 유림에서 최고로 치는 그…….”

“유성검법이오.”

유종학이 피식 웃으며 제갈천우를 대신해 입을 열었다.

“그래, 유성검법. 그 무공만 제대로 익혀도 당금 천하에 적수가 없다 자부할 수 있는데 지금 무슨 소리를 하는 거냐? 원, 저의 사질이 불민하여 문주님의 기분을 상하게 했습니다. 부디 너그러이 용서해 주십시오.”

유종학이 피식 웃으며 입을 열자 제갈천우는 속으로 쾌재를 불렀다.

그는 사실 유림 무공에 대해서는 자세히 아는 바가 없었다. 물론 다른 이들에 비해 폭넓은 견문을 가지고 있었지만 변방에 위치한 유림은 그의 관심사가 아니었기에 어떤 무공이 있다는 정도만 참고로 알고 있을 뿐 그중 가장 뛰어난 무공이 무엇인지는 몰랐던 것이다. 유종학의 입에서 유성검법이 튀어나왔으니 분명 그 무공은 자신의 말대로 어디에 견주어도 손색이 없는 무공임이 틀림없을 것이다.

하지만 그보다 더 제갈천우의 기분을 좋게 한 것은 유종학이 보기 좋게 사질의 격장지계에 걸려들었다는 것이다.

천하 최강을 다투는 인물이 아이의 혀에 놀아난다. 묘한 쾌감이 밀려왔다. 지나친 비약이라는 생각도 들었지만 그는 그렇게 믿고 싶었다.

'그래, 명아. 세상은 힘만으로 다룰 수 있는 게 아니란다. 힘도 필요하지만 머리 없는 힘은 오래가지 못한단다. 누가 제갈세가의 핏줄 아니랄까 봐. 쿠쿠쿠.'

제갈천우가 자꾸 웃음이 나오는 것을 참느라 헛기침을 하는 사이 유종학의 잔잔한 음성이 들려왔다.

"그래, 네 사숙 말씀이 맞다. 배우지 않고 평가를 하는 것은 옳지 않지. 내일부터 며칠간 너희들에게 직접 몇 가지를 가르쳐 주마. 네 생각은 그 뒤에 다시 들어보겠다."

유종학은 속으로 탄식했다.

제갈천우의 얄팍한 술수와 어린아이의 간계를 눈치채고 있었지만 이들이 유림을 평가 절하하고 있는 것만은 엄연한 사실.

이에 유종학은 이번 기회에 오대세가인들에게 유림의 힘을 보여주리라 생각했다.

"뭐 하고 있는 게냐, 어서 감사드리지 않고?"

제갈천우는 애써 기쁜 표정을 감추며 짐짓 근엄한 얼굴로 제갈명을 향해 소리쳤다.

"감사합니다. 그럼 배워보고 나중에 다시 말씀드릴게요. 저어, 사숙, 밖에 나가봐도 돼요?"

제갈명의 심드렁한 대꾸에 유종학은 피식 웃었다.

아이가 끝까지 자신에게 격장지계를 쓰고 있었기 때문이다.

"그러려무나. 유림은 넓으니 길을 잃지 않도록 조심하고."

"사숙, 어떻게 해요?"

제갈명은 유종학의 허락에도 자리를 뜨지 않고 제갈천우만 바라보았다. 이윽고 그가 고개를 끄덕이자 그제야 남궁무와 함께 자리에서 일어났다.

"훌륭한 자손을 두셨습니다. 허허허."

유종학은 영빈관을 빠져나가는 아이들을 바라보며 말을 건넸지만 제갈천우는 유림 무공이라는 뜻하지 않은 행운에 가슴이 벅차 그의 말을 전혀 듣지 못하고 있었다.

'명이가 제대로 배워야 하는데…….'

"어? 사백이 어디 가지?"

저 멀리 유종학을 발견한 설은 손을 흔들었다. 하지만 유종학은 설을 못 봤는지 달리는 속력을 줄이지 않고 점점 멀어져 갔다.

"우와, 사백은 훨씬 빠르네!"

유종학이 경공을 시전하는 것을 본 설은 벌어진 입을 다물지 못했다.

"나중에 가르쳐 달라고 해야겠다. 아! 혹시 밖으로 나가시는 거 아냐?"

설은 유종학의 방향이 정문 쪽이었으니 유림을 빠져나갈 수도 있다는 생각이 들어 잠시 망설이다가 이내 정문을 향해 다시 걸음을 옮겼다.

“할 일도 없는데 일단 가보지 뭐.”

안 그래도 느린 걸음이 심난한 마음에 더욱 더뎌졌다.

한참이 지나서야 정문에 당도한 설은 주변을 빙 둘러보았다.

설은 정문 좌측에 위치한 수행원에서 살고 있었기에 맞은편에 기다랗게 이어진 단층 건물이 손님들을 접대하는 영빈관이라는 곳임을 잘 알고 있었다.

“여기 계신가?”

영빈관 앞에 다다르자 설은 차마 들어가지 못하고 문틈으로 슬며시 눈을 가져갔다.

“헤헤, 있다!”

설은 낯선 손님들과 얘기 중인 유종학을 발견하자 한결 마음이 놓였다.

“이제 찾았으니 꼭 붙어 있어야지.”

막 문을 밀고 안으로 들어서려는 순간 누군가 밖으로 나오는 것을 느낀 설은 황급히 나무 뒤로 몸을 숨겼다.

‘이크! 왕도경 원주님이면 큰일인데.’

설은 가슴이 방망이질 쳤다.

만약 나오는 사람이 왕도경이라면 자신을 찾아내는 것은 일도 아니라는 것을 알고 있었기 때문이다.

“명아! 어디 가는데?”

“그야 나도 모르지. 일단 돌아다녀 보자고.”

밖으로 나온 사람들이 제 또래 아이들임을 알아본 설은 얼굴이 금세 환해졌다.

아이들은 뭐가 그리 신이 나는지 희희낙락하며 걸음을 옮겼다.

‘우와! 친구다!’

유림에서 아이들을 본 건 이번이 처음인 설은 속으로 탄성을 내질렀다.

항상 유생들만 봐온 터라 자기 또래의 아이들이 세상에 살고 있으리라고는 상상조차 못했다.

설은 자기 또래의 아이들이 유림에 있다는 사실만으로도 괜히 즐거워져 심난했던 마음은 까맣게 잊어버리고 아이들의 뒤를 따르기 시작했다.

뒤에 누가 따라오고 있다는 것을 모르는지 아이들은 걸으면서도 연신 장난을 쳐댔다.

"원수는 외나무다리에서 만난다더니 나의 검을 받아라!"

남궁무가 소리치며 검을 휘두르는 시늉을 하자 제갈명이 고개를 젖혀 피하며 남궁무의 팔을 붙잡았다.

"핫하하! 천금수(天金手)는 어떤 병기도 막아낸다!"

"으윽! 대단하다!"

남궁무는 제갈명의 손에 부상을 입은 척 그 자리에 픽 쓰러졌다.

"자, 우리 저쪽으로 가자. 난 허공을 밟고 갈 테다. 능공허도(凌空虛渡)! 얍!"

장난치던 아이들은 수행원의 가장자리로 난 오솔길로 접어들었다. 이곳이라면 자신에게도 무척 익숙한 길이었기에 설은 아이들과 이십 장 정도의 거리를 유지하며 걸음을 옮겼다.

‘유치하기는…….’

설은 자신보다 키도 큰 것들이 저런 유치한 장난을 치는 것에 어이가 없었다.

‘흠, 학금루(鶴琴樓)로 가는구나. 거기 가면 같이 놀자고 해야지.’

사백이 독서를 즐기는 곳이자 자신의 놀이터이기도 한 학금루에서 아이들과 놀 생각을 하니 설은 벌써부터 신이 났다.

‘내가 저런 유치한 짓을 할 수 있을까? 에잇, 몰라. 그냥 놀아주지 뭐.’

설이 그렇게 놀 생각으로 기분이 좋아진 사이 멀리서 이상한 냄새가 풍겨왔다.

“쿵, 쿵! 이게 무슨 냄새지? 익, 도경 원주님이다!”

설은 그 악취의 주인공이 왕도경이라는 것을 알아채곤 허둥지둥 길 옆 숲으로 잽싸게 달려갔다. 마치 왕도경이 자신의 뒤에서 이놈 하고 고함을 칠 것만 같아 다리가 후들거렸지만 죽어라 내달렸다.

‘으아! 도경 원주님 정말 질기시네!’

왕도경을 피해 숲 속을 빙 돌기로 마음먹은 설은 조금씩 오솔길에서 멀어져 갔다.

태사관에서 나와 설이 있을 만한 곳을 돌아다니던 왕도경은 학금루 쪽에서 들려오는 아이들의 목소리에 곧바로 경공을 전개했다.

‘으으, 설이 아니군.’

걸어가는 아이들이 설보다 머리 하나는 큰 체격인 것을 본 왕도경의 얼굴에는 실망의 기색이 역력했다.

‘흠, 기초가 제대로 닦인 것을 보니 세가에서 왔다는 그 아이들인가?’

그가 아이들을 몰래 훔쳐보는 동안 제갈명이 인상을 구기며 입을 열었다.

"엥! 이게 무슨 냄새야?"

"그러게. 숲에다 거름 줬나?"

아이들의 말을 듣는 순간 왕도경의 얼굴이 확 달아올랐다.

"이 녀석! 도대체 어디 숨은 거야? 어디 잡히기만 해봐!"

자신에게서 나는 악취로 아이들이 인상을 찌푸리자 왕도경은 더욱 화가 치밀어 올랐다.

"후욱! 후욱! 수행원부터 다시 한 바퀴 돌아보자!"

큰 숨을 내쉬며 가까스로 화를 억누른 왕도경의 몸이 이내 수행원 쪽으로 사라져 갔다.

학금루에 당도한 남궁무와 제갈명은 눈앞에 펼쳐진 경치에 감탄을 금치 못했다.

호숫가에 즐비한 기화요초들은 신비로운 분위기를 연출했고 중앙에 위치한 작은 정자 한 채는 그 운치를 더해주었다. 정자의 머리에는 학금루라 쓰여진 편액이 달려 있다.

잠시 주변을 둘러보던 제갈명과 남궁무는 학금루 중앙에 놓인 탁자로 달려갔다.

"대단한데?"

남궁무가 돌로 만든 의자에 앉으며 탄성을 흘리자 제갈명이 입꼬리를 살짝 말아 올렸다.

"그래 봤자 변방의 미개한 족속들의 것일 뿐이야."

제갈명은 제갈세가에 있는 정원과는 비교도 안 되는 멋진 풍경에 괜히 샘이 났다.

"어?"

돌 의자에 앉아 주변을 둘러보던 남궁무가 무엇인가를 발견하곤 표정이 변하자 제갈명의 고개도 그쪽으로 돌아갔다.

"여자애다!"

남궁무가 학금루 옆을 지나쳐 가는 여자 아이를 발견하고 소리치자 제갈명이 벌떡 일어나 달려갔다.

"이봐!"

"꺅! 아이고 깜짝이야!"

"하하하! 뭘 그리 놀래?"

"갑자기 불러서 그랬죠."

제갈명은 긴 목을 움츠리며 애써 눈길을 피하는 여인의 행색을 살피며 넌지시 물었다.

"근데 넌 누구지?"

"나? 나는 그냥……."

"혹시 하인이냐?"

제갈명은 잠시 망설이며 입을 열지 못하는 여자 아이를 보며 고개를 갸웃거렸다.

"마, 맞아요. 하인이에요."

"그럼 진작 말할 것이지. 왜 아닌 척해?"

"제가 언제요?"

"어쭈? 이것 봐라? 이게 어디다 도끼눈을 뜨고!"

"아니에요. 죄송합니다."

"쳇, 이거 기분 되게 상하네?"

"그럼 저는 이만."

소녀는 제갈명의 말투가 거슬렸지만 애써 노기를 참으며 다시 걸음을 옮겼다.

그녀는 지금 마찰을 일으킬 처지가 아니었기 때문이다.

유종학을 만나 어떻게든 그의 제자가 되어야 하는 지금의 상황에서는 쓸데없는 문제를 일으키지 말아야 했다.

"잠깐!"

그녀가 걸음을 옮기는 순간 제갈명이 팔을 들어 가로막았다.

"무슨 일이신지……?"

"우리는 네 주인을 찾아온 손님이야. 손님 말이 끝나기도 전에 움직이는 게 유림의 예법이냐?"

"그런 억지가 어디 있어요?"

그녀는 그의 말에 기분이 상해 눈을 내리깔며 아랫입술을 살짝 깨물었다.

"우와, 말대답도 하네?"

"죄송합니다."

"몇 살이야?"

제갈명은 장난기가 가득한 눈으로 소녀를 바라보며 한 손을 자신의 턱에 괴었다.

"열여섯이에요."

"나보다 나이가 많네? 난 열셋이야. 이름은? 무야, 이리 와봐."

제갈명은 입을 열며 남궁무를 향해 손짓했다.

"제 이름은 왜 물으시죠?"

"어라? 세게 나오네? 너, 예의라고는 눈곱만치도 없구나?"

그녀의 싸늘한 물음에 제갈명은 비릿한 미소를 흘리며 앞으로 한 발 더 나왔다.

"먼저 예의를 안 지키신 건 손님이시잖아요."

"사숙이 그랬어. 종이 손님을 대하는 태도만 봐도 그 주인을 알 수 있다고. 어? 근데 어떻게 중원 말을 알아듣지?"

자신의 말에 그녀의 표정이 일그러지자 제갈명은 의구심이 들었다.

"어릴 때 중원에서 산 적이 있어요. 그럼 이만 가보겠습니다."

소녀가 황급히 자리를 피하려 하자 제갈명은 잽싸게 그녀의 앞을 막아섰다.

"잠깐!"

"도대체 왜 이러시는 거죠?"

소녀가 언성을 높이자 제갈명이 설레설레 고개를 저으며 빙긋이 웃었다.

"묻는 말에 대답 안 했잖아."

옆에서 지켜보던 남궁무는 무슨 일인지 영문을 몰라 둘을 번갈아 바라봤다.

"사미(司美)예요. 됐어요?"

"사미?"

제갈명은 사미라는 이름을 되뇌어보았다.

"이름 참 예쁘네?"

소녀는 여전히 제갈명이 비킬 생각을 하지 않자 눈을 흘기며 옆으로 몸을 틀었다. 하지만 그런 행동을 가만히 지켜볼 제갈명이 아니었다.

"그러지 말고 우리하고 좀 놀다 가라. 중원 말을 알아듣는 사람이 없어서 꽤 답답했거든."

"뭐라고요?"

사미는 어이가 없었다. 처음 보는 여인에게 놀다 가라는 말은 어린 아이의 입에서 나올 말이 아니다. 또한 처음 보는 여인에게 할 말은 더더욱 아니었다. 그런 말은 한량들이 기생에게, 시정잡배들이 여염집 아낙에게 치근거릴 때 쓰는 말이었다.

적어도 사미가 알기에는 그랬다.

"너, 예쁘다. 아주 마음에 들어."

제갈명의 말은 사실이었다.

커다란 눈망울과 오뚝한 코, 앙다문 작은 입술 사이로 보이는 가지런한 치아. 소녀는 흠 잡을 데 없는 미인이었다. 아직 열여섯에 불과했지만 봉긋하게 솟은 가슴과 잘록한 허리는 그녀에게 요염함까지 더해 주었다.

"흥, 새파랗게 어린 녀석이 벌써부터 까져 가지고! 이 자식아! 엄마 젖이나 더 먹고 와!"

사미는 그의 치근덕거림에 참았던 분노로 막말을 뱉어냈고, 그 말을 들은 제갈명의 인상은 심하게 구겨졌다.

"뭐, 까져? 다시 말해 봐!"

영악하긴 하지만 아직은 열셋인 소년은 자신의 칭찬에 소녀가 왜 이렇게 화를 내는지 알지 못했다. 사실 제갈명은 자신이 하는 말이 얼마나 예의에 어긋나는지 모르고 있었다.

세가에서는 항상 귀여움과 총애만 독차지했고, 세가의 하인들 또한 영기 발랄한 그를 무척 좋아했다. 사미가 하인임을 알기에 그저 아무 생각 없이 세가에서 자신의 하인들에게 하듯 말을 했을 뿐이다.

제갈명은 자신의 호의가 이런 식으로 무참히 짓밟힌 것에 노기가 치밀어 올랐다.

"그래, 발랑 까졌다고 했다. 손님으로 왔으면 그냥 얌전히 있다 갈 것이지 뭐, 놀다 가? 미친 자식!"

"뭐, 뭐?"

점점 표정이 당황으로 일그러지던 제갈명의 눈에 살기가 감돌기 시작했으나 사미는 전혀 기죽지 않았다.

"이 싸가지없는 녀석아, 내가 네 종년이냐? 나이도 어린 게 어따 대고 반말이야, 반말이!"

"명아, 그냥 보내주자."

일찍이 떠받들리기만 했던 터라 이런 수모를 겪어본 적이 없는 제갈명의 얼굴이 점점 험악하게 변해갔고, 이를 보다 못한 남궁무가 그의 팔을 잡아끌었다.

"가만있어!"

"알았어."

한기가 풀풀 날리는 제갈명의 음성에 남궁무는 즉시 잡았던 손을 풀며 뒤로 물러섰다.

"지금 나 화났거든."

"근데?"

"나 화나면 무슨 일이 일어날지 모르거든."

제갈명이 사미를 노려보며 주먹을 말아 쥐자 오히려 옆에 있던 남궁무가 땀을 삐질 흘렸다.

"명아, 참아라."

화가 날 대로 난 제갈명에게 남궁무의 기어들어 가는 목소리가 들릴 턱이 없었다.

"난 여자라고 안 봐주거든."

"안 봐주면 어쩔 건데?"

제갈명은 한마디도 지지 않고 바락바락 대드는 그녀를 노려보며 더 이상 말로 해야 할 이유가 없다고 판단했다.

"난 너 따위에게 모욕을 받을 몸이 아니란 말씀이야. 남궁무!"

제갈명이 입을 엶과 동시에 남궁무에게 눈짓을 했다.

슈아악!

이에 남궁무가 고개를 끄덕이며 소녀의 등을 향해 손을 뻗었다.

아이의 손이라 보기엔 믿기지 않을 정도로 빠른 손놀림이었다.

하지만 소녀도 만만치는 않았다.

남궁무의 손이 지척에 이른 순간 소녀는 허리를 숙이며 그를 향해 발길질을 했다.

퍽!

"윽!"

쿵!

사미는 남궁무가 저만치 나가떨어짐과 동시에 자신의 등 뒤로 느껴지는 기운에 대경하며 다급히 몸을 돌렸다.

타탁!

"너, 너 지금 뭐 하는 거야?"

"뭐 하긴, 종년 교육 좀 시키려고 준비 중이지. 그런데 이상하군. 유림 하인은 무공을 할 줄 아나?"

제갈명에게 혈도를 찍힌 사미는 크게 당황했다.

'방심했어. 가만, 방금 저건 응혈신조? 아, 제갈세가 녀석이었구나!'

제갈명을 잡아먹을 듯 흘겨보며 사미가 다시 입을 열었다.

"제갈세가에서는 그렇게 가르치디?"

"어? 이것 봐라? 말도 안 했는데 이젠 내 사문까지 알아봐? 너 도대체 뭐 하는 애야?"

"……."

"또 씹어?"

제갈명은 여전히 그녀가 자신의 말을 무시하자 자존심이 상할 대로 상했다.

"그럼 나도 방법이 있지."

사미는 제갈명의 눈빛이 이상하게 변하자 불길한 예감이 들었다.

"지금 뭐 하는 거야?"

"흐흐, 종년이 말을 안 들어 홀딱 벗겨놓고 교육시키려고 그런다, 왜?"

"흥! 나이도 어린 녀석이 정말 사악하구나! 누굴 닮아 이러는 거야? 네 아비를 닮았니?"

사미의 냉소에 오히려 당황한 쪽은 제갈명이었다.

그냥 겁만 주어 싹싹 빌게 만들 생각이었던 그는 오히려 그녀가 빌기는커녕 아버지까지 욕을 하자 일순 멍해졌다.

"이년이!"

"그래, 벗겨라, 이 잡종 새끼야!"

제갈명은 그녀의 욕에 이성을 상실해 더 이상 망설이지 않고 그녀의 상의를 사정없이 찢어 발겼다.

쫘아악!

가슴만을 가린 그녀의 흰 속살이 드러나자 남궁무는 얼굴을 붉히며 다른 곳으로 시선을 돌렸고, 제갈명은 비릿한 미소를 흘리며 그녀를 빤히 쳐다봤다.

"이래도?"

“미친 자식! 나이도 어린 자식이! 이 잡종 새끼야!”

“이씨!”

사미의 양 볼을 타고 흘러내리는 눈물에 잠시 마음이 여려졌던 제갈명은 여전히 그녀가 자신에게 욕을 하자 다시 화가 솟구쳤다.

“어디 또 나불대 봐!”

결국 제갈명은 그녀의 가슴을 가린 천을 향해 손을 뻗었다.

“멈춰!”

누군가의 외침에 제갈명이 손을 움츠리며 소리가 난 방향으로 고개를 돌렸다.

“쟤는 또 뭐야?”

자신에게 소리친 사람이 열 살 정도 돼 보이는 꼬마라는 것을 알아본 제갈명은 속으로 다행이라 여겼다.

“우리 아빠는 여자를 괴롭히는 것은 비겁하고 나쁜 인간들이나 하는 짓이라고 했어.”

왕도경을 피해 오느라 한참 뒤에 도착한 설은 제갈명이 사미에게 하는 행동을 보고 단단히 화가 나 있었다.

“뭐?”

“모처럼 친구가 생겨 좋아했더니 이렇게 비겁한 놈이라니.”

“친구?”

제갈명은 갑작스레 나타난 이 꼬마가 한참 모자란 아이라는 생각이 들었다.

“휴, 꼬마야, 그냥 가라. 내가 지금 무척 꿀꿀하거든.”

“내가 왜 가? 가고 싶으면 너나 가!”

“아, 오늘 정말 왜 이러지? 이게!”

제갈명이 눈을 희번덕거리며 주먹으로 때리는 시늉을 해 보이자 설은 오히려 해맑게 웃으며 곁으로 다가왔다.

"지금 뭐 해?"

"너 정말 맞고 싶냐?"

"내가 왜 맞아?"

"에이, 이게 정말!"

안 그래도 사미라는 계집 때문에 화가 나 있던 터라 자신에게 꼬박꼬박 말대꾸하는 설이 곱게 보일 리가 없었다.

찰싹!

갑자기 휘둘려진 제갈명의 손에 설의 고개가 확 돌아갔다.

"아얏! 왜 때려!"

설이 후끈거리는 볼을 어루만지며 득달같이 달려들자 제갈명은 설의 주먹을 옆으로 피하며 피식 웃었다.

'그래, 너 잘 걸렸다.'

찰싹! 찰싹!

제갈명의 양손이 자신의 뺨에 다시 작렬하자 설은 눈에 불똥이 튀었다.

"지금 어린애한테 뭐 하는 거야?"

막힌 혈도를 풀기 위해 안간힘을 쓰던 사미는 제갈명이 자신을 구하기 위해 달려온 아이의 뺨을 사정없이 갈겨대자 꽥 소리를 질렀다.

하지만 제갈명은 그녀의 외침은 들은 척도 하지 않고 아이의 주먹을 요리조리 피하며 재차 뺨을 날려댔다.

찰싹! 찰싹! 찰싹!

"이 나쁜 자식아! 지금 뭐 하냐고!"

“뭐긴 뭐야. 이놈이 네 대신 맞는 거지. 뭐, 지금이라도 네가 잘못했
다고 무릎 꿇고 빌면 멈출 용의도 있어.”

말을 하면서도 제갈명은 달려드는 설의 뺨을 거세게 올려붙였다. 하
지만 설은 여전히 멈추지 않고 달려들었다. 오히려 주춤한 것은 독기
서린 설의 눈을 본 제갈명이었다.

‘뭐야, 저 눈빛은?’

제갈명은 잠시나마 자신보다 어린 녀석에게 겁을 먹었다는 생각이
들자 몹시 불쾌해졌다.

찰싹! 찰싹! 찰싹! 찰싹! 찰싹!

“이래도? 이래도?”

그는 더 이상 피하지 않았다.

한 손으로는 설의 멱살을 잡고 다른 한 손으로는 그의 뺨을 사정없
이 올려붙였다. 그렇게 한참을 맞던 설의 뺨은 이제 차마 눈 뜨고 볼
수 없을 정도로 퉁퉁 부어올랐다.

“비겁한 놈! 비겁한 놈!”

안 그래도 작은 눈이 부어오른 뺨에 의해 완전히 가려진 설은 입술
이 터지고 코피가 줄줄 흘러내리는데도 제갈명을 향해 자신이 아는 최
대의 욕을 뱉어내느라 정신이 없었다.

남궁무는 제갈명의 손에 멱살을 잡힌 채 허공에서 허우적대는 설의
모습을 보며 배꼽을 잡고 웃었다.

“푸하하하! 저 녀석, 완전히 맛이 갔어!”

제갈명도 우습기는 마찬가지였다. 무엇보다 볼이 부어 더 이상 녀석
의 눈빛이 보이지 않는다는 것이 마음에 들었다.

“난 무당 제자야. 너같이 겁대가리를 상실한 꼬마에게 잡힐 몸이 아

니란 말이지. 하하하하!"

"무당이면 굿이나 해라, 이 자식아!"

"뭐야?"

찰싹! 찰싹!

사미는 분통이 터졌다.

'혈도만 안 찍혔으면 너 같은 녀석은 당장!'

그녀는 제갈명이 무공을 사용하는 반면 아이는 무공의 무 자도 모른다는 것을 알 수 있었다.

허공에서 제갈명을 때리기 위해 버둥대는 아이의 주먹질에는 기운이라고는 전혀 담겨 있지 않았다.

"그만 해!"

찰싹! 찰싹!

제갈명은 사미의 외침에 보란 듯이 더욱 거칠게 따귀를 올려붙였다.

"빌어줄 테니까 이제 그만 하라고!"

"그래? 근데 말이 좀 짧은 것 같은데?"

철썩!

제갈명이 전혀 멈출 기색을 보이지 않자,

"만일 그 아이를 한 번만 더 때리면……."

"때리면?"

"넌 내 손에 죽어!"

사미의 음성이 노여움으로 부들부들 떨렸다.

하지만 제갈명은 사미의 말에 전혀 위축되지 않았다.

단지 설의 뺨에 닿는 손의 감촉이 푹신푹신한 가죽 공 같다는 생각을 하며 제갈명이 천천히 손을 치켜 올릴 때였다.

‘제발 한 대만 맞아라. 한 대만.’

설이 두 눈을 질끈 감고 양팔을 허우적거리며 이를 악물었다.

“야압!”

슈아악!

제갈명의 손이 설의 뺨에 작렬함과 동시에 설도 소리를 지르며 젖먹던 힘까지 쥐어짜 앞으로 발을 내뻗었다.

퍼어억!

“으아아아아아아아아악!”

둔탁한 파열음과 함께 두 사람의 신형이 땅으로 고꾸라졌다.

“뭐야?”

남궁무는 무슨 일이 벌어졌는지 파악하지 못한 채 멍한 표정으로 번갈아 두 아이를 쳐다봤다.

“헉헉! 비겁한 놈!”

게거품을 입에 물고 기절한 제갈명을 향해 설의 발길질이 이어졌다.

퍽! 퍽! 퍽!

“헉!”

남궁무는 제갈명의 양손이 중요한 곳을 움켜잡고 있는 것을 발견하곤 이 믿기지 않는 상황이 조금씩 이해되기 시작했다.

“너 이 새끼! 명이의 중요한 곳을!”

퍽! 퍼퍽!

“윽!”

안면과 복부에 꽂힌 남궁무의 주먹에 설의 몸은 제갈명의 옆으로 곤두박질쳤다.

“으, 피! 너 이 새끼, 여기 꼼짝 말고 있어!”

남궁무는 제갈명의 낭심에서 새어 나오는 피를 보고 눈알이 튀어나올 정도로 놀랐다. 너무 놀라 설의 혈도를 찍는 것도 잊은 그는 곧장 영빈관 쪽으로 내달렸다.

"아이고, 배야!"

남궁무가 사라지고 한참이 지나서야 설은 몸을 일으키기 위해 다리를 퍼덕거렸다.

"윽!"

하지만 복부에 전해지는 극심한 통증으로 인해 다시 주저앉았다.

"아, 진짜 아프다."

"꼬마야, 괜찮아?"

설은 이젠 감각이 없어진 뺨을 어루만지며 소리가 나는 쪽으로 고개를 돌렸다.

"하하, 이 정도야 뭐. 윽!"

설은 사미를 향해 걸어가다가 다리가 후들거려 또 한 번 땅바닥에 주저앉았다.

"근데 왜 아까부터 가만히 있어?"

걷는 것보다 기어가는 것이 낫다 싶었는지 설은 사미를 향해 엉금엉금 기어가며 물었다.

"혈도를 찍혀서 그래. 이리 와서 혈도 좀 풀어줘."

"혈도? 그게 뭔데?"

곁으로 다가온 설이 그녀를 올려다보며 묻자 그녀의 표정이 일그러졌다.

'하긴 무공을 모르는데 혈도를 알 리가 없지.'

그녀는 설을 내려다보며 한숨을 푹 쉬었다.

‘시간이 좀 지났으니 지금은 풀 수 있을지도 몰라.’

사미는 곧 혈도를 풀기 위해 공력을 모으기 시작했다.

“으으으으.”

설은 사미가 이상한 괴성을 내자 그녀의 안색을 살폈다.

“어? 얼굴이 빨개졌어!”

사미는 설의 말에 웃음이 나왔지만 혈도를 풀기 위해 내력을 끌어올리는 중이라 입을 열 수는 없었다.

설은 그런 사미가 상의를 걸치지 않았다는 것을 발견하고 자신의 머리를 톡 치며 웃었다.

“아이고, 이런 바보. 부끄러워서 그러는 거구나?”

설은 사미에게 빨리 옷을 입혀야겠다는 생각에 땅바닥에 널려 있는 천 조각을 주섬주섬 주웠다.

“에이, 못 입겠는걸.”

설은 발기발기 찢겨진 옷을 사미에게 들어 보이며 그녀의 눈치를 살폈지만 그녀는 더욱 얼굴이 빨개질 뿐 입을 열지 않았다. 아이는 안 되겠다 싶었는지 자신의 웃옷을 훌러덩 벗어 그녀의 어깨에 걸쳐 주었다.

“흠, 좀 작네?”

설은 상체를 반만 가린 옷을 물끄러미 바라보다가 이내 결심한 듯 허리춤을 풀었다.

막힌 기혈에 공력을 주입하던 와중에 설이 하의를 벗어 던지는 것을 본 사미는 슬쩍 고개를 돌리고 다시 정신을 집중했다.

‘그래, 됐어. 조금만 더.’

퍼억!

사미는 거궐혈과 견정혈이 일시에 뚫리자 싱긋이 미소 지으며 설에게 고개를 돌렸다. 빠른 손놀림에 비해 제갈명의 공력이 상대적으로 약했기에 생각보다 빨리 혈도를 뚫을 수 있었던 것이다.

"지금 뭐 해?"

설이 하의를 주워 든 순간 사미가 고운 아미를 살짝 찡그리며 입을 열었다.

"나보다 몸이 커서 내 윗도리 갖고는 다 안 가려져. 바지도 입히려고. 헤헤."

설은 머리를 긁적이며 벗은 바지를 둘둘 말아 그녀의 허리에 감았다. 사미는 그런 설의 행동을 잠자코 지켜봤다.

"다 했어?"

"응. 뭐, 부끄러워할 필요 없어. 그런 거 가지고 울기는."

그녀의 목소리가 떨리자 설은 다른 곳으로 고개를 돌렸다.

"이름이 뭐니?"

"설(雪). 너는?"

"너? 사미(司美)."

사미는 자신에게 묻는 설의 반말이 제갈명 때와는 달리 친근하게 들렸다.

"왜 울어?"

"울긴 누가 울어!"

"흠, 저 녀석은 내가 혼내줬으니 다시는 안 그럴 거야. 그냥 웃어 넘겨."

사미는 설의 호의에 감동을 받아 눈물을 흘린 것인데 아이는 그녀가 부끄러워 우는 것이라 엉뚱한 해석을 한 것이다.

"아, 잊고 있었네?"

사미는 아이의 말에 쓰러져 있는 제갈명을 향해 고개를 돌렸다.

설은 그녀의 눈빛을 보자 소름이 오싹 돋았다.

"뭐 하려고?"

"뭘 하긴, 없애야지."

그녀는 오히려 이상하다는 눈길로 설을 바라봤다.

"없애? 설마 죽이기라도 한다는 말이야?"

사미는 대답 대신 고개를 끄덕이며 제갈명을 향해 천천히 걸음을 옮겼다.

'어떻게 죽여야 가장 고통스러울까? 뼈를 자근자근 부러뜨릴까? 아니면…….'

그녀가 즐거운(?) 상상을 하며 제갈명에게 걸어가자 설이 절룩거리며 그녀 앞을 가로막았다.

"왜 그래? 죽을 짓 한 건 아니잖아."

"비켜! 죽을 짓 했어!"

"에이, 왜 그래? 그러지 마!"

설은 양팔을 벌려 그녀를 가로막았다.

"널 죽이려고 했던 녀석이야."

"안 죽었잖아!"

"아무튼 비켜. 난 날 건드린 놈은 한 번도 살려둔 적이 없어!"

그녀는 말이 끝남과 동시에 설의 머리 위로 도약했고, 아이는 그녀가 사라지자 눈을 동그랗게 뜨며 주위를 두리번거렸다.

"안 돼! 자고로 군자란 남의 위기를 틈타지 않는 법이야. 지금 그 녀석을 해치면 나도 가만히 있지 않겠어!"

막 살수를 전개하려던 사미가 설의 외침에 움찔했다.

"뭐라고?"

"저 녀석은 이미 충분히 대가를 치렀다고 생각해. 그러니 그냥 내버려 두자고."

사미는 설의 의젓한 말에 의외라는 듯 고개를 갸웃거렸다.

제갈명에게 당한 걸로 치자면 자신도 그렇지만 설도 만만치 않은데 아이는 의젓하게 군자의 도리를 말하고 있는 것이다.

사미는 짐짓 의연한 표정으로 자신을 마주 보는 설의 시선을 맞받으며 잠시 망설였다.

"그래도 내가 저 녀석을 죽여 버리겠다면 그땐 어쩔 건데?"

"음, 막아봐야겠지. 최선을 다해 막아보겠어. 만일 막지 못한다면 그때는 널 다시는 안 볼 거야. 친구도 될 수 없겠지."

설의 협박에 사미는 피식 웃음이 새어 나왔다.

'친구? 넌… 다르구나.'

말없이 설을 쳐다보던 사미가 몸을 휙 돌렸다.

다른 사람들이 들이닥치기 전에 서둘러 자리를 피해야 했기 때문이다.

"그럼 우리는 이제 친구가 된 건가?"

"그야 물론이지! 가만, 이게 무슨 소리지?"

설이 사미의 전음에 깜짝 놀라는 사이 그녀의 모습은 순식간에 사라지고 없었다.

"휴, 그 발랑 까진 녀석, 오늘 억세게 운이 좋구나."

"뭐야! 어떻게 한 거야?"

설은 주변을 두리번거리며 소리를 질렀다.

"나중에 봐, 친구! 호호호!"

설은 더 이상 괴상한 목소리가 들려오지 않자 그녀가 떠났다는 것을 알고는 아쉬운 마음이 들었다.

"에이, 그냥 가면 나중에 어떻게 보자는 거야? 참나."

비록 짧은 순간이었지만 사미의 모습과 행동에 설도 호감이 생긴 것이다.

"으으으으으."

뒤에서 들리는 신음 소리에 설은 그제야 제갈명이 기절해 있었다는 것을 떠올리며 황급히 그를 향해 다가갔다.

"뭐, 죽진 않겠네."

제갈명의 코에 손을 대본 뒤 내린 결론이었다.

"아, 오늘 정말 왜 이러지? 사백이 아시면 난 정말 죽은 목숨이다."

설은 내심 후회가 길려왔지만 이내 고개를 좌우로 흔들었다.

"아니야. 아버지가 약자를 보호하는 것이 진짜 사나이라고 했잖아? 사백도 뭐라 안 할 거야."

고개를 주억거리던 설은 한 손으로 턱을 어루만지며 중얼거렸다.

"음, 안 할까? 안 하겠지?"

설은 과연 사백이 자신과 같은 생각일지 확신이 서지 않았다.

"야, 많이 아파?"

"으으, 너 이 새끼, 두고 봐."

설은 제갈명이 중얼대며 욕을 하자 화가 나기보다는 그가 정신을 차렸다는 것에 한결 마음이 놓였다.

"헤헤, 미안해. 한 번만 봐주라."

"으으, 넌 죽었어, 새끼야!"

최대한 친절한 음성을 건넸지만 녀석의 반응은 역시 예상대로였다.

“음, 미안한데 내가 지금 무척 바쁘거든. 나중에 다시 보자. 알았지?”

조그마한 목소리로 그의 귀에 속삭이던 설은 문득 피가 고여 있는 제갈명의 하의로 시선이 갔다.

‘많이 아플까?’

아이는 무심코, 정말 아무 사심(?) 없이 제갈명의 상처를 살짝 건드려 보았다.

툭!

“으아아아아아아아아아아악!”

제갈명의 절규에 설은 벌떡 일어나며 소리쳤다.

“미안! 정말 아프구나! 미안해!”

“꺄르르르! 멋져! 멋져! 인과응보야! 나쁜 자식!”

설이 무사히 자리를 피할 수 있을까 걱정이 됐던 사미는 숲에서 설이 하는 행동을 쭉 지켜보다가 설이 제갈명의 상처를 건드리는 것을 보곤 배를 움켜잡고 웃었다.

“설이라고 했지?”

달려가는 설의 뒷모습을 물끄러미 바라보는 사미의 눈이 흔들렸다.

◆ 第二章 ◆
세가의 도전

“**명**아, 괜찮으냐?”

먼저 달려온 제갈천우는 제갈명의 혈을 짚어 지혈을 한 뒤 상처를
살폈다.

“헉! 이런!”

제갈천우는 아이의 상처 부위를 보며 눈살을 찌푸렸지만 뒤에 서 있
는 유종학의 얼굴은 더욱 심각해 보였다.

‘모처럼 중원에서 찾아온 손님을 이 지경으로 만들어놨으니 이 일을
어쩌면 좋단 말인가? 하필이면 그곳을 다쳤다니…….’

“명이는 좀 어떤가?”

뒤늦게 도착한 남궁술의 물음에 제갈천우는 말없이 좌우로 고개를
저었다.

‘제기랄, 이러다 고자라도 되는 날엔 난 형님께…….’

생명에 지장이 있는 것은 아니었지만 상처 부위는 남자에게 있어 너무나도 중요한 곳이었기에 제갈천우의 심정은 참담 그 자체였다.

"제갈 대협, 아이의 치료가 우선이니 일단 자리를 옮기는 것이……."

유종학의 조심스런 말에 제갈천우는 굳은 얼굴로 입을 열었다.

"제갈세가는 손이 귀합니다. 명이는 형님의 아들이지만 제게도 아들이나 다름없는 아이죠."

"그러니 우선 치료를……."

"예, 치료해야죠. 하지만 그 후에는 반드시 명이를 이 지경으로 만든 흉수를 밝히겠습니다."

"당연히 그러셔야죠. 그럼 어서 서두릅시다."

제갈천우가 조심스럽게 제갈명을 안아 들자 유종학이 앞서 걸음을 옮겼다.

제갈명이 치료를 받는 동안 남궁무에게 자초지종을 들은 유종학은 어이가 없었다. 제갈명과 하녀가 말다툼을 했고, 갑자기 뒤에서 나타난 꼬마에게 기습을 당한 것이라는 남궁무의 말을 좀처럼 믿을 수 없었기 때문이다.

'허어! 유림엔 여자 아이가 없다. 게다가 하녀라니. 이런 일이…….'

그의 말은 사실이었다.

유림은 학문 수양과 무공 수련을 병행하는 청정도장이기에 창건 이래 단 한 번도 여인의 발길을 허락치 않은 금녀의 구역이었던 것이다.

"사실이냐?"

"예, 정말이에요."

유종학은 남궁무가 말한 하녀가 누구인지 전혀 짐작을 하지 못했지만 제갈명의 그곳을 저 꼴로 만든 이가 누굴지는 대충 짐작이 갔다.

'녀석, 이번엔 정말 큰일을 터뜨렸군. 휴우.'

그는 남궁무가 거짓말을 하는 것 같지는 않았다.

오뚝한 코에 도톰한 입술, 가는 눈매를 가진 악동은 직접 보지 않아도 딱 설이었다.

"명이가 우둔해서 벌어진 일이니 흉수고 뭐고 이 일은 더 이상 거론하지 않는 게 좋겠습니다."

곁에서 같이 이야기를 듣던 제갈천우는 제갈명을 저 꼴로 만든 흉수가 열 살배기 꼬마라는 말에 자존심이 상했다.

'꼬마한테 당했다고? 무당에 입문할 제갈세가의 장손이? 이런 개망신이.'

하지만 그의 말을 듣는 유종학의 내심은 떨떠름했다.

흉수를 찾지 말자는 말은 두 손 들어 환영할 일이었지만 그렇다고 시치미를 뚝 뗄 수도 없는 노릇이었다.

"그게 무슨 말인가? 다른 곳도 아니고 거기야, 거기. 자네 사질에게, 아니, 제갈세가에 얼마나 큰 타격이 될는지 누구도 모르는 일이잖나."

남궁술의 말에 제갈천우는 안색이 굳어졌다.

"그럼 열 살 정도밖에 안 되는 아이의 손에 제갈세가의 장손이 박살 났다고 동네방네 떠들고 다니기라도 하자는 말인가?"

"그러니까 내 말은……."

"됐네!"

항상 냉정함을 유지하던 제갈천우가 언성을 높이는 것을 본 적이 없는 남궁술은 크게 당황하며 힐끔힐끔 그의 눈치를 살폈다.

"다행히 본 유림에는 제갈 대협의 사질을 치료하고도 남을 영약이 있답니다. 그것을 복용한다면 제갈세가의 손이 끊길 일은 없을 겁니다."

다른 일도 아니고 설이의 신변 문제가 걸린 일이었기에 유종학은 제갈천우가 흥수를 밝히지만 않는다면 영약이 아니라 더한 것이라도 줘야 한다고 생각했다.

"아니, 무슨 말씀이십니까? 조카가 조금 다쳤다고 어찌 그런 귀한 영약을 받을 수 있겠습니까. 저러다 말겠지요. 후유증이 있어도 할 수 없는 일이고요."

"아닙니다. 유림에서 일어난 일입니다. 본 림에서 당연히 책임을 져야지요. 잠시만 기다려 주십시오."

유종학이 영빈관을 빠져나가는 것을 보며 제갈천우는 한숨을 푹 내쉬었다.

"아무리 천하에 진귀한 영약이라고 해도 명이가 고자가 되면 무슨 소용이란 말인가? 휴우."

제갈천우의 말에 뒤통수가 따가워진 유종학의 걸음이 점점 빨라졌다.

"설이는?"

"이 녀석이 어디 숨었는지 도무지 찾을 수가 없습니다."

대충 일을 마무리하고 태사관으로 돌아온 유종학은 왕도경의 말에 한숨이 절로 새어 나왔다.

'이 녀석, 도대체 어찌해야 정신을 차릴까.'

그는 설이를 생각하자 머리가 지끈지끈 아파왔지만 일이 조용하게 마무리된 것이 그나마 다행이라는 생각이 들었다.

황실의 윤허를 받아 불러온 어의(御醫)는 제갈명의 알(?)이 하나만 터져 사내 구실을 하는 데는 별 무리가 없다고 했고, 자신이 준 삼백 년 묵은 산삼을 받은 제갈천우는 연신 고맙다고 머리를 숙였다.

'녀석, 제 먹이려고 고이 간직해 놨던 산삼 뺏긴 걸 알면 아마 난리도 아니겠지?'

유종학이 다시 고개를 들어 왕도경을 쳐다보았다.

"아무튼 찾는 대로 조용히 내 방으로 데리고 오게."

"존명!"

"허허! 존명? 자네가 무슨 살수인가? 에휴, 아무래도 난 조금 눈을 붙여야겠네. 이제 그만 나가보게."

그 어느 때보다 충성심이 가득 담긴 왕도경의 대답에 유종학은 실소를 흘리며 나가라고 손짓했다.

"염려 마십시오, 문주님. 제가 반드시 문주님께 심려를 끼친 그 녀석을 잡아 대령하겠습니다."

유종학의 눈살이 찌푸려지는 것을 미처 보지 못한 왕도경은 이를 부드득 갈며 성큼성큼 밖으로 나갔다.

"이놈!!"

"아얏! 원주님! 이것 좀 놓고 얘기해요!"

밖으로 나갔던 왕도경이 설의 귀를 잡아끌고 안으로 들어오는 것을 본 유종학은 이마에 한 손을 얹고 고개를 도리질했다.

유림의 전 유생이 설을 찾아다닌 지 무려 삼 일이 지난 후였다.

'허허, 녀석. 어디 숨어 있었을까? 유생들의 이목을 피해 삼 일이나 숨어 있었다니.'

유종학은 잔뜩 인상을 찌푸리고 있는 설을 물끄러미 바라보다가 이내 고개를 절레절레 저었다.

설이를 찾기 위해 동원된 유생들은 일반 유생이 아니었다. 그들은 유림삼기(儒林三機)라는 유림의 고급 무공을 두루 섭렵한 일류무인들이기도 했다.

이제 열 살 아이가 일류고수 수백의 눈을 피해 삼 일씩이나 은신해 있었다는 사실은 누구도 믿지 못할 일이었지만 유종학만큼은 설이가 충분히 그러고도 남을 아이라는 것을 믿어 의심치 않았다.

'아무리 뛰어난 자객이라도 유림에서 하루 이상은 은신해 있지 못할 것이다. 역시 피는 못 속이는 것이던가?'

유종학은 설의 부모를 떠올리며 속으로 흐뭇한 웃음을 머금었다.

또한 아직 설을 본격적으로 가르치지 않은 자신의 판단이 옳았다는 생각도 들었다.

그가 설에게 가르치려는 공부. 그것은 무엇보다 마음의 수행을 우선으로 해야 하는 것이었기에 저렇게 하늘 높은 줄 모르고 날뛰는 설이 익혔더라면 더한 불상사가 초래됐을지도 모른다는 생각 때문이었다.

유종학은 속으로 왕도경의 손에 귀를 잡힌 설이 대견했지만 차마 겉으로 그런 내색을 하지 못하고 짐짓 무심한 얼굴로 그 둘을 바라봤다.

"장문인, 범인을 잡아왔습니다."

"나도 보고 있네."

"잡아오긴 누굴 잡아왔다고 그래요? 제 발로 걸어왔는데. 그리고 제가 왜 범인이에요?"

설은 왕도경에게 한 번 눈을 흘겨준 뒤 유종학을 향해 해맑은 미소를 지어 보였다.

“사백니이임.”

“징그럽다, 윤석아. 언제부터 네가 사백님이라고 불렀다고. 허허허. 자네는 그만 나가보게.”

“장문인, 이번만큼은 절대로 그냥 넘어가시면 안 됩니다.”

“아, 알았으니까 그만 나가보래도.”

유종학이 미간을 살짝 찌푸리자 왕도경은 아쉬운 표정으로 입맛을 다시며 설에게 눈을 한 번 흘겨주고는 밖으로 빠져나갔다.

왕도경이 밖으로 나가는 것을 물끄러미 바라보던 유종학은 이내 설에게 고개를 돌렸다.

“그래, 이번에는 또 어떤 변명을 대는지 한번 들어보자꾸나.”

“변명이요? 잘못한 게 없는데 제가 왜 변명을 하겠어요?”

“허허, 잘못한 게 없다고? 그럼 여긴 웬일이냐?”

“그야…….”

유종학의 물음에 일순 적당한 대답을 찾지 못한 설은 두 손을 머리에 얹고 사백의 얼굴을 빤히 쳐다봤다.

“그 자식은 괜찮아요?”

“너보다 세 살이나 많은 아이란다. 그 자식이 아니라 형이라고 불러야지.”

“피이! 사백님이 그러셨잖아요. 사람은 나이나 외모, 신분 같은 것으로 평가하는 게 아니라고요. 그건 반쪽짜리 판단이라고. 그런데 그 녀석이 왜 제 형이에요? 그 녀석은 비겁한 놈이라고요.”

“그래, 그 아이가 무슨 비겁한 짓을 했는지 어디 한번 얘기해 보거라. 듣자 하니 여자 아이도 하나 있었다고 하던데.”

“음, 그러니까 말이죠.”

설이 막 대답을 하려는 찰나 밖에서 인기척이 들려왔다.

"장문인, 제갈세가와 남궁세가에서 오신 손님께서 찾아뵙기를 청합니다!"

"지금은 바쁘니 나중에 내가 찾아뵙겠다고 이르게!"

유종학이 외친 잠시 후 다시 말소리가 들려왔다.

"급한 일이라 지금 꼭 만나야겠다고 하십니다!"

"으음, 알았네. 그럼 들라 하시게!"

눈살을 찌푸린 유종학은 설에게 고개를 돌렸다.

"그 얘기는 나중에 듣기로 하고 손님들이 들어오시면 너는 무조건 잘못했다고 용서를 빌거라. 알겠느냐?"

"핫하하! 애들끼리 싸운 것일 뿐인데 무슨 용서랄 게 있겠습니까?"

어느새 남궁술과 함께 방 안으로 들어선 제갈천우는 날카로운 눈으로 설을 응시하며 곁으로 다가왔다.

"네가 우리 명이와 다퉜다는 아이인가 보구나?"

설을 바라보는 제갈천우의 눈에는 의아한 빛이 역력했다.

'흠, 들은 바로는 대단한 무공 실력을 가졌다고 하던데 무공을 익힌 흔적은 보이지 않는군. 의외로 쉽겠어. 하지만 이해가 안 가는군.'

남궁무와 제갈명은 자신들이 한낱 여자 아이와 어린 꼬마에게 당했다는 것에 자존심이 상해 그들의 실력을 부풀려 말했고, 이를 들은 제갈천우도 두 아이의 말을 다 믿을 수는 없었지만 제갈명이 그리 호락호락하게 당할 실력이 아니라는 것을 알기에 사질을 해한 아이도 그에 못잖은 실력을 지니고 있을 것이라 짐작하고 있었다.

하지만 앞에 앉은 아이는 눈망울이 맑고 영특해 보이는 것을 빼면 특별히 체격이 좋거나 별다른 무공을 익힌 흔적이 보이지 않았다.

이에 제갈천우는 설의 전신을 훑으며 일반 아이들과 다른 특이한 점을 찾아내기 위해 눈을 빛냈고, 유종학은 헛기침을 하며 그런 제갈천우의 행동을 슬며시 제지했다.

"허험! 그래, 급한 일이시라는 게……."

"아, 작별 인사를 드리러 왔습니다."

"벌써 떠나시려고요?"

"네. 그전에 한 가지 부탁 말씀을 드리려고 이렇게 왔습니다."

"어떤 부탁이신지?"

유종학은 제갈천우의 떠난다는 말이 너무도 반가웠으나 겉으로는 최대한 섭섭한 표정을 짓기 위해 애를 쓰며 그의 눈을 마주 보았다.

"우리 명이를 저 지경으로 만들었다고 해서 어떤 아이일까 궁금했는데 지금 보니 영민한 것이 역시 평범한 아이가 아니었군요."

"허허, 과찬이십니다. 아직은 그저 장난치기나 좋아하는 철부지랍니다."

말은 그렇게 했지만 유종학은 자부심 섞인 얼굴로 설의 머리를 쓰다듬으며 살포시 미소 지었다.

'그럼, 우리 설이는 태어날 때부터 범인과는 다르게 태어난 아이지.'

"그래서 말입니다만 이렇게 떠나면 제갈세가가 유림에서 큰 낭패를 겪었다고 소문이 날까 두렵습니다. 비록 어린애들의 싸움이었다고는 하지만 아무래도 가문의 전폭적인 지지를 받고 있는 아이인지라… 세가의 명성에 치명타가 될 수도 있지요. 그러니 우리 명이에게 다시 한 번 도전할 기회를 주셨으면 하고 이렇게 결례를 무릅쓰고 찾아왔습니다."

"허허, 이제 갓 열 살 먹은 아이가 실수한 걸 가지고 뭘 그렇게 연연해하십니까? 아직 어리고 철이 없어 그러니 너무 노여워하지 마시고 용서해 주시지요."

"유성 어르신께서 말씀하신 대로 이 아이가 어리다는 것이 더 큰 문제지요. 만약 명이가 진다면 깨끗이 승복하고 물러나겠습니다."

"죄송하지만 우리 설이는 아직 무공을 익히지 않았습니다. 그리고 조카 분의 상처도 다 아물지 않은 것으로 아는데요."

제갈천우가 머리까지 조아리며 부탁하자 유종학은 헛웃음을 삼키며 손사래를 쳤다.

"상처가 심하긴 하지만 열 살짜리 아이를 상대할 정도는 된답니다. 그리고 이번 대결은 무공뿐만이 아니라 학문까지 겨뤘으면 합니다."

"학문이요?"

"네, 유림이나 제갈세가나 모두 문무를 중히 여기며 수련하는 곳 아니겠습니까? 설마 하니 이 아이가 학문까지 익히지 않았다고는 하지 않으시겠지요? 그리고 지금 저는 세가의 대표로 유림 장문인께 정식으로 대결을 신청한 것입니다."

유종학은 더 이상 사양해서 넘어갈 문제가 아니라고 생각하며 설이에게 고개를 돌렸다.

'허허, 정식 도전이라……. 아직 설이에게 본격적으로 무공을 가르친 적이 없는데… 이를 어쩐다?'

자신을 보며 고개를 젓는 유종학을 보자 설은 은근히 자존심이 상했다.

"사백님, 겨루고 싶습니다. 그 비겁한 자식한테 본때를 보여줄게요!"

"이 녀석, 비겁한 자식이라는 말은 그렇게 함부로 쓰는 게 아니야!
죄송합니다. 아이가 워낙 어리다 보니 할 말 못할 말을 아직 가리지 못
합니다."

유종학은 어리다는 말을 강조하며 설을 힐끔 바라봤다.

'무공은커녕 설이의 공부는 아직 일천하다. 더욱이 본인은 자신이
얼마나 대단한 능력을 지녔는지도 알지 못하지. 그래, 이 참에 설이에
게 자신의 능력을 가늠해 볼 기회를 줘보는 것도 나쁘지는 않겠지.'

"부탁드리겠습니다, 장문인."

유종학의 결심을 모르는 제갈천우는 다시 한 번 정중히 허리를 숙이
며 간곡히 청했다.

"흠, 그럼 서로 기분이 상하지 않는 선에서 한번 겨뤄보도록 하지
요."

"감사합니다. 그럼 영빈관에서 기다리겠습니다."

제갈천우가 고개를 숙이고 몸을 돌리자 남궁술도 그 뒤를 따라 걸음
을 옮겼다.

그들이 밖으로 빠져나가는 모습을 바라보던 유종학은 고개를 돌려
설을 물끄러미 바라보며 입을 열었다.

"네가 하고 싶다고 해서 허락은 했다만 자신은 있느냐?"

"아니요. 제가 무슨 수로 이겨요?"

"허허, 그럼 왜 겨루고 싶다고 했느냐?"

"거기서 못한다고 하면 창피하잖아요."

"허허허, 내 앓느니 죽지."

고개를 설레설레 저은 유종학은 잠시 후 설의 손을 잡고 걸음을 옮
겼다.

유종학이 설의 손을 잡고 영빈관으로 오는 사이 제갈천우와 남궁술은 나는 듯 달려 벌써 영빈관에 도착해 있었다.

"네가 원해 일을 벌이긴 했지만 이번에도 진다면 더 이상 떼를 써도 소용없느니라, 알겠느냐?"

"걱정 마세요, 사숙. 그 녀석, 병신 되는 건 이제 시간문제라고요."

제갈천우는 제갈명을 바라보며 속으로 한숨을 내쉬었다.

'냉철함은 지략가의 필수 덕목인데 이 아이는 호승심이 앞서는구나. 아직 어려서겠지. 휴우.'

"왔군."

남궁술의 말에 고개를 돌린 제갈천우 등의 눈에 유종학의 손을 잡고 이쪽을 빤히 쳐다보는 아이가 들어왔다.

"거기는 괜찮아? 헤헤."

"이, 이……."

자신에게 손을 흔들어 보이는 설을 발견한 제갈명은 눈에 불똥이 튀어 더 이상 말을 잇지 못했다.

"그럼 지금부터 제갈세가와 유림의 대결을 시작하도록 하겠습니다."

"허허허, 아이들끼리의 대결이 아니었소이까?"

"이 애들 역시 각각 제갈세가와 유림 소속이잖습니까?"

"뭐, 좋도록 합시다."

"그럼 대결은 세 가지를 병행해서 하는 것으로 하겠습니다."

"세 가지라……."

"네, 첫 번째는 오성을 평가하는 암기고, 두 번째는 무공을 평가하는 비무입니다. 그리고 세 번째는 응용력을 평가하는 진법이지요. 즉, 제가 펼쳐 놓은 진법 속에서 비무를 벌인다는 말씀입니다.”

“허허허, 신기제갈이라 불리는 제갈세가의 기관진식은 천하가 다 아는 사실인데 진법 대결을 한다면 설이는 이미 진 것이나 다름없군요.”

“그건 그렇지가 않습니다. 진법은 가장 흔하면서도 파훼하기가 무척 까다롭기로 정평이 나 있는 팔괘종횡진(八卦縱橫陣)을 펼칠 것입니다.”

“팔괘종횡진이라면 진법에 능한 사람이라도 빠져나오기가 쉽지 않은 것으로 아는데 이 아이들이 과연 그런 진을 견뎌낼 수 있을까요?”

“아무래도 힘들겠죠. 그래서 오성을 평가하는 암기 대결에서 두 아이에게 진의 파훼법을 외우도록 기회를 줄 것입니다. 이 정도면 공평하지 않겠습니까?”

제갈천우의 물음에 유종학은 일순 대답을 하지 못했다.

‘흠, 이럴 줄 알았으면 설이에게 진법이라도 좀 가르쳐 놓을 걸 그랬군. 하지만 공평한 시합 같긴 해. 이런 비무 방식을 생각해 낸 걸 보면 역시 괜히 제갈신산이라 불리는 게 아니었어.’

유종학은 고개를 끄덕이며 설에게로 고개를 돌렸다.

“너무 부담은 갖지 말거라.”

“걱정 마세요, 사백!”

설이 당찬 목소리로 대답하며 앞으로 걸어나오자 제갈천우가 비릿한 미소를 감추며 다시 말을 이었다.

“그럼 지금부터 진의 파훼법을 쓸 테니 유성 어르신께서도 이쪽으로 오셔서 제가 쓰는 파훼법을 옮겨 적으시지요.”

“그러지요.”

유종학이 제갈천우가 쓰고 있는 글을 그대로 옮겨 적는 동안 제갈명이 설의 곁으로 절룩거리며 다가왔다.

“지금이라도 안 늦었다. 사과해. 안 그러면 넌 오늘 내 손에 죽어.”

“사과? 정말 사과하면 봐줄 거야? 어떻게 하면 되는데?”

제갈명이 눈을 부라리며 으름장을 놓자 설은 지레 겁먹은 표정을 지으며 되물었다.

“죄송합니다. 앞으로 다시는 안 그러겠습니다. 이렇게.”

“뭐, 그 정도로 죄송할 것까지야. 알았어. 용서해 주지. 다시는 그러지 마. 알았지?”

“너, 너……..”

자신이 또 한 번 설에게 농락당했다는 것을 깨달은 제갈명은 얼굴이 시뻘게져 말을 잇지 못했다.

“자, 다 됐습니다. 이제 나눠 주도록 하죠.”

“꽤 길군요. 이 많은 걸 어찌 다 외울 수 있을지 걱정입니다.”

“유림은 모르겠지만 제갈세가에서는 식은 죽 먹기죠. 유림에서 배우고 있는 아이니 이 정도는 충분히 외울 수 있으리라 생각됩니다만. 그렇지 않습니까?”

“허허허, 그게 그렇게 되나요?”

유종학이 멋쩍은 얼굴로 웃음 지으며 설에게 가려 하자 제갈천우가 손을 들어 그를 제지했다.

“파훼법을 받은 직후부터 일 다경의 시간을 주겠습니다. 그사이 저는 진법을 펼치도록 하지요.”

“알겠습니다.”

제갈명의 손에 파훼법을 건넨 제갈천우는 즉시 진법을 펼치기 시작했다.

‘난 명이보다 암기력이 뛰어난 사람이 당금 천하에 존재한다고 생각하지 않는다. 더욱이 아무리 파훼법을 완벽하게 암기했다고 해도 생전 겪어보지 못한 진법에 이를 사용할 수 있는 사람은 전무하지. 유성 늙은이의 표정이 볼 만하겠군. 후후.'

제갈천우가 진을 펼치기 위해 몸을 움직이는 동안 파훼법을 건네받은 제갈명과 설의 눈동자도 바쁘게 돌아가기 시작했다.

유종학은 눈을 반짝이며 파훼법을 외우는 설을 바라보다가 진을 치고 있는 제갈천우에게로 고개를 돌렸다.

'팔괘종횡진의 파훼법을 일 다경에 외운다는 것이 불가능할 것이라는 것을 저자도 모르지 않을 텐데. 역시 제갈명이라는 아이는 이미 진에 대해서 파악을 하고 있다는 뜻인가? 허허허, 제갈천우 저 사람, 타고난 여우임에는 틀림없군.'

생각은 그랬지만 유종학의 얼굴에는 시종일관 여유가 흘러넘쳤다.

오히려 그를 힐끔 쳐다보는 제갈천우가 내심 불안할 정도로.

순식간에 일 다경이 흘렀고, 바쁜 손놀림으로 진을 완성한 제갈천우는 허리를 쭉 펴고 이마에 흐르는 땀을 닦았다.

단시간에 난해한 진을 펼치다 보니 심력 소모가 꽤 큰 모양이었다.

"자, 이제 시간이 됐으니 시작하시죠. 안에 들어서는 사람은 밖을 볼 수 없지만 밖에서는 안을 들여다볼 수가 있으니 누구라도 위기에 빠지면 즉시 손을 쓸 수가 있습니다. 그러니 안심하시고 대결을 지켜보시기를. 참관인은 남궁세가의 호법이신 남궁술 대협께서 해주기로 하셨습니다."

"좋지요. 어디 후학들의 실력 좀 볼까요? 허허허."

유종학은 화통하게 웃긴 했지만 속은 그리 편치 않았다.

‘이자들이 정말 유림을 우습게 보고 있군. 참관인을 같이 온 남궁세가에게 맡기다니……’

“자, 그럼 명이와 유림의 꼬마는 진 안으로 들어서도록. 먼저 진 밖을 나오거나 진 안에서 상대에게 항복을 받아내면 이기는 것으로 하겠다.”

다른 때 같으면 꼬마라는 말에 발끈할 설이었지만 지금은 듣지 못한 듯 유종학이 건네준 파훼법을 빤히 바라보며 골똘히 생각에 잠겨 있었다.

‘진법이라고? 이거 아버지가 가르쳐 준 함정 놀이하고 비슷한 거 같아.’

“설아, 뭐 하고 있느냐, 어서 들어가지 않고?”

유종학의 부름에 정신을 차린 설이 힐끗 고개를 돌렸다.

우측에 서 있던 제갈명이 자신을 잡아먹을 듯 노려보고 있었다.

“겁나냐?”

“응, 겁나. 너 고자 만들까 봐.”

“뭐라고?”

“둘 다 조용히 하고 진 입구에 서거라!”

제갈천우는 서로에게 으르렁거리는 제갈명과 설의 사이를 막아서며 손을 번쩍 치켜 올렸다.

“내가 손을 내리면 진에 발을 들여놓고, 그때부터 대결이 시작되는 것이다. 알겠느냐?”

“네.”

제갈명과 설이 이구동성으로 답하자 제갈천우의 손이 빠르게 아래로 내려졌다.

순간, 두 아이의 몸이 동시에 사라졌다.

"아니, 제갈 대협, 얘기가 다르지 않소?"

"일시적일 뿐입니다. 초입에서만 나타나는 현상이지요. 제대로 생로에 들어선다면 잠시 후에 모습이 보일 겁니다."

진에 들어선 제갈명은 사숙이 마지막에 보낸 전음을 떠올려 봤다.

"명아, 파훼법에 하나씩 더해라."

"후후, 사숙님이 장난을 치셨군. 그러지 않으셔도 되는데."

제갈명은 아이답지 않은 비릿한 미소를 날리며 자신이 외웠던 파훼법을 되새겨 보았다.

"마지막 부분이 좀 가물거리긴 하지만 뭐 이 정도로도 그 건방진 녀석의 버릇을 고쳐 주는 데는 무리가 없을 거야. 좌 삼 보에 우 이 보로 외웠으니 좌 사 보에 우 삼 보겠군."

조심스레 발을 내디딘 제갈명은 걸음을 옮겼는 데도 이렇다 할 반응이 나타나지 않자 내심 쾌재를 부르며 사방을 둘러보기 시작했다.

"됐어. 넌 이제 죽은 목숨이야. 흐흐흐."

"헉! 이건 또 뭐야?"

설은 느닷없이 떨어져 내리는 낙석을 피하며 혼비백산했다.

"어, 이상하다? 파훼법대로 걸었는데 왜 이러는 거지? 원래 이런 건가? 흐음, 아무래도 이상해."

고개를 갸우뚱하며 잠시 고민하던 아이는 두 눈을 질끈 감고 걸음을 옮겼다.

'모든 진의 근간은 무극(無極), 일원(一元), 음양(陰陽), 삼재(三才), 사상(四象), 오행(五行)의 범주에서 벗어나지 못한다. 침착하게 하나하나 풀다 보면 길은 있기 마련. 그래, 내가 모르는 진이라면 내가 아는 진으로 바꾸면 되는 거야.'

두 손을 앞으로 내밀고 더듬거리는 모습이 마치 맹인이 문고리를 잡는 모습과 흡사했지만 설의 표정은 그 어느 때보다 진지해 보였다.

"허허, 제갈 대협 말씀대로 다시 나타났군요."

걱정스런 기색으로 진을 살피던 유종학은 약속이나 한 듯 동시에 나타난 두 아이를 보며 기분 좋은 미소를 짓느라 경악으로 커진 제갈천우의 눈동자는 미처 보지 못했다.

'헉, 저 녀석! 어떻게 진을 빠져나왔지? 혹시 팔괘종횡진을 이미 알고 있었던 건가? 그럴 리가! 팔괘종횡진이 널리 알려졌다고는 하지만 저 진은 제갈세가에서 변형시킨 진! 결코 알 수 없다!

"암기 대결은 무승부 같지 않소?"

"네, 아무래도 그런 것 같습니다."

유종학의 물음에 마지못해 고개를 끄덕인 제갈천우는 두 아이를 뚫어져라 응시했다.

"여기 있었구나!"

설이 눈을 질끈 감고 나타나자 제갈명은 이를 부드득 갈며 장을 날렸다.

슈웅!

비록 어린아이의 장이었지만 아이의 장력에는 제갈세가의 독문무공인 소천성장의 힘이 실려 있어 결코 무시할 수 없는 위력을 담고 있었다.

"설아, 피해야지!"

"하하, 진 안이라 어르신의 목소리를 듣지 못할 겁니다."

유종학의 근심 어린 외침에 유쾌한 음성으로 답한 제갈천우는 다시 고개를 돌렸다.

제갈명의 장은 여전히 피할 생각을 못하고 있는 설의 머리를 향해 있었다.

소천성장이 설의 머리에 닿는 순간 유종학은 설을 구하기 위해 급히 몸을 날렸다.

하지만 그는 곧 걸음을 멈추고 말았다. 설이 순식간에 그의 시야에서 사라졌기 때문이다.

"어찌 이런 일이? 제갈 대협, 저 아이는 우리 설이에게 살수를 펼치고 있지 않소? 그리고 설이는 왜 또 사라진 거요?"

"허억! 저, 저것은!"

몸을 날리려다 고개를 홱 돌린 유종학의 얼굴에는 더 이상 미소가 보이지 않았고, 불신의 기색이 역력한 제갈천우의 눈동자는 크게 흔들리고 있었다.

"이 대결은 없었던 것으로 합시다. 그러니 어서 설이를 꺼내주시오."

"저도 그러고 싶습니다만 지금 당장은 불가능합니다!"

"뭐라고요? 그게 무슨 말씀이오?"

"저 아이가 진을 바꾸고 있습니다."

"허허, 그게 말이나 되는 소립니까?"

유종학이 가당치 않다는 표정을 짓자 제갈천우는 상기된 얼굴로 그를 향해 되물었다.

"저 아이, 천마교와 어떤 관계입니까?"

"천마교라니? 그게 무슨 소리요?"

"흥! 천마교와 관련이 없다면 어떻게 저 녀석이 팔괘종횡진을 마마종횡진(魔魔縱橫陣)으로 바꾼단 말입니까?"

"지금 마마종횡진이라고 하셨소?"

유종학은 대경한 표정으로 두 아이가 들어가 있는 진을 향해 거칠게 고개를 돌렸다.

'이런, 실수다. 내가 왜 설이가 사부에게 진법을 배웠으리라는 생각을 못했을까?'

유종학은 기쁨과 고뇌가 엇갈린 심정으로 설이 사라진 방향을 주시했다.

과연 제갈천우의 말대로 진에는 처음과 다른 기운이 느껴졌다.

그것은 음습하고 끈적끈적한 기운.

마기(魔氣)였다.

그사이 진 속으로 사라졌던 설은 제갈명의 뒤에 서서 그가 두리번거리는 모습을 지켜보며 고소를 머금고 있었다.

'흐흐흐, 역시 아버지가 가르쳐 준 대로 흡성찰령진(吸性擦領陣)을 쓰니까 진이 변했어. 어디, 당해봐라.'

설은 유림으로 오기 전에 아버지에게 배웠던 함정 놀이가 뜻밖의 상황에서 진가를 발휘하자 속으로 쾌재를 불렀다.

설이 배운 흡성찰령진.

그것은 천마교에 내려오는 절기로 상대가 시전하는 무공의 성질을 자신에게 이롭게 변화시키는 천마심공(天魔心功)이라는 심법에 근간을 두고 있었다.

하지만 무공이 아닌 진법을 바꾸는 방법으로만 배웠던 설은 이를 아버지가 일러준 흡성찰령진으로만 알고 있었고, 진 밖에서 이를 본 제갈천우 또한 지금은 실전됐다고 알려진 천마대제의 마마종횡진이라 판단한 것이다.

하지만 천마심공이나 흡성찰령진, 그리고 마마종횡진 모두 천마교와 깊은 관련이 있는 이름임에는 틀림없었다.

슈욱!

제갈명은 설을 찾아 두리번거리다 진의 상황이 이전과 달라졌음을 느꼈다.

한 걸음을 내디딜 때마다 흉측한 몰골을 한 인영이나 악귀의 잔상들이 자신에게 달려들었기 때문이다.

"귀, 귀신이다!"

크게 당황하고 있던 제갈명은 갑자기 등 뒤로 엄습하는 섬뜩한 기운에 급히 몸을 돌렸고, 진 밖에서 이를 지켜보던 제갈천우는 다급한 마음에 큰 소리로 외쳤다.

"명아, 어서 피해라! 뒤야!"

하지만 제갈명은 전혀 듣지 못한 듯 주위를 두리번거릴 뿐이었다.

워낙 위급한 상황이다 보니 제갈천우는 좀 전에 진 속에서는 밖의 소리가 들리지 않는다는 말을 자신이 직접 했다는 것도 떠오르지 않았다.

퍼억!!

"으으아아아아악!!"

"이런, 미안미안! 일부러 그런 거 아니야. 정말이야."

입에 거품을 물고 쓰러진 제갈명은 두 손으로 자신의 그곳을 부여잡았고, 설은 그 앞에 서서 멋쩍은 표정으로 머리를 긁적였다.

제갈명의 항문에 일침을 가하려다가 그가 급히 몸을 돌리는 통에 의도하지 않았던 결과가 초래되고 말았다.

설이 모은 열 손가락이 하필이면 얼마 전 제갈명에게 꽤 큰 부상을 안겨줬던 사내의 중요한 곳에 닿아 있었던 것이다.

설은 잠시 멍한 채로 어쩔 줄 몰라 하며 유종학 쪽으로 고개를 돌렸다.

"이이, 괘씸한 놈! 제갈세가의 대를 끊기 위해 작심한 놈이구나!"

제갈천우는 감히 진 안으로 들어설 엄두를 내지 못하고 이를 부드득 갈며 노호성을 터뜨렸다.

"죄송해요. 근데 정말 일부러 그런 건 아니에요."

"아니, 지금 내 말이 들리느냐!"

"네."

설이 기어들어 가는 목소리로 답하자 제갈천우는 다급히 손짓하며 말을 뱉었다.

"그럼 당장 명이를 데리고 이곳으로 나오너라."

고개를 끄덕인 설은 정신을 잃고 쓰러진 제갈명을 부축해 진 밖으로 빠져나왔다.

제갈천우는 설이 진 속에서 자신의 목소리를 들은 것에 크게 놀랐지만 지금은 그런 것을 따질 경황이 없었다.

다급히 제갈명의 신색을 살피던 제갈천우는 고개를 푹 숙이고 안타까운 침음성을 삼켰다. 전신을 부르르 떠는 사질을 보니 그 똑똑하던 머리가 화석처럼 굳어버렸기 때문이다.

"다행히 상처가 크게 도진 것 같지는 않습니다. 좀 놀란 것뿐이니 너무 심려치 마십시오."

곁으로 다가온 유종학이 제갈명의 몸을 이리저리 만져 보고는 무겁게 입을 열었다.

"홍, 알고 있습니다."

"……."

유종학은 속으로 침음성을 삼켰다.

'큰일이군. 이자는 우리가 천마교와 연관이 있다고 생각하는 모양이야.'

마마종횡진은 천마교에서도 아는 자가 극히 드문 진법이다. 하물며 작금에 이르러서는 실전됐다고 알려진 절진. 또한 제갈신산이라고까지 불리는 제갈천우가 마마종횡진을 모를 리도 없었다.

"너, 어떻게 마마종횡진을 알고 있지? 누구에게 배운 것이냐?"

"마마종횡진이요? 그게 뭐죠? 저는 처음 듣는데요."

"뭐라? 그럼 네가 저 진을 바꾼 것이 우연이었단 말이냐?"

제갈천우가 손가락으로 가리킨 곳으로 고개를 돌렸던 설은 당혹스런 표정으로 다시 입을 열었다.

"아무튼 마마종횡진은 몰라요. 저는 그냥 아버……."

짝!

제갈천우의 물음에 대답하던 설은 눈앞에 별이 번쩍 하는 바람에 다음 말을 잇지 못했다.

"사백, 왜 때리세요?"

"고얀 놈! 너같이 미천한 것이 감히 제갈세가의 귀한 자제 분을 이기려고 비겁한 암수를 쓰다니! 그리고 내가 왜 네 사백이냐? 천애고아를 데려다 키워줬더니 이제 하늘 높을 줄 모르고 날뛰는구나!"

제갈명에게 맞은 뺨은 부기가 채 가시기도 전에 삽시간에 다시 부어올랐다.

하지만 설은 시뻘겋게 부어오른 뺨을 어루만질 생각도 하지 못한 채 영문을 모르겠다는 표정으로 조용히 한숨을 내쉬었다.

"휴우, 저는 비겁한 행동을 한 적 없습니다! 저는 단지 아버……."

짜악!

"뭘 잘했다고 떠드는 것이냐? 너 같은 놈을 데려다 키운 게 후회스럽구나! 더 이상 보기 싫으니 썩 물러가거라!"

"사백……."

"난 너 같은 사질 둔 적 없다! 그러니 내 눈앞에서 당장 사라지거라!"

"갑자기 왜 그러세요?"

"헛! 고얀 놈! 내 말이 말같이 들리지 않느냐? 어서 사라지지 못할까!"

"제가 어딜 가요. 여기가 집인데. 가려면 저 녀석이 가야죠."

설은 제갈명을 손가락으로 가리키며 눈물을 글썽였다.

이를 본 유종학은 마음이 아팠지만 이내 마음을 모질게 먹었다.

설과 자신을 향해 의심의 눈초리를 보내고 있는 제갈천우의 앞이라 전음조차 사용할 수 없는 상황이 답답했지만 어쩔 수 없었다.

‘네 부모의 신분이 밝혀지면 네가 위험해질 수도 있단다. 조금만 참 거라, 설아.’

유종학은 안타까운 내심을 애써 감추고 버럭 소리를 질렀다.

“어서 제갈 대협께 사죄드리지 못할까!”

“사백, 사백께서는 설령 죽을지언정 군자는 그릇된 일을 옳다 하지 않는다고 하셨잖아요. 저는 그 말씀을 받들기 위해서라도 추호도 용서를 구할 생각이 없습니다.”

설이 세차게 고개를 저으며 고집스레 입을 굳게 다물어 버리자 유종학은 노기 띤 음성으로 천천히 입을 열었다.

“네가 정녕 끝까지 세 치 혀로 하늘을 가리려 하는구나! 좋다! 그렇다면 이곳을 떠나거라! 더 이상 경우도 근본도 모르는 놈을 들일 수 없는 일! 만일 부모가 있었다면 이런 경우 어떻게 행동해야 한다는 것을 가르쳐 주었을 텐데 역시 넌 그런 것은 전혀 배우지 못한 모양이구나! 이제 나도 지쳤다! 어서 가거라!”

“떠나라니요? 그리고 제가 뭘 잘못했다고 사과를 해요?”

“아니, 그래도 이놈이!”

“…….”

고개를 떨구고 한동안 말을 잇지 못하던 설은 문득 유종학의 마지막 말이 이상하다는 생각이 들었다.

‘부모가 있었다면 이런 경우 어떻게 행동해야 하는지를 가르쳐 줬을 거라고? 그렇구나. 지금 사백의 말은 다른 의도를 담고 있어. 그게 뭐지?

잠시 후 고개를 쳐든 설이 유종학을 물끄러미 바라보며 입을 열었다.

"정말 저 비겁한 녀석에게 사과하기를 바라세요?"

"잘못을 했다면 용서를 구해야 옳지. 만일 그것이 싫다면 그냥 떠나도 좋다. 어차피 넌 더 이상 내 사질도 유림 제자도 아니니까."

유종학이 말하기도 귀찮다는 듯 손을 내저으며 고개를 홱 돌리자 설은 두 주먹을 움켜쥐고 온몸을 부르르 떨었다.

"저따위 녀석 때문에 내가 유림 제자가 아니라고요? 아무 잘못도 안 했는데 용서를 빌라고요? 그렇게는 못해요! 안 할 거라고요!"

설은 이내 몸을 돌려 뛰어가기 시작했고, 멀어지는 그의 뒷모습을 바라보던 유종학은 다시 제갈천우에게 고개를 돌렸다.

"천애 고아를 주워다 오냐오냐 길렀더니 저렇게 버릇없이 컸습니다. 오늘 대결은 본 유림이 제갈세가에 패했음을 시인합니다."

"뭐 그렇게까지 말씀하신다면야. 어험."

제갈명을 들쳐 업은 제갈천우는 유종학에게 고개를 돌렸다.

"아무튼 폐 많이 끼치고 갑니다. 나중에 다시 뵐 때는 좀 더 예의를 갖추겠습니다. 그럼."

제갈천우는 사태가 이런 식으로 흐르자 더 이상 추궁하기도, 그 자리에 있기도 민망했는지 유종학에게 인사를 하는 둥 마는 둥 급히 자리를 뜨기에 바빴다.

"예의라니, 별말씀을 다 하십니다. 멀리 못 나갑니다."

제갈천우와 남궁술에게 포권을 취해 보인 유종학은 그들이 걸음을 옮기는 것을 물끄러미 바라보다가 이내 몸을 돌리며 한숨을 내쉬었다.

"휴우, 하마터면 큰 불상사가 생길 뻔했군. 사부가 설이를 가르쳤을 거라는 걸 생각 못한 불찰이지. 설마 했는데 천마심공까지 익히고 있을 줄이야. 어쩌면 일월의 기운마저 지니고 있을지도……. 역시 피는 속일 수 없다는 건 만고불변의 진리로구나. 허허허.”

유종학은 자신조차 설의 진면목을 모르고 있었다는 생각에 허탈한 웃음이 새어 나왔다. 하지만 이내 한시라도 빨리 설을 찾아야겠다는 생각에 서둘러 걸음을 옮기기 시작했다.

그때였다.

스르륵!

“당신은 좌마사(左魔使)!”

“오랜만이오.”

유종학의 놀란 외침에 좌마사라 불린 사내는 퉁명스레 대꾸했다.

음습하고 차가운 그의 얼굴 어디에도 인간의 감정이라고는 눈곱만치도 찾아볼 수 없었다.

“허허허, 자네는 아직도 나를 교주로 인정하지 않는군.”

“천마심공을 익혔다고 모두 교주로 불리면 나도 벌써 교주가 됐겠지.”

유종학이 씁쓸한 얼굴로 묻자 좌마사는 여전히 무심한 어조로 고개를 끄덕였다.

“그럼 여기는 뭣 때문에 왔는가? 설마 날 보러 오지는 않았을 테고.”

“흥! 내가 지난 삼 년간 이곳에서 소주(少主)를 보호하고 있었다는 것을 몰라서 물으시오?”

“소주라……. 역시 자네는 아직도 사부님을 따르고 있었군. 이미 교의 일에서 손을 떼신 지 백 년이 지났거늘.”

유종학은 피식 웃음을 머금고 좌마사를 빤히 쳐다봤다.

설이 이곳으로 온 삼 년 전부터 누군가가 그의 주변을 맴돌았다는 것은 짐작하고 있었지만 그가 좌마사일 줄은 꿈에도 짐작하지 못했다.

'천마쌍사(天魔雙使)는 사부의 곁에서 한시도 떨어지지 않는 수신호법. 역시 사부께서는 세상을 등지시면서 쌍사에게 설이의 호위를 맡기셨군.'

유종학은 슬쩍 공력을 일으켜 주변의 기척을 감지해 봤다.

이곳에 좌마사가 있다면 우마사(右魔使) 역시 멀지 않은 곳에 있을 것이라는 생각 때문이었다.

"아무리 찾아봐도 소용없을 거요. 우마사는 지금 다른 명을 수행하고 있으니까."

"그랬군. 그런데 그런 얘기를 내게 해주는 까닭이 무엇인가? 그냥 한 말은 아닐 테고……."

유종학은 천마쌍사의 입이 극히 무겁다는 것을 알기에 오늘 좌마사가 모습을 드러낸 것도, 그가 지금 자신과 대화를 주고받는 것도 필시 이유가 있을 것이라고 짐작했다.

역시 유종학의 예상대로 좌마사는 그의 물음에 고개를 한 번 끄덕인 뒤 천천히 입을 열었다.

"그렇소. 나는 당신이 소주에게 천마심공을 가르치기를 기다리고 있었지만 당신은 소주를 바보로 만들기로 작정한 사람처럼 보이더군. 무인에게는 하등 필요없는 경서들을 읽히지를 않나. 흥! 기대한 내가 바보지."

좌마사는 그동안 무척 불만이 많았는지 눈썹을 꿈틀거리며 다시 말을 이어갔다.

"앞으로는 소주를 찾지 마시오. 지금부터는 내가 직접 그분을 모실 테니까. 아시겠소?"

"사부가 그러라고 시키시던가? 설이는 내가 맡기로 한 것으로 아네만……. 자네가 받은 명은 설이를 호위하는 것일 테고."

유종학이 안색을 굳히며 입을 열자 좌마사 또한 지지 않고 버럭 소리를 질렀다.

"당신은 소주를 가르칠 자격이 없어! 교주께서는 당신이 이런 식으로 행동할지 미처 예상을 못하셨을 거야!"

"허허허, 감정을 드러내다니. 자네, 많이 변했군."

"이이…….."

유종학이 피식 웃음을 머금자 좌마사는 눈을 번득이며 두 주먹을 말아 쥐었다.

자신의 치부가 드러난 것 같은 불쾌함이 전신을 엄습해 왔기 때문이다. 하지만 좌마사는 이내 평정심을 되찾고 다시 입을 열었다.

"아무튼 지금부터는 소주의 일에 관여하지 마시오."

"……."

유종학은 물끄러미 좌마사를 바라보며 생각에 잠겼다.

앞에 선 사내는 자신과 비교해도 전혀 손색이 없는 고수. 그가 가르친다면 설이는 분명 천하의 손꼽히는 고수로 자라날 것이 틀림없었다.

하지만 그렇게 되면 설의 아버지나 자신이 바라는 것과는 많은 차이가 있었다.

'무정마혈(無情魔血)이라는 별호로 불렸던 자네에게도 인간의 감정이 남아 있었군. 그래, 설이는 그런 아이지. 제아무리 천하의 악인이라 해도 정을 주지 않고는 못 배길 만큼 귀엽고 총명한 아이. 하지만 진정으로 그 아이가 잘되기를 바란다면 내가 맡아야 한다네.'

유종학은 아무래도 오늘 좌마사와 자신 둘 중에 한 명은 피를 봐야 할 것 같다는 생각이 들었다.

'사부가 자네에게 사연을 얘기해 주지 않았다면 필시 연유가 있었을 터. 나도 어쩔 수 없구먼.'

내심 마음의 결정을 내린 유종학은 고개를 들어 올리며 천천히 입을 열었다.

"그래, 설이가 어디로 가려고 하는지는 짐작하고 있나?"

"물론. 소주는 지금 천마동(天魔洞)으로 이동 중이오."

"천마동?"

유종학의 당혹스런 물음에 좌마사는 고개를 끄덕이며 몸을 돌렸다.

"그러니 오늘의 싸움은 훗날로 기약합시다. 나는 이만 가보겠소."

"잠깐!"

유종학이 손을 들어 급히 제지하자 좌마사가 힐끗 고개를 돌렸다.

"또 볼일이 남았소?"

"천마동으로 간 게 확실한가?"

"유림을 나서자마자 천마산 쪽으로 향하는 것을 확인했소. 지금은 사종달의 여식이 소주의 뒤를 따르고 있지."

"으음, 사종달의 여식이라니? 그럼 제갈세가와 마찰을 빚었다는 게 그 아이겠군."

이제야 일전의 상황을 파악한 유종학이 다시 입을 열었다.

"알겠네. 그럼 가시게. 하지만 가끔 설이 안부는 전해주시게. 자네 혼자 감당치 못할 상황이 있을 수도 있는 것 아닌가? 사람 일이란 모르는 법이니."

"그 정도는 해주겠소. 하지만 내가 감당치 못할 상황은 없을 것이오."

좌마사는 짧게 고개를 끄덕인 후 곧바로 몸을 날렸다.

그의 멀어지는 뒷모습을 바라보며 유종학은 희비가 엇갈린 얼굴로 중얼거렸다.

"허허허, 삼 년의 기다림이 이렇게 끝을 맺다니. 한낱 호승심에 설이를 이런 식으로 보내고 말았군. 훗날 사부의 낯을 어떻게 뵌단 말인가? 이런 내가 설이를 무슨 자격으로 가르칠 수 있으리. 그래, 설이라면 스스로의 힘만으로도 건곤지인(乾坤之人)을 이룰 수 있을 게야."

좌마사와의 일전까지 불사하려 했던 유종학은 언제 그랬냐는 듯 씁쓸한 얼굴로 뉘엿뉘엿 지고 있는 석양을 바라보았다.

유림을 나선 제갈천우는 걸음을 재촉하고 있었다.

"이보게, 명이가 많이 안 좋아 보이는데 이렇게 급하게 떠날 게 뭐 있나?"

남궁술은 근심 어린 표정으로 제갈명을 바라봤다.

자꾸 귀신 뭐라고 중얼거리는 것이 진에 갇혔을 때 혼이 나도 단단히 난 모양이었다.

"지금 명이가 문제가 아니야."

"뭐라고? 그럼 뭐가 문젠가?"

"잘하면 자네와 나, 그리고 세가의 명성을 드높일 기회가 생길 수도 있을 것 같네."

"명성? 난 도통 무슨 말인지 모르겠군."

“후후후, 두고 보면 아네.”

제갈천우는 고개를 갸우뚱하는 남궁술에게 의미심장한 미소를 지어 보인 후 더욱 바쁘게 걸음을 놀리기 시작했다.

◆ 第三章 ◆
천마폭에서

설은 이런 저런 생각으로 머리가 어지러웠다. 결코 왕도경에게 오물을 씌운 일이나 제갈명에게 못할 짓(?)을 저지른 것 때문은 아니었다.

"분명 사백에게는 뭔가 말 못할 사연이 있었어. 하지만 마음에 두지 않았다면 어떻게 그런 말을 할 수가 있겠어."

설은 다른 누구도 아닌 사백 유종학이 자신을 때렸다는 사실에 큰 충격을 받았다.

물론 유종학에게 피치 못할 사정이 있었으리라는 것은 어느 정도 눈치채고 있었다. 하지만 그것은 단지 설의 짐작일 뿐 그의 입을 통해 직접 들은 것은 아니었기에 서운한 마음이 드는 것은 어쩔 수가 없었다.

"이제 어떻게 하지?"

무작정 나오긴 했지만 한 번도 유림을 벗어나 본 적이 없는 설은 막상 어디로 가야 할지 그저 막막하기만 했다.

"두고 봐! 아버지한테 다 이를 거야! 흑흑."

설은 서러운 마음에 참았던 울음이 터져 나왔다.

"흑흑, 엄마, 보고 싶어."

한참을 울다 보니 이제껏 마음속에만 품고 있던 부모에 대한 그리움이 봇물처럼 터져 나왔다.

외로웠다.

그 자리에 부모가 있었다면 사백처럼 자신을 때리지는 않았으리라.

맞아서 아픈 것은 아니었다. 사백의 말이 지금까지도 비수처럼 자신의 가슴을 후벼 파서 아픈 것이었다.

"어차피 넌 더 이상 내 사질도 유림 제자도 아니다!"

설은 마지막으로 부모님을 본 것이 유림으로 처음 왔던 날이었음을 떠올리며 느릿느릿 걸음을 옮기기 시작했다.

쏴아아!

언제 불기 시작했는지 바람에 부딪친 대나무들이 청량한 소리를 내기 시작했다.

딸랑딸랑!

송죽림 내에 위치한 가옥 대청마루에 걸려 있는 풍경 소리가 죽림의 몸부림과 어우러져 간간이 들려오는 한겨울의 정겨운 오후였다.

기무규는 밤새 앞마당에 쌓인 눈을 밟으며 한가로이 거닐고 있었다.

뽀드득!

발에 닿는 눈의 감촉이 좋았던지 기무규는 그 느낌을 음미하려는 듯 한 발 한 발 정성스레 눈을 밟아갔고, 시린 두 손을 가지런히 모아 호 호 불어대는 그의 입에서는 새하얀 입김이 새어 나왔다.

"녀석, 지금 많이 당황하고 있겠지. 후후."

그의 머리 속에는 자신과 무척 닮은 한 아이의 얼굴이 그려지고 있 었다.

인시(寅時).

한 아이가 덩그러니 방 안에 앉아 있다. 이제 갓 예닐곱 정도 되어 보이는 아이는 따뜻하게 데워진 방바닥에 엉덩이를 지지고 앉아 고개 를 푹 숙이고 있었다.

"아함, 졸려."

아이의 고개가 좌우로 흔들렸다.

"좀만 참자. 조금 있으면 밥 먹는다."

짝! 짝!

"식사 시간이다."

"응, 알았어. 지금 나가."

졸음을 쫓기 위해 자신의 뺨을 몇 번 처대던 아이는 밖에서 들려오 는 여인의 나지막한 부름에 언제 졸았냐는 듯 벌떡 일어났다.

"야호! 오늘은 밥 먹는다!"

한 팔을 번쩍 치켜 올리며 방문을 열고 쪼르르 달려나가는 아이의 모습은 무척 해맑아 보였다.

식사를 하기에는 전혀 적당치 않은 시각이었지만 모인 이들의 모습은 지극히 자연스러워 보였다.

"잘 먹을게."

아이의 손이 바쁘게 움직였다.

"피곤하지 않니?"

"아니. 뭐, 이젠 습관이 돼서 별로 안 피곤해."

여인은 밥을 먹는 아이의 머리를 쓰다듬었다.

"엄마는?"

"난 생각없어."

"그래도 좀 먹지."

아이는 여인에게 식사를 권하면서도 제 입에 밥을 밀어 넣는 것을 잊지 않았다.

"배 많이 고팠어?"

"그럼 삼 일을 굶었는데 배 안 고플 사람 있나?"

"삼 일이나 굶었나?"

아이의 이름은 설(雪)이었다.

엄마를 친구쯤으로 여기는 거리낌없는 말투를 보면 꽤나 버릇없는 아이였으나 그녀는 그다지 신경 쓰지 않는 눈치였다. 삼 일을 굶게 놔 둔 것이 못내 마음에 걸리는지 머리를 쓰다듬는 그녀의 손길은 도무지 멈출 생각을 하지 않았다.

"근데 우리 집은 왜 밤에만 밥 먹어?"

이제 어느 정도 배가 부르는지 아이는 밥상에 놓인 물잔을 잡으며 그녀에게 물었다.

"그건 아버지가 널 위해 만든 규칙이야. 아버지는 설이가 부지런하기를 바라서."

“피이, 거짓말.”

“정말이야.”

설의 나이 일곱 살. 아직도 한참을 더 자라야 할 파릇파릇한 나이였지만 아이는 자신이 알 건 다 알고 있다는 맹랑한 생각을 가지고 있었다.

엄마의 눈을 빤히 바라보던 아이는 그녀의 눈에 진심이 담겨 있는 것 같다는 생각이 들었는지 고개를 끄덕였다.

“하긴 엄마는 거짓말 못하지.”

“호호, 그래, 엄마는 거짓말 못해. 근데 안 졸려?”

“당연히 졸리지. 하지만 그때 안 일어나면 밥 안 주잖아. 맨날 늦잠 자다가 밥 때를 놓치다 보니까 이젠 인시가 되기도 전에 저절로 눈이 떠진단 말이야.”

설은 당연한 말을 묻는 그녀가 얄밉게 느껴져 입술을 삐쭉 내밀었다.

“모든 일은 하면 할수록 느는 거야. 잠도 마찬가지거든. 많이 자면 잘수록 더 자고 싶단다. 그런 걸 욕심이라고 해.”

“흥, 그런 게 욕심이면 세상 사람들 다 욕심쟁이겠다.”

“그래, 네 말대로 세상 사람들은 전부 욕심쟁이야. 아무리 착한 사람도 자기만의 욕심을 가지고 살지. 부모를 잘 봉양하고 싶다든지 자식을 잘 키우고 싶다든지. 뭐든 자신이 바라는 걸 하고자 하는 마음은 다 욕심이란다.”

“피, 엄마는 이상한 말만 안 하면 정말 좋은데. 엄마 말대로라면 세상 사람들이 다 나쁜 사람들이겠네?”

“욕심이 많다고 다 나쁜 건 아니야. 욕심을 내서 다른 사람에게 해를 끼치는 사람들이 나쁜 거지. 또 사람은 잠을 자야 피로가 풀리니까 잠을 자는 걸 당연하게 여기지만 그건 습관일 뿐이란다. 안 자 버릇하면 잠 안 자고도 얼마든지 살 수 있어.”

“그럼 나는 잠을 안 자는 연습 중이니까 이 다음에는 안 자고도 살 수 있는 거야?”

엄마는 설이 심각한 얼굴로 묻자 아이의 볼을 살짝 꼬집으며 웃었다.

“그야 당연하지. 설이 키가 두 뼘만 더 자라면 아마 잠을 안 자도 하나도 안 피곤할 거야.”

“정말?”

“응. 하지만 엄마가 일러준 거 있지? 그건 매일 암송해야 해. 그걸 해야 설이가 안 자고도 살 수 있게 되거든. 근데 이상하다? 왜 설이는 엄마가 가르쳐 준 걸 외우는 데도 피곤할까?”

설은 그녀의 말에 찔리는 구석이 있는지 방바닥을 손가락으로 긁으며 딴청을 부렸다.

“저기 있잖아, 엄마. 일월성신경이라는 그거 말이야. 너무 재미없어.”

“흠, 엄마가 그 이름은 입 밖으로 꺼내지 말랬지!”

“아, 맞다.”

일월성신경이라는 말을 들은 엄마가 안색을 굳히자 아이는 자신의 실수를 깨닫고 제 입을 두 손으로 막았다.

“휴우, 설아.”

“응.”

“엄마하고 약속한 건 꼭 지켜야 해.”

"응, 잘못했어."

풀 죽은 아들의 모습이 마음에 걸린 엄마는 아이의 한 다리를 잡아 곁으로 끌어당겼다.

"아무리 재미없어도 엄마가 일러준 것을 매일매일 암송해야 해. 그러면 나중에 아주 힘이 세지거든. 설이는 힘 센 사람 되는 거 싫어?"

모처럼 엄마 품에 안긴 것이 마냥 좋은지 아이는 그녀의 목을 팔로 감싸 안으며 살며시 고개를 저었다.

"어머, 애 좀 봐. 다 컸으면서 애기 짓 하는 거야?"

"아니야!"

엄마는 아이의 볼을 살짝 깨물고는 안고 있던 양팔에 힘을 주었다.

"근데, 엄마!"

"응?"

"힘이 세면 얼마나 세져?"

"음, 설이는 뭐가 제일 무서워?"

"난 무서운 거 없어!"

호기롭게 답하는 아이의 모습에 엄마는 절로 웃음이 새어 나왔다.

"그래도 아주 조금은 무서운 게 있을 거 아냐."

"으음, 호랑이?"

그녀는 대답하자마자 자신의 품에 고개를 푹 파묻는 아이를 다시 한 번 꼭 끌어안으며 입을 열었다.

"호호, 설이는 호랑이를 제일로 무서워하는구나?"

"아냐. 그냥 쬐끔 무서운 거야. 아주 쬐끔."

"그래? 근데 어쩌니? 우리 설이가 열심히 외우면 아주 쬐끔 무서워하는 그 호랑이도 이길 수 있는데."

“정말?”

엄마의 말에 고개를 번쩍 치켜든 아이의 눈동자가 빛났다.

“그러니까 매일매일 열심히 외워야 해. 다른 사람에게는 절대 알려 주지 말고. 알았니?”

“응. 알았어, 엄마.”

그녀의 당부가 심상치 않다 느낀 아이는 이전과 달리 의젓한 목소리로 고개를 끄덕였다.

“근데 언제까지 외워야 돼?”

“우리 설이가 엄마가 내는 문제를 맞힐 때까지.”

“진짜로? 그럼 빨리 문제 내봐.”

설은 엄마가 내는 문제를 맞히기만 하면 호랑이도 이길 만큼 세진다는 생각에 당장이라도 문제를 풀고 싶었다.

“빨리 내봐. 지금 맞혀줄 테니까.”

“호호호호호!”

“뭐가 웃겨?”

엄마가 자신을 무시한다는 생각에 기분이 나빠졌는지 아이는 그녀를 확 밀치며 일어났다.

“아니야. 그냥 우리 설이가 귀여워서 그래.”

“그럼 얼른 문제 내줘.”

“알았어. 그럼 문제 낼게.”

“분명히 맞히면 안 외워도 되고 호랑이도 이길 수 있다고 그랬지?”

엄마가 고개를 끄덕이는 것을 확인한 설은 그녀의 입술이 열리기만을 기다렸다.

“문제는 말이야.”

앞마당에 서 있던 기무규는 등 뒤에서 들리는 부스럭거리는 소리에 누군가 몰래 다가오고 있음을 눈치챘다.

'후후, 녀석. 벌써 제 어미에게 들은 모양이로군.'

어느새 지척으로 다가든 그림자는 그의 생각대로 조그만 아이의 것이었다.

와락!

"아빠!"

"어이쿠!"

기무규의 다리를 끌어안은 설은 아버지가 자신의 의도대로 깜짝 놀라자 득의양양한 표정으로 그를 올려다보았다.

"아니, 우리 장군이 어인 일로 이 꼭두새벽에 앞마당까지 행차하셨을까?"

"그냥 보고 싶어서 왔어."

"핫하하! 보고 싶어? 오래 살다 보니 설이가 날 보고 싶어할 때도 있네?"

기무규는 아이가 자신을 찾은 이유를 알고 있었지만 눈동자를 굴리며 눈치를 살피는 아들의 앙증맞은 얼굴을 보니 괜히 골려주고 싶은 생각이 들었다.

"아빠!"

"응?"

"사실은 궁금한 게 있어 왔어."

"뭔데?"

"문제 풀려면 무슨 공부 해야 돼?"

"그, 그게 뭔 소리냐?"

"아빠는 엄마가 낸 문제 답 안 가르쳐 줄 거잖아. 그니까 내가 외우는 그거 말고 문제 빨리 풀 수 있는 방법이라도 가르쳐 달라구."

"하하하! 네가 그렇게 나올 줄은 정말 몰랐다. 뭐, 그렇다면 가르쳐 줘야지. 쩝."

기무규는 아들이 예상과 달리 곧장 본론으로 들어가자 적잖이 당황스러웠다.

물론 아들의 영악함을 싫어할 아버지는 어디에도 없겠지만 기무규는 아들을 골려주지 못했다는 것이 못내 아쉬운지 입맛을 다시며 다시 입을 열었다.

"유림(儒林) 알지?"

"응. 유 사백 있는 데?"

몇 번 보지 못한 사백이었지만 그를 유난히 따르고 좋아하던 설은 유림이라는 말을 듣자 목소리에 생기가 돌았다.

"그래. 아마 거기서 공부하면 될걸?"

"정말? 그럼 그리로 보내줘. 나 거기서 공부할래."

아들의 대답에 기무규는 의외라는 듯 고개를 갸웃거리며 되물었다.

"엥? 그럼 아빠하고 엄마하고 떨어져서 살아야 되는데?"

"그래?"

설은 기무규의 말에 다소 충격을 받았는지 입술을 질끈 깨물며 심각한 표정이 되었다.

"음, 그래도 갈래!"

"흠, 그래? 뭐, 그렇다면 할 수 없지. 그럼 데려다 줄게. 그 대신 엄마가 가르쳐 준 걸 다 외울 때까지는, 아니지, 엄마가 낸 문제 답 알아

널 때까지는 집에 돌아오지 않기다? 알았지?”

“왜?”

“음, 사나이가 뜻을 펴기로 했으면 그 정도 결심은 해야지. 그리고 사실 지금 엄마는 좀 아프거든. 걱정할 정도는 아니지만 고치기가 쉽지 않아. 너 때문에 그냥 참고 있었는데 네가 유림에 가겠다고 하니까 나는 이 참에 엄마 병이나 고쳐 와야겠다.”

“정말? 엄마 많이 아파?”

설의 걱정스런 물음에 기무규는 아들의 머리를 쓰다듬으며 고개를 가로저었다.

“아냐. 그렇게 걱정할 정도는 아니고. 네가 유림에서 공부 열심히 하고 있으면 엄마 병 말끔히 고쳐 올 테니까 너무 걱정 안 해도 돼.”

“음, 알았어. 엄마를 위해서라도 나 유림에서 열심히 공부할게.”

“그래, 우리 설이 이제 다 컸구나. 가자.”

아들의 말에 가슴이 뻐근해진 기무규는 설의 손을 잡고 걸음을 옮겼다.

“어디?”

“유림.”

“어? 벌써? 아직 엄마한테 말도 안 했는데?”

휘둥그레진 눈으로 바라보는 설을 향해 기무규는 자상한 목소리로 대답했다.

“엄마한테는 내가 말할게.”

“그래도 너무 일찍 가는 거 같아.”

설은 아비에게 잡힌 손을 뿌리치기 위해 살짝 힘을 주며 걸음을 멈췄다.

"설이는 엄마가 더 아프면 좋겠어?"

"아니."

기무규는 설레설레 고개를 젓는 아들의 모습을 보자 가슴이 찡했다.

'미안하다. 시간이 없어서 그래.'

설은 그런 아버지의 마음을 눈치채지는 못했으나 곧 다시 손을 잡고 걸음을 옮겼다.

"아들아, 건강하게 자라야 한다."

송죽림 위에서 아비 손을 잡고 멀어져 가는 설을 보는 엄마의 눈에 그렁그렁 눈물이 맺혔다.

그녀는 기무규의 아내이자 설의 어머니 숙부인(淑夫人)이었다.

한참을 그렇게 걷던 부자가 어느덧 개경 시전으로 접어들 때였다.

여태껏 굳게 다물었던 기무규의 입이 드디어 열렸다.

"설아."

"응?"

"혹시 말이야. 유림에 무슨 일이 생기거나 하면 말이다."

"무슨 일?"

설은 고개를 들어 기무규의 얼굴을 쳐다봤다.

"뭐, 별일은 아니고, 지금은 모르지만 갑자기 불이 날 수도 있는 거고, 또 도둑이 들 수도 있고, 내지는 사백이 너 싫다고 가라고 할 수도 있잖아?"

"피이, 그런 일이 왜 일어나?"

"아니, 만약에 말이야. 만약에."

"응, 그러면?"

"그럼 천마폭으로 가."

"천마폭? 거기는 왜?"

"음, 거기에 널 지켜줄 사람이 있거든."

"누구? 아빠 친구?"

"친구? 그래, 친구라면 친구일 수도 있겠구나. 하하하하!"

기무규는 천마폭에 있을 누군가를 떠올리며 기분 좋은 웃음을 흘렸
다.

"에잉, 무슨 말인지 하나도 모르겠어."

설은 발 앞에 놓인 돌을 툭 걷어차며 입술을 내밀었다.

"음, 그냥 위험한 일이 닥칠 때 내가 만들어놓은 피난처라고 생각하
면 돼. 그러니까 위험하다 싶으면 바로 그리로 도망치라고. 아버지가
진법, 아니지. 너 가끔 함정 놀이 하던 거 기억나지?"

"아, 함정 놀이?"

함정 놀이라는 말에 설의 눈이 반짝였다.

설은 걸음마를 떼면서부터 아버지와 했던 놀이를 떠올렸다. 아버지
는 집 주변에 있는 작은 돌멩이와 나뭇조각을 가지고 여기저기 놓아두
고 설은 아버지가 만든 함정을 빠져나가는 놀이였다. 가끔 길을 잘못
들면 설이 제일 무서워하는 호랑이도 나왔고 용이나 바다, 산 같은 것
들이 보이는 신기하고 재미있는 놀이였다.

"그래, 내가 거기다가 함정 만들어놨거든. 그러니까 거기는 우리 말
고는 아무도 못 들어오는 곳이야. 이해돼?"

"응. 나쁜 사람들이 괴롭히면 그리로 도망가라는 거구나?"

"그렇지!"

개경 근방에 위치한 천마산을 찾는 것은 의외로 쉬웠다.

"에잇! 뭐, 어차피 한 번은 갈 곳이잖아? 안 그래도 심심했는데 잘됐지 뭐."

아이는 그렇게 생각하자 마음이 한결 홀가분해졌다.

'참, 거기에 친구도 산다고 했었지?'

어쩌면 친구를 만날 수도 있다는 생각에 기분이 좋아진 설은 양손을 머리에 얹고 콧노래를 흥얼거렸다.

열 살이 되도록 제대로 된 놀이 친구 하나 없었던 설에게 친구란 막연한 동경의 대상이었다.

한 시진을 쉬지 않고 걸어 도착한 곳에는 두 개의 산봉우리가 사이 좋게 서 있었다. 하나는 일견하기에도 가파르고 험준해 보이는 산이었고, 나머지 하나는 상대적으로 완만한 산이었지만 열 살 아이에게 벅차기는 마찬가지였다.

"뾰족한 게 성거산이고 더 뾰족하고 험준해 보이는 게 천마산이라고 했지?"

개경에서 천마산의 위치를 설명해 주던 노인의 말을 떠올리며 설은 손가락을 들어 천마산을 가리켰다.

부엉! 부엉!

울창한 수풀을 헤치며 천마산에 접어든 설의 귓가에 부엉이 울음소리가 들려왔다.

"뭐야, 이거. 기분 나쁘게."

설은 귀를 막으며 인상을 잔뜩 찌푸렸다.

"그냥 돌아갈까?"

설은 점점 어두워지는 사위를 둘러보다 머리를 긁적이며 몸을 으스스 떨었다.

"으으, 호랑이라도 나오면 어떡하지?"

아이는 더럭 겁이 났다.

사박!

"익! 뭐야?"

설은 갑자기 등 뒤에서 들려온 소리에 깜짝 놀랐다.

'설마 호랑이?'

마치 자신의 등 뒤에 호랑이가 아가리를 쩍 벌리고 서 있을 것만 같은 착각에 설은 온몸이 얼어붙었다.

'호랑이한테 물려가도 정신만 바짝 차리면 된다고 했어. 정신 차리자, 정신.'

잠시 후 설은 아주 천천히 몸을 돌리기 시작했다. 일수유의 짧은 시간이었지만 아이는 엄청 긴 시간처럼 느껴졌다.

두 눈을 질끈 감고 몸을 돌린 설은 한참이 지나도 아무런 기척이 느껴지지 않자 살며시 한쪽 눈을 떠보았다. 어느새 사방에 어둠이 깔려 있었지만 아직까지는 주변 사물을 식별하는 데 별 무리는 없었다.

"뭐야? 아무도 없잖아?"

다행이다 싶은 생각이 들자 설은 방금 전 자신이 겁을 집어먹었던 것에 괜히 자존심이 상했다.

"에잇! 호랑이 같은 거 하나도 안 무서워! 다 나와!"

부웅!

발밑에 놓여 있던 나뭇가지 하나를 주워 든 설은 호기롭게 외치며 가지를 휘둘렀다.

"으아아아!"

한참을 앞으로 내달리며 소리를 지르던 설은 걸음을 멈추고 숨을 몰아쉬었다.

"헤헤헤, 이제 겁 안 난다!"

메아리쳐 되돌아오는 자신의 목소리를 들으며 설은 슬며시 웃어보았다. 홀로 두려움을 이겨냈다는 것에 스스로가 그렇게 대견스러울 수가 없었다.

"어, 저건……?"

뭔가를 발견하고 눈을 치켜뜬 설은 앞으로 달려가며 반갑게 소리쳤다.

"함정 놀이!"

아버지가 펼쳐 놓은 함정을 발견한 것이다. 다른 함정이라는 생각은 들지 않았다. 이 함정에서는 아버지의 냄새가 났기 때문이다. 따뜻하면서도 포근한 그런 냄새가.

아이는 진 앞에 이르자 걸음을 멈추고 안쪽을 살폈다.

"우와! 보기만 해도 으스스하네?"

설은 눈앞에 펼쳐진 진법이 꽤 어려운 함정이라는 것을 누가 말해주지 않아도 알 수 있었다.

"흠, 안쪽이 뿌옇게 보이는 걸 보면 천살미라대진(天殺彌羅大陣)인데……."

설은 한 손을 턱에 괸 채 생각에 잠겼다.

"뒤에 있는 나무들과 똑같은 위치에 있는 걸 보면 구궁역건보 함정 같단 말이야?"

설은 고개를 들어 등 뒤에 있는 나무들을 바라봤다. 과연 뒤의 나무들은 진 안에 있는 나무들과 같은 모양과 위치에 있었다.

"우씨! 뭐 이렇게 어렵게 해놓은 거야?"

설은 그 자리에 털썩 주저앉아 들고 있던 나뭇가지로 땅바닥에 끄적거리기 시작했다.

"아버지가 가르쳐 준 대로라면 여기서는 구궁보(九宮步)로 이동하고, 이 지점에서 축영보(築影步)로 돌아가야 하는데… 흠, 그럼 제자리란 말씀이야? 뭐야, 이거? 아무 데도 생로(生路)가 없잖아?"

설은 땅바닥을 두루마리 삼아 그렸다 지웠다를 반복하며 함정 놀이에 푹 빠져들었다. 비록 풀기 어려운 진이었지만 그에게는 아버지가 만든 것이라면 자신이 못 풀게 만들지는 않았으리라는 믿음이 있었다.

짝!

"알았다!"

손뼉을 치며 일어난 설은 자그마한 두 눈을 길게 찢으며 눈웃음을 지었다.

"만상허무대진(萬象虛無大陣)이었어! 어쩐지 풀기 어렵다 했지."

설은 예전 아버지와 했던 함정 놀이를 떠올리며 해맑게 웃었다.

기무규는 틈만 나면 설에게 진을 펼치고 파훼하는 법을 가르쳐 주었고 설은 아이들 소꿉놀이를 하듯 기무규의 진법을 배웠었다.

설은 진의 가장 기본이라는 팔괘진부터 해서 사상에 삼재를 가미하고 거기에 육십사괘의 변화를 역으로 풀어놓은 칠방초극쇄진까지, 기무규가 아는 대부분의 진법을 익힌 아이였다.

하지만 설이 기무규에게 아무리 졸라도 가르쳐 주지 않은 진이 있었으니 그것이 바로 만상허무대진이었다.

설은 그토록 보고 싶던 만상허무대진을 여기서 보게 되었다는 것에 묘한 흥분을 느꼈다.

"느낌! 느낌이라고 했지?"

기무규가 가르쳐 준 파훼법을 떠올리며 자리에서 벌떡 일어난 설은 아무 망설임 없이 앞으로 발을 내디뎠다.

입 밖으로 새어 나오지는 않았지만 아이는 속으로 일월성신경을 외우고 있었다.

설이 걸음을 옮기는 순간 그의 몸이 연기처럼 사라졌다.

"어머!"

슈우욱!

설이 사라짐과 동시에 한 인영이 짧은 탄성을 내지르며 그가 앉았던 자리로 날아 내렸다.

사미였다.

"어디로 갔지?"

그녀는 설을 찾기 위해 사방을 두리번거렸지만 어찌 된 일인지 설이 걸어간 방향으로는 전혀 시선을 보내지 않았다.

"이럴 줄 알았으면 그냥 처음부터 아는 척하는 건데."

설의 모습이나 인기척이 어디에도 느껴지지 않자 사미는 뒤늦게 후회하기 시작했다.

"뭐, 그래 봤자 지가 가면 얼마나 멀리 갔겠어?"

말을 마친 사미는 땅을 박차고 허공으로 도약했다.

다시 허공에서 몸을 튼 그녀는 옆에 놓인 나무를 차고 몇 장 앞에 위치한 나무를 향해 미끄러지듯 이동했다.

그러기를 수차례. 그녀는 그렇게 날렵한 신법을 펼치며 점점 멀어져
갔다.

그녀가 떠나고 얼마 되지 않아 좌마사가 사뿐히 날아 내렸다.
"이것은?"
설과 사미의 흔적을 따라왔던 좌마사는 설이 이동한 방향을 보다가
얼굴이 일그러졌다.
"교주께서 펴놓으신 진이 만상허무대진이었다니……."
천마교 최고의 절진을 목도한 좌마사의 두 눈에는 감탄과 경외감이
뒤섞여 있었다.
생로는 없고 오직 사로만 존재한다는, 그저 전설로만 여겼던 진을
자신이 모시는 분이 쳐놓은 것이다.
좌마사는 한동안 만상허무대진을 우두커니 바라보다가 천천히 몸을
돌리며 중얼거렸다.
"소주가 내 수고를 덜어주시는군. 그렇다면 나오실 때까지 기다리는
수밖에……. 후후후."
스르륵!
말이 끝남과 동시에 좌마사의 신형이 연기처럼 사라졌다.
비록 절진 주변을 떠나지는 않을 그였지만 실로 모처럼 만의 여유
가 생겨서인지 그의 웃음소리의 여운만은 잔잔히 숲 속에 메아리쳤
다.
그만큼 만상허무대진의 위력에 대한 그의 믿음은 컸다.

콰르릉!

십 장은 족히 되어 보이는 높이에서 떨어져 내리는 폭포수는 백룡의 하강을 연상케 했다.

폭포수가 떨어져 내리고 있는 커다란 연못은 바가지 모양으로 패인 너럭바위에 둘러싸여 있었다.

"우와! 굉장하다!"

만상허무대진이 만들어낸 환영들에 하룻밤을 꼬박 시달린 설은 앞에 보이는 폭포가 환영이 아니라는 것을 깨닫고 탄성을 내질렀다.

"휴우, 이제껏 중에 제일 어려웠어. 다시는 안 들어갈래."

자칫 빠져나오지 못할 뻔했던 순간을 떠올리자 설은 절로 몸서리가 쳐졌다.

"흠, 여기가 천마산이니 저 폭포 이름은 천마폭이라고 해야겠다. 천마폭, 좋은데?"

주변 경관을 둘러보던 설은 이곳에 오기를 잘했다는 생각이 들었다.

천마폭은 남쪽의 깎아지른 듯한 벼랑과 사방이 병풍처럼 층암 절벽에 둘러싸여 절경을 이루었고, 연못 주변에는 밤낮을 구분 못하는 크낙새 두 마리가 먹이를 다투며 장난을 치고 있었다.

'우와! 정말 좋다! 나중에 사백도 데리고 와봐야겠어.'

설은 자신이 무심코 던진 말에 일순 시무룩해졌다.

"참, 이젠 사백 아니랬지?"

부모와 헤어진 후 함께 지낸 삼 년 동안 유종학은 자신을 친자식 이상으로 대해주었다. 물론 설도 그를 아버지처럼 따랐다.

하지만 지금은 아무 관계도 아니다. 그렇게 생각하고 싶지 않았지만 아직까지도 사백의 성난 눈빛이 생생하게 떠올랐다.

이젠 정말 혼자인 것이다.

"난 잘못한 거 없어!"

설은 도리질하며 입술을 질끈 깨물었다.

밤이라 그런지 쏟아지는 천마폭의 물줄기는 마치 천둥소리처럼 설의 귓전을 때렸다.

"집이다!"

설은 연못 한구석에 있는 낡은 초옥을 발견하곤 그대로 내달렸다.

"누가 이런 집을 만들었지? 아빠 친구가 만들었나?"

삐이걱!

문을 열고 안으로 들어가 보니 겉보기와는 달리 널찍하고 청결한 방 안이 시야에 들어왔다.

"생각보다 넓구나. 계세요? 아무도 안 계세요?"

작은 눈동자를 굴리며 방 안 구석구석을 살핀 설은 창가 쪽에 놓인 침상으로 시선이 갔다.

"누가 살긴 사나 본데……."

침상 위의 이불은 얼마 전까지 누가 덮었는지 먼지 하나 없이 말끔하게 정리되어 있었다.

"저건 뭐지?"

설은 창가로 시선을 고정시켰다.

거기에는 낡은 그림 한 폭이 걸려 있었다.

손가락으로 폭포를 가리키고 있는 여인의 뒷모습이 그려진 그림을 보며 설은 가슴이 콩닥콩닥 뛰었다. 그 여인의 뒷모습이 어머니와 흡사했기 때문이다.

"글이다!"

아이는 그림 안 여인의 발밑에 자그맣게 쓰여 있는 글자를 발견하곤 손가락으로 짚으며 천천히 읽어 내려갔다.

무엇 때문에 사는가?

무엇 때문에 죽는가?

답을 얻는 자, 버리면 문이 열릴 것이니!

"이게 뭔 소리야?"

대단한 뭔가를 발견한 줄 알고 내심 기대에 부풀었던 설은 글의 내용에 실망을 금치 못했다.

"뭔 문이 열린다는 거지? 에이, 모르겠다."

설은 생각할수록 가슴이 갑갑해져 침상에 벌러덩 누웠다.

"에휴, 그나저나 이제 뭘 하지?"

꼬르륵!

"아, 그러고 보니 밥도 못 먹었네?"

설은 배를 스윽 문지르며 천장을 바라보았다.

유림에서 삼 일, 이곳으로 오는 이틀, 오 일 동안 물 한 모금 마시지 않았지만 이제야 허기가 졌다.

여느 아이 같으면 벌써 픽 쓰러졌을 테지만 설은 평범한 아이들과는 다른 신체를 지니고 있었다.

물론 처음부터 그런 것은 아니었다.

어머니가 시키는 대로 일월성신경을 외우기 전까지만 해도 설은 일반적인 아이와 비슷한, 그저 평범한 한 아이에 불과했다. 하지만 지금은 달랐다. 며칠 정도 굶거나 잠을 자지 않는다고 신체 기관에 이상이 생기지 않았다. 설도 숙부인도 그게 일월성신경 때문이라는 것을 알고 있었다.

물론 부작용도 있었다. 이제 막 자라야 할 나이에 제대로 된 영양분을 공급받지 못하니 아이의 체구는 또래에 비해 훨씬 왜소할 수밖에 없었다. 하지만 설은 걱정하지 않았다.

일월성신경을 만 번 외우면 몸이 정상적으로 성장한다는 엄마의 말을 철석같이 믿고 있었기 때문이다.

"지금까지 하루에 한 번씩 외웠으니까 이천삼백삼십오 번 외웠네? 그럼 하루 한 번씩 외우면 앞으로… 헉! 이십일 년. 으, 안 돼! 그렇게 오래는 못 기다리지. 앞으로 하루에 두 번씩 외워야겠다. 잉! 그래도 십 년이나 걸리네?"

설은 혼자 있으면서도 쉴 새 없이 종알댔다. 유림에서부터 생긴 버릇이었다. 열 살 아이가 자신의 외로움을 달래는 방법이기도 했다.

꼬르륵!

"아, 안 되겠다, 뭐라도 먹어야지."

설은 벌떡 일어나 방 안을 뒤지기 시작했다.

"뭐야? 아무것도 없잖아?"

설은 울상을 하며 밖으로 빠져나와 연못으로 걸어갔다.

"우와! 폭포가 꼭 승천한 백룡이 내려오는 것 같네? 좋아, 네 이름은 이제부터 백룡담이야."

이것 또한 설의 버릇 중 하나였다. 주위 사물과의 대화.

설은 동물이나 식물, 심지어는 길가의 돌멩이하고도 대화를 나누었다. 모르는 사람이 보면 실성했다 여길 모습이었지만 이러한 습관은 설이 밝은 성격을 유지할 수 있었던 비결이기도 했다.

백룡담에 다다른 설이 땅을 힘껏 박차며 뛰어올랐다.

풍덩!

'으, 깊다! 가만, 나 헤엄칠 줄 모르잖아?

물고기라도 잡아볼 요량으로 뛰어든 것인데 백룡담은 생각보다 깊었다.

"아푸! 아푸!"

팔다리를 허우적거려 간신히 연못가로 기어올라 온 설은 헉헉대며 그 자리에 대 자로 누웠다.

"꺼억! 물배라도 채웠으니 됐지 뭐."

하늘에 둥둥 떠가는 구름을 바라보는 설의 눈에 눈물 한 방울이 맺혔다.

"이런, 사나이가 눈물을 보이다니."

설은 주먹으로 눈물을 훔치며 다시 하늘을 쳐다보았다.

"그래도 외롭긴 외롭다. 나이 열 살에 고독을 느끼는 사나이는 나뿐이 없을 거야. 그치?'

누워 있던 설이 마치 친구에게 이야기하듯 천마폭을 향해 고개를 돌리며 입을 여는 순간이었다.

크르르룽!

"누구야?"

자리에서 벌떡 일어난 설이 빠르게 주위를 두리번거렸다.

"으으으, 호오……."

순간, 자신을 노려보는 날카로운 눈빛을 발견한 설은 너무 놀라 그대로 뒤로 넘어가고 말았다.

크르룽!

설이 정신을 잃은 지 한 시진이 흘렀다.

툭!

누군가 자신의 몸을 건드리자 설은 귀찮다는 듯 손을 내저으며 돌아누웠다.

[일어나!]

"뭐야, 귀찮게?"

잠시 후 설은 감았던 눈을 번쩍 떴다.

불현듯 아까의 위급했던 상황이 떠오른 것이다.

'설마?'

곁에서 느껴지는 기척에 설은 다시 두 눈을 질끈 감고 열심히 머리를 굴렸다.

'으으, 내가 잘못 본 거겠지? 사미라는 그 여자애도 그런 식으로 말할 줄 알았잖아. 혹시 걔가 장난치는 거 아냐?'

설의 고민을 모르는 괴인은 아이가 깨어나기만을 기다리며 계속 침상 주위를 서성거렸다.

툭!

괴인이 또 한 번 몸을 건드리자 설은 온몸에 소름이 돋았다.

'윽, 먹은 것도 없는데 왜 갑자기 배가 아프지?'

설은 갑자기 속이 부글부글 끓어올라 참을 수가 없었다. 긴장한 탓인지 아랫배가 저려왔다.

크르릉!

'아이고, 배야. 미치겠네.'

툭!

[일어나라고 했다!]

가까스로 참고 있던 설의 배를 괴인의 손이 스치고 지나간 순간이었다.

뿌우우우웅!

[으악! 이런 더러운 자식!]

본의 아니게 냄새를 맡은 상대는 급살 맞은 사람처럼 전신을 부르르 떨더니 다급히 뒤로 물러났다.

"에잇! 이젠 나도 모르겠다! 까짓거, 잡아먹히면 먹히는 거지!"

벌떡 일어난 설은 두 눈을 부릅뜨고 괴인을 노려봤다.

이를 악물고 두 주먹에 불끈 힘을 주었다.

하지만 너무 긴장한 나머지 그 힘은 어이없게도 다른 곳으로 새어 나오고 말았다.

시이이이익!

이에 상대는 머리를 세차게 흔들며 다급히 초옥 밖으로 뛰쳐나갔고, 혼자 남은 설은 죽다 살아난 심정으로 한숨을 푹 내쉬었다.

"휴, 살았다. 아, 문!"

말이 끝나기가 무섭게 설은 침상에서 내려와 문 쪽으로 내달렸다.

하지만 문을 닫는 순간 설은 성큼성큼 들어오는 괴인과 맞닥뜨리고 말았다.

"헉!"

으르르릉!

이빨을 드러내며 안으로 어슬렁어슬렁 걸어 들어오는 괴인. 그것은 황소보다 더 큰 몸집에 은빛 털로 온몸이 뒤덮인 한 마리 백호였다.

"으악! 사람 살려!"

설은 너무 놀라 침상을 향해 무작정 달렸다.

혼신의 힘을 다해 침상으로 달려간 설이 이불을 뒤집어쓴 채 온몸을 바들바들 떨자 백호는 그런 아이를 물끄러미 바라보며 어이없다는 듯 고개를 저었다.

"사, 사, 사, 살려줘!"

[쯧쯧, 모자란 놈.]

전신을 사시나무 떨듯 덜덜 떨며 침상 위에 엎드린 설을 본 백호는 입맛을 다시며 다시 문밖으로 나갔다.

한참이 지난 후에야 방 안에 자신밖에 없음을 깨달은 설은 슬며시 고개를 내밀고 방 안을 살폈다.

'아, 내가 왜 가출을 해가지고 이 고생이람. 그냥 사백한테 잘못했다고 싹싹 빌고 버티는 건데. 으으.'

설은 목을 길게 늘이고 창문 밖을 내다보았다.

"침착하자, 침착. 침착."

마음을 가라앉히기 위해 애썼지만 창문 밖에 웅크리고 앉아 있는 거대한 은빛 물체를 보면 도무지 마음이 진정되지가 않았다.

결국 반 시진이 흐르고 나서야 설은 꿈쩍 않고 문밖에 앉아 있는 백호를 힐끔거리면서 어느 정도 평상심을 회복할 수가 있었다.

'근데 왜 달려들지 않는 거지? 가만, 아까 말도 한 거 같은데. 어떻게 호랑이가 말을 할 수 있는 거지? 아무래도 보통 호랑이가 아닌 것 같아. 말하는 것 좀 봐. 완전 사람 같았잖아. 에잇, 모르겠다. 먹힐 때 먹히더라도 사나이답게 나가보는 거야.'

설은 입술을 질끈 깨물며 벌떡 일어나 문 쪽으로 성큼성큼 걸어갔다.

삐이걱!

문 열리는 소리에 웅크리고 엎드려 있던 백호가 슬며시 머리를 돌렸다.

"야! 덤벼! 오늘 너 죽고 나 죽자!"

설의 우렁찬 목소리를 들은 백호는 어이없다는 듯 고개를 절레절레 저으며 다시 천마폭 쪽으로 머리를 돌렸다.

[한심한 녀석, 아직도 정신 못 차렸군.]

"쫄았냐? 덤비라잖아!"

설은 백호가 자신에게 겁을 먹은 것이라 지레짐작하며 더욱 크게 소리를 지르며 한 걸음 앞으로 걸어나왔다.

크르릉!

"어쭈? 호랑이 주제에 건방지게!"

설은 이를 악물고 백호의 궁둥이를 힘껏 걸어찼지만 다리가 후들거려 아쉽게도 목표물을 살짝 벗어나고 말았다.

크르릉!

"엄마야!"

백호가 벌떡 일어나 자신 쪽으로 몸을 틀자 설은 깜짝 놀라며 뒤로 자빠졌다.

[입 닫아!]

설은 설마 했는데 호랑이가 진짜 말을 하자 입을 떡 벌리고 백호를 쳐다봤다.

[네가 천마의 후예냐?]

"어떻게 말을 할 줄 아는 거지?"

[대답해. 네가 천마의 후예냐?]

막상 백호의 말을 듣자 설은 마음속에 가득했던 두려움이 점차 사라지고 있음을 느꼈다.

"어떻게 말을 하는 거야?"

[크르릉! 내가 먼저 물었다!]

백호는 제자리에서 한 바퀴를 휙 돌더니 아가리를 쩍 벌리며 으르렁거렸다.

"난 천만지 천손지 하는 거 잘 몰라."

어느새 두려움이 사라진 설은 백호를 빤히 쳐다보다가 불쑥 손을 내밀었다.

"우리… 앞으로 친하게 지낼래?"

하지만 설이 내민 손을 잠시 바라보던 백호는 매몰차게 시선을 돌렸다.

"쳇, 싫으면 말고. 그럼 난 간다."

[잠깐!]

백호는 자리를 뜨려는 설의 옷깃을 앞발로 잡아챘다.

"왜?"

[천마의 피를 지니지 않았다면 어떻게 내 말을 알아들을 수 있지? 넌 천마의 후예가 분명해!]

"뭐?"

설이 주춤하자 백호는 앞발을 내리며 다시 입을 열었다.

[문이 열린 거냐?]

"문? 무슨 문?"

[건곤의 문 말이다.]

"그런 거 몰라. 그리고 자꾸 천마의 후예라고 부르지 마. 내 이름은 설이란 말이야. 기무설!"

[기무설? 그럼 기무규와는 어떤 관계지?]

"어? 우리 아버지 알아?"

설은 놀란 토끼마냥 눈을 동그랗게 뜨고 백호를 바라봤다.

[흠, 역시 규의 아들이었군. 보아하니 규가 아무것도 안 알려준 것 같은데 일단 안으로 들어가서 얘기하자.]

백호가 자신의 곁을 지나쳐 초옥 안으로 쏙 들어가 버리자 잠시 망설이던 설도 이내 녀석을 따라 안으로 들어갔다.

[그럼 너도 기무규가 어디 있는지 모르는 거군.]

자초지종을 들은 백호가 고개를 끄덕이며 묻자 설도 힘없이 고개를 끄덕였다.

[그럼 여긴 어떻게 들어온 거냐?]

"그야 아버지가 위급한 순간이 오면 도망치란 곳이 여기니까."

말을 하면서도 자신이 호랑이와 대화를 하고 있다는 것이 무척 신기한 설은 줄곧 백호에게서 시선을 떼지 못했고, 백호 또한 설을 뚫어져라 응시하며 생각에 잠겼다.

[이 아이, 천마의 피가 흐르는 것은 분명한데 무공을 익힌 흔적이 없다. 음, 또 기다려야 하는 건가?]

백호는 설을 물끄러미 바라보다가 이윽고 입을 열었다.

[돌아가라.]

백호가 몸을 일으켜 문 쪽으로 향하자 설의 표정이 당황으로 일그러졌다.

"뭐?"

[돌아가라고 했다.]

"그냥 가라고?"

[그래.]

백호가 고개를 돌리자 설은 일순 할 말을 잃고 멍하니 녀석만 쳐다봤다.

"휴우, 알았어. 집주인이 나가라면 그래야지."

설이 어깨를 으쓱해 보이며 일어나자 백호는 몸을 돌려 밖으로 빠져나갔다.

[그리고 여기서 본 것은 깨끗이 잊어라.]

"걱정 마셔! 말하고 다니라고 사정해도 안 해!"

팩하고 돌아서는 설을 본 백호는 잠시 망설이다가 이내 한숨을 푹 내쉬며 아이의 곁으로 다가왔다.

[잠깐! 기다려!]

턱!

설은 은광이 번쩍였다 싶은 순간 어느새 자신의 앞에 선 백호의 속도에 크게 감탄했지만 겉으로는 내색하지 않고 퉁명스럽게 물었다.

"왜?"

[강해지고 싶다고 했지?]

"그런데?"

[그럼 내가 강하게 만들어줄까?]

"호랑이한테 뭘 배우라는 거야? 지나가던 개가 웃겠다."

크르릉!

"난 네가 안 도와줘도 충분히 강해질 수 있는 비법을 가지고 있단 말이야. 그러니 귀찮게 하지 말고 좀 꺼져 줄래?"

[비법? 그게 뭐냐?]

“비밀이다.”

[웃기는 소리! 단언하건대 나보다 강하게 만들어줄 수 있는 사람은 세상에 존재하지 않아!]

“아니, 있어. 그것도 아주 많이.”

[만일 거짓말이면 넌 이 자리에서 죽는다?]

살기로 번뜩이는 백호의 안광을 맞받는 설의 표정은 이전과 달리 전혀 겁먹은 기색이 아니었다.

백호가 자신을 해치지 않을 거라는 믿음이 생겼기 때문이다.

[음, 기도만큼은 천마의 후예답군.]

백호는 자신의 눈빛을 고스란히 받아내는 설에게 은근히 감탄했지만 그런 내심과는 달리 여전히 으르렁거리며 한 발 더 앞으로 나왔다.

[말해 봐라. 그 비법이라는 게 뭔지.]

“비밀이래도 그러네?”

[비밀, 지켜주겠다. 그러니 어서 말해 봐.]

“음, 엄마가 말하지 말라고 했는데. 하지만 뭐 넌 사람이 아니니까 말해 줘도 상관없을 거야. 좋아, 잘 들어. 그 비법은 말이야, 바로 일월성신경이야.”

[뭐?]

설의 말을 들은 백호의 눈이 찢어질 듯 커졌다.

“이씨! 일월성신경이라고! 일.월.성.신.경!”

설의 입에서 또박또박 들려오는 단어를 재차 확인한 백호가 하늘을 보며 포효했다.

캬르르르릉!

울음소리가 어찌나 큰지 설은 귀를 막은 채 신음성을 내뱉었고, 주위에 있던 나뭇가지들은 세차게 흔들렸다.

"아악! 뭐 하는 짓이야!"

설의 외침에도 백호는 여전히 포효를 멈출 생각을 하지 않았다.

[천마후(天魔吼)를 견디는 걸 보면 확실히 천마의 피를 가진 놈이 틀림없어. 그런데 익혔다는 무공은 왜 일월성신경이란 말인가?]

정신을 잃은 설의 코에서 피가 흘러나오는데도 백호는 전혀 걱정스런 기색이 아니었다. 잠시 후 백호는 설의 옷깃을 물고 초옥으로 천천히 발을 놀렸다.

"으음."

설은 머리가 띵해 손으로 이마를 짚으며 살며시 눈을 떴다. 자신을 내려다보고 있는 백호가 그의 눈에 들어왔다.

"도대체 아까 그 난리는 뭐야?"

설의 볼멘 음성에 백호는 천천히 앞발을 내밀었다.

[같이 지내자.]

"잉? 갑자기 왜 그래?"

설은 백호의 내민 발을 엉겁결에 잡아 흔들며 물었다.

"난 설이야. 참, 아까 말했었지? 너는?"

[천마호(天魔虎).]

"피이, 무슨 이름이 그래?"

침상에서 몸을 일으킨 설은 입술을 삐쭉 내밀며 고개를 갸웃거렸다.

"음, 건(乾)이라 하자. 하늘 건. 어때?"

[건?]

"그래, 건. 건아, 반갑다."

설은 다시 백호의 앞발을 잡고 흔들며 배시시 웃었다.

[그만 흔들어라. 털 날린다.]

"헤헤, 알았어. 그럼 앞으로 잘 부탁해, 건."

백호는 아이의 해맑은 미소를 보며 실로 오랜만에 가슴이 포근해짐을 느꼈다.

[건이라……. 나한테 다시 이름이 생긴 건가?]

*　　　　*　　　　*

유종학에게 설을 부탁하고 집으로 돌아온 기무규는 착잡한 심정을 금할 길이 없었다.

"설이, 우리 없어도 잘 크겠지?"

"당신 아들이에요."

"하하하!"

기무규는 더 이상 말을 잇지 못했다.

'그래, 그 한마디면 되는 거지. 우리 아들 그 한마디면…….'

기무규가 고개를 끄덕이는 사이 숙부인의 무심한 음성이 그의 귓가로 들려왔다.

"이제 우리도 떠나야죠?"

"그래야지. 정말 오래 쉬었네, 말년에 똘똘한 아들놈도 얻었겠다, 뭐, 이 정도면 잘산 거 맞지?"

기무규가 싱긋 웃으며 쳐다보자 마주 앉은 숙부인은 속으로 짧은 한숨을 토해냈다. 웃고 있긴 하지만 그의 눈동자가 크게 흔들리는 것을 본 까닭이다.

‘이미 이단계를 목전에 두고 있는데도 감정을 드러내다니. 휴우, 이이는 설이를 정말 끔찍이도 아끼는구나.’

그러나 그녀는 사내도 같은 생각을 하며 자신을 바라보고 있다는 것은 알지 못했다.

사내는 잔잔히 미소 짓고, 여인은 한숨을 내쉬고, 그렇게 어색하게 이어지던 분위기는 기무규가 입술을 열면서 깨졌다.

“그럼 이제 문을 엽시다. 그들이 언제 올지 모르는데 마냥 이러고 있을 수는 없는 노릇이니.”

사내가 벌떡 일어났다.

“무슨 말씀이세요? 이미 그들은 이곳에 와 있잖아요.”

여인의 전음을 듣자 그는 일어나다 말고 피식 미소를 머금었다.

“물론 알지. 지금 밖에 찾아온 자는 나를 기다리고 있는 것이니 당신은 먼저 몸을 피하라는 뜻이야.”

“아니요. 같이 떠날 거예요. 늘 그랬던 것처럼.”

비록 전음이었지만 그녀의 말은 또박또박 사내의 귓가에 울려왔다. 오랜 기간 동안 함께하며 단 한 번도 그녀의 고집을 꺾어본 적이 없는 터라 그는 이번에도 부인의 고집을 꺾기는 틀렸다는 것을 알고는 고개를 슬며시 저었다.

“흠, 그 고집은 여전하구려.”

사내는 여인 쪽으로 몸을 기울여 그녀의 양손을 꼭 쥐었다. 그녀의 따뜻한 온기가 자신의 가슴까지 훈훈하게 데워주는 것 같았다.

그때였다.

“문성(文星)께 세상을 논하고자 감히 찾아뵈었습니다.”

스르륵!

싸리문이 열리는 소리에 방에 있던 부부는 잡았던 손을 살며시 놓으며 일어섰다.

그들이 문을 열고 나가자 문밖에서 중년 서생 하나가 안쪽을 바라보며 서 있었다.

기무규는 서생을 처음 보았으나 그가 누구인지는 이미 짐작하고 있는 듯 그리 놀란 기색은 아니었다.

아무 기운도 느껴지지 않는 서생.

기무규는 불현듯 세상에 무색무취의 사람이 존재한다면 바로 이런 사람을 두고 하는 말일 거라는 엉뚱한 생각이 들었다.

"허허, 말학서생의 우문(愚文)을 어찌 담으려 하십니까? 귀를 더럽히실까 두렵군요."

기무규는 서생의 앞으로 한 발 걸어나오며 공손하게 허리를 숙였다.

마주 포권을 취한 서생의 눈에 한 가닥 이채가 서렸다.

'역시 짐작이 맞았군. 저자의 전신에서 느껴지는 현기는 보통의 기운이 아니야. 건곤지기(乾坤之氣). 하지만 어찌 중원도 아닌 이 외진 곳에서 건곤지인이 나온 걸까? 으음, 모를 일이군.'

무공이 경지에 이르면 싸우지 않고도 상대방의 공력을 가늠할 수 있다. 이는 학문을 하는 자들도 마찬가지. 학문이 경지에 오른 자들은 상대의 언행과 눈빛, 붓을 쥐는 손에 굳은살이 얼마나 붙어 있는지만 봐도 그가 어느 정도의 지혜를 품고 있는지를 알 수 있다.

그런 경지에 오른 이들 중 하나인 서생은 마주 선 사내의 현기를 느끼곤 절로 감탄사를 터뜨렸다. 하지만 그의 감탄은 기무규의 학문이나 현기를 보고 느꼈기 때문은 아니었다.

건곤지기.

흔하지 않은, 아니, 이전엔 몰라도 작금에 이르러서는 천하 어디에도 없는 기운을 기무규가 가지고 있었기 때문이다.

"고금제일(古今第一)의 현자께서 그리 말씀하시면 다른 범부들은 들짐승보다 못하다는 말씀입니까?"

말투는 공손했지만 그 속엔 가시가 스며 있었다.

하지만 기무규는 전혀 불쾌한 기색을 보이지 않으며 좀처럼 얼굴에 담은 미소를 잃지 않았다.

"저는 세상에 현자라 불리는 이들보다 범부에게, 그리고 범부보다 들짐승들에게 더 많은 것을 배웁니다. 저를 가르치는 들짐승들이 그 말을 들으면 기분이 많이 상하겠군요."

"……."

들짐승보다 자신이 못하다는 비유라는 것을 서생이 모를 리 없었다.

서생은 처음부터 한 방 먹었다는 생각에 일순 말을 잇지 못했다.

"흥! 그럼 짐승들을 스승으로 두신 문성께 한말씀 여쭙지요. 지금 온 천하에 널려 있는 중생(衆生)은 도대체 어디서 왔고 어디로 가는 것인지요?"

이미 사전에 미리 준비를 해둔 질문인지 서생은 사내를 향해 주저없이 물음을 던졌다. 배우려는 태도라기보다 평가하려는 오만함이 느껴지는 말투였다.

"온 곳이 없는데 가긴 어디를 간다 말씀하시는 것입니까? 무슨 질문을 하시는지 잘 모르겠습니다."

사내의 대답을 들은 서생의 눈빛이 심하게 흔들렸다.

우문에 현답. 일반인이 듣는다면 이렇다 할 내용이 아니었지만 질문을 던진 중년 서생은 그렇지 않아 보였다.

“그럼 인간의 존재 이유, 그것은 선대부터 지금까지 늘 고민해 오던 그 문제의 해답을 알고 계십니까?”

서생의 이번 질문에는 처음의 오만함은 보이지 않았다.

“왜 사느냐……. 저도 그 답을 몰라 그걸 찾기 위해 살고 있다면 답이 될는지.”

중년 서생의 몸이 크게 휘청거렸다.

‘역시 건곤지인! 그럼 백년대계를 접어야 하는 건가? 안 돼! 그럴 수는 없다! 이자, 죽여 버린다!’

서생의 온몸에서 뿜어져 나오는 짙은 살기에 기무규는 살짝 눈을 찌푸리며 뒤에 서 있는 숙부인의 손을 잡아 슬쩍 끌어당겼다.

고뇌의 기색이 역력하던 서생의 얼굴이 무심한 표정으로 돌아왔다.

그에게 괴상한 현상이 일어난 것은 바로 그때였다. 그의 등 뒤로 한 줄기 음습한 기운이 뭉치기 시작한 것이다.

서생의 전신 곳곳에서 슬며시 피어오른 기운들은 그의 등을 타고 뱀처럼 스멀거리며 모여들었고, 마치 실타래를 말 듯 점점 뭉쳐져 주먹만 한 크기의 회색빛 구체를 만들었다. 마치 서생의 등 뒤로 잿빛 후광이 나타난 듯 보였다.

“큰 깨우침에 감사드립니다. 내세에서 뵙겠습니다.”

사내는 구체가 제 형상을 모두 갖추자 비릿한 미소를 머금으며 전면의 남녀를 향해 노골적인 살기를 드러냈다.

하지만 그의 미소는 기무규와 눈이 마주친 순간 씻은 듯이 없어지고 말았다. 기무규의 등 뒤로 자신의 것보다 더욱 크고 밝은 빛을 내뿜는 구체를 발견했기 때문이다.

아이의 머리통만한 구체였다.

그것은 어느 누가 보더라도 중년 서생의 그것보다 훨씬 월등해 보였다.

"서, 설마 문까지 열었다는? 이럴 수가? 기록되어지지 않은 자가 문을 열었단 말인가?"

서생은 파란 구체를 바라보며 말까지 더듬었다.

잠시 후,

"휴우! 문성 어른의 성취에 진심으로 경하드립니다."

언제 그랬냐는 듯 순식간에 살기를 거둔 서생은 기무규를 향해 깊숙이 허리를 굽혔다. 이에 기무규는 무덤덤한 표정으로 그가 하는 행동을 물끄러미 지켜보기만 했다.

"부디 성취가 있으시기를."

"덕분에 많은 깨달음을 얻었습니다. 이후 다시 뵙겠습니다."

순식간에 그의 모습이 시야에서 사라지고 난 후 기무규는 천천히 앞으로 걸음을 옮겼다.

서생이 서 있던 자리에 당도하자 허리를 숙인 그의 인상이 찌푸려졌다.

"대단한데? 저런 실력을 가진 자가 있다는 말은 전혀 들은 적이 없는데. 일 장 안의 모든 풀이 말라 죽었군. 아무래도 남쪽 사람이겠지?"

사내가 묻자 여인의 고개가 살며시 끄덕여졌다.

"호호호, 그들도 당신 같은 사람이 있다는 것은 모르잖아요. 남쪽 중에서도 천(天)일 거예요. 건곤지기가 흘러나온 곳이 등 쪽인 걸 보면요."

그녀의 말에 기무규의 고개가 슬쩍 끄덕여졌다.

"흠, 그건 나중에 다시 얘기하고 일단 출발하는 게 좋겠어."

기무규가 일어나며 입을 열자 숙부인은 고개를 까닥하며 안채로 몸을 돌렸다.

"잠시만요. 간단하게 몇 가지 챙길 게 있어요. 조금만 기다리세요."

"알았어. 하지만 서두르라고. 혹시 저자가 눈치채고 되돌아올지도 모르니까 말이야."

사내는 골치 아픈 일은 질색이라는 듯 두 손을 슬쩍 들어 보이며 그녀가 밖으로 나오기를 기다렸다.

나는 듯 이동하던 중년 서생은 송악산 어귀에 뿌리박고 있는 한 그루 노송 앞에 이르러서야 걸음을 멈췄다.

'왜 날 그냥 보냈을까? 혹시 내가 눈치 못 챈 뭔가가 있는 건가?'

그의 의문은 땅속에서 튀어 올라오는 회색 인영의 출현으로 더 이상 이어질 수 없었다.

온몸을 회색 천으로 가린 복면인이었다. 언뜻 보기에도 고수의 냄새가 물씬 풍기는 복면인. 친친 감은 전신에서 유일하게 보이는 것은 잿빛 눈동자뿐이었다.

생기라고는 전혀 보이지 않는, 죽음의 그림자를 담고 있는 그의 눈동자가 서생 쪽을 향했다.

"처리할까요?"

메마른 음성이었다.

"놔둬. 그들은 이미 우리가 넘볼 수 있는 상대가 아니다."

"존명!"

중년 서생의 한마디에 회색복면인은 오체복지한 자세 그대로 사라졌다. 그가 사라지자 서생은 자신이 달려온 쪽으로 고개를 돌리며 옆에 있는 노송에 한 손을 기댔다.

"흠, 천마교에서 먼저 문을 열다니. 계획을 앞당겨야겠군."

무색무취의 중년 서생은 알 수 없는 말을 중얼거리며 이내 연기처럼 사라졌다.

쿵!

그가 떠난 자리의 노송이 쓰러지는 소리였다. 어찌 된 일인지 수백 년 동안 모진 풍파에도 굳건히 버티며 자리를 지키던 노송은 비쩍 말라 있었다.

한 줌 생기도 찾아볼 수 없을 정도로 말라비틀어진 노송은 마치 무색무취의 그 서생처럼 아무 향기도, 아무 기운도 드러내지 않은 채 그저 불어오는 바람에 가지만 흔들렸다.

◆ 第四章 ◆
일월성신경(日月星辰經)

크르릉!

"아이, 왜 그래? 그냥 좀 내버려 둬."

요 며칠 여러 일을 겪은 뒤라 몹시 피곤했던 설은 건의 말에 건성으로 대답하며 여전히 자리에서 일어날 생각을 하지 않았다.

"아, 진짜!"

건이 앞발로 계속 흔들어대자 설은 더 이상은 버티지 못하고 벌떡 일어나 녀석을 째려봤지만 건은 여전히 아이의 옷깃을 물고 끌어당겼다.

"에잇! 정말!"

결국 이불을 확 걷어붙이고 침상에서 내려온 설은 허리춤에 손을 얹고 건을 노려봤다.

꼬르륵!

설이 배를 어루만지자 건은 밖으로 나가며 힐끗 고개를 돌렸다.

[따라와라.]

"되게 귀찮게 구네."

건이 경쾌한 발놀림으로 백룡담으로 뛰어가자 설은 머리를 긁적이며 그 뒤를 따라 느릿느릿 걸음을 옮겼다.

"무슨 얘긴데?"

설이 건의 곁에 있는 너럭바위에 털썩 주저앉으며 물었다.

[앞으로의 계획을 듣고 싶다.]

"앞으로?"

고개를 끄덕인 건은 설의 입술만 빤히 쳐다봤다.

"글쎄, 아직 생각 안 해봤는데? 꼭 하고 싶은 게 하나 있긴 해. 엄마가 낸 문제를 풀고 싶어. 그 문제를 풀고 싶으면 일월성신경을 열심히 암송하라고 했었는데 유림에 가서는 통 외울 기회가 없었거든. 그게 내가 강해질 수 있는 길이기도 하고."

설은 볼을 씰룩거리며 말을 이어갔다.

"치, 아빠가 유림에서 공부하면 그 문제를 더 빨리 풀 수 있다고 해서 그 말만 믿고 온 거였는데 삼 년 동안 거기 있으면서 배운 건 고작해야 소학이나 논어, 맹자 같은 거야. 에휴!"

유림에서의 일이 떠오른 설은 얼굴이 일순 어두워졌다.

[문제?]

"응, 엄마는 그 문제를 풀 줄 알게 되면 강해진다고 했거든."

[강해져?]

설의 말을 듣는 순간 건의 눈이 반짝였다.

"응, 호랑이보다 훨씬 강해진다고 했어. 물론 거기에는 너도 포함된다. 흐흐흐."

설은 건을 보며 음흉한 웃음을 흘렸다.

[그럼 앞으로 일월성신경을 익힐 생각이냐?]

"응, 별수없잖아? 아는 건 그것뿐이니까. 에이, 나도 그놈처럼 무공만 할 줄 알았으면 그렇게 일방적으로 맞지는 않았을 텐데."

설은 말을 하며 양손을 들어 건을 때리는 시늉을 해 보였다.

[무공이라면 내가 가르쳐 줄 수 있다.]

"네가?"

설이 코웃음을 치자 건은 앞발로 땅을 몇 번 구르며 으르렁거렸다.

[왜 못 미덥냐?]

"좀 그렇잖아? 아무리 네가 영물이고 나하고 말이 통한다고 해도 호랑이한테 무공을 배운다는 게 어디 말이나 되는 소리니? 나중에 누가 나한테 '당신은 사부가 누구요?' 하면 '네, 제 사부는 호랑이님이십니다', 그러라고? 어휴, 생각만 해도 끔찍하다."

설은 목소리를 굵게 만들어 짐짓 어른 목소리를 흉내 내며 고개를 설레설레 저었다.

[누군 처음부터 이랬는 줄 알아? 나도 처음엔… 에잇, 관두자.]

어깨를 축 늘어뜨리며 뒤돌아선 건을 본 설은 조금 미안한 마음이 들었다.

'에이, 아무리 그래도 어떻게 호랑이를 사부로 모셔?'

하지만 땅바닥에 엎어져 축 늘어진 건을 보니 안됐다 싶은 생각이 자꾸 들었다.

"야!"

[……]

"일어나 봐."

[…….]

"너한테 배우면 얼마나 강해질 수 있는데?"

[천하제일. 아니지, 잘만 하면 문을 열 능력을 얻게 될지도 모른다. 그럼 네 이름이 건곤비에 올라갈 수도 있고.]

건은 언제 그랬냐는 듯 벌떡 일어나 앉으며 입을 쩍 벌렸다.

"문? 무슨 문? 건곤비는 또 뭐고?"

[그런 게 있다. 그건 나중에 차차 알려줄게. 아무튼 네가 원하는 건 뭐든지 할 수 있을 만큼 강해진다. 하늘을 날 수도 있고, 말보다 빨리 달릴 수도 있고, 커다란 바위를 손가락 하나로도 들 수 있지.]

"흠, 그래?"

설은 한 손으로 턱을 어루만지며 잠시 생각에 잠겼다.

'저 녀석 말이 반만 진짜라도 괜찮을 텐데…….'

다시 들려온 건의 말은 심각하게 고민 중이던 설에게 쐐기를 박는 것이었다.

[호랑이 백 마리, 아니, 천 마리도 한꺼번에 이길 수 있을 만큼 강해진다니까.]

"정말? 그럼 해볼까?"

[드디어 마지막이다. 이 녀석만 천마로 만들면…….]

건이 설을 힐끔 쳐다보며 자신만의 생각에 빠져 있는 사이 녀석의 수북한 털에 파묻혀 있던 설은 호랑이 천 마리를 집어 던지는 자신을 상상하며 기분 좋은 미소를 흘렸다.

'흐흐흐, 좋았어. 천 마리도 이긴다고 했겠다? 하지만 이제 그런 건 바라지도 않아. 그 녀석만 흠씬 패줄 수 있을 만큼만 강해지면 돼. 아

무한테도 일방적으로 맞지 않을 만큼만.'

백룡담을 옆에 끼고 마주 선 백호와 아이의 모습은 무척이나 정겨워 보였다.

[이곳은 일대와 이대 천마가 기본공을 연마하던 곳이야. 앞으로 너도 여기서 수련한다.]

"그럼 지금부터 뭘 배우면 되는데?"

[그전에 우선 천마의 무공이 숨겨져 있는 천마동을 찾아라. 거기 네가 익힐 천마심공(天魔心功)이라는 심법서가 있어. 네가 비록 천마의 후예라고는 하지만 천마동을 못 찾으면 넌 천마가 될 자격이 없어. 이건 네 자격을 시험하는 지혜의 관문이지.]

"지혜의 관문? 그런 말은 안 했잖아."

[그럼 강해지는 게 그렇게 쉬운 줄 알았어? 아무리 기본공이라고 해도 천마심공은 웬만한 오성을 지닌 놈들이 익혔다가는 머리가 터져 죽거나 미쳐 버릴 정도로 까다롭고 난해한 무공이야. 이 정도 시험도 통과 못하면 차라리 안 익히는 게 낫다.]

"피이, 알았어. 그럼 단서는? 그런 건 하나도 없어?"

[단서? 음, 초옥에 있는 천마도(天魔圖)가 단서라면 단서겠지.]

"천마도?"

설은 초옥에서 봤던 미인도를 떠올리며 즉시 몸을 돌려 초옥으로 향했다.

[음, 다른 아이 같았으면 말이 끝나기가 무섭게 사방을 찾아다녔을 텐데 단서부터 물어보다니. 역시 제 아비를 쏙 빼닮았어.]

설이 초옥 안으로 사라지자 건은 슬며시 일어나 어슬렁어슬렁 숲 속으로 이동하기 시작했다.

초옥 안으로 들어온 설은 창가에 걸려 있는 천마도를 유심히 살폈다.

"아무나 찾을 수 있는 곳이면 지혜의 관문이라는 거창한 이름이 붙을 리 없을 거고, 그림이라고는 저거 하나뿐이니 저게 바로 건이가 말한 그 천마도일 텐데……."

한 손으로 턱을 받치고 그림을 응시한 지 한 시진이 흘렀지만 설은 여전히 처음의 자세 그대로였다.

"손가락으로 폭포를 가리키고 있는 것 빼고는 특이한 점이 없는데. 그럼 단서는 글에 있나?"

설은 그림 하단에 적힌 글자로 시선을 옮겼다.

무엇 때문에 사는가?
무엇 때문에 죽는가?
답을 얻는 자, 버리면 문이 열릴 것이니!

"분명 뭔가 있어!"

설은 천마동을 찾을 단서가 글 속에 숨어 있다는 결론을 내렸다.

[나와라!]

"응?"

건의 부름에 밖으로 나온 설은 건이 준비한 음식을 발견하고는 눈이 휘둥그레졌다.

"이게 뭐야?"

[밥이다.]

건이 앞발로 음식을 흔들어 보이자 설은 어이가 없었다.

"그걸 어떻게 먹어?"

건은 대답 대신 음식을 한입 베어 물었다.

뿌드득!

자근자근 부서지는 소리가 나며 건의 아가리에서 발버둥 치던 음식은 더 이상 움직이지 않았다.

[이렇게 먹으면 되지.]

"내가 살아 있는 토끼를 어떻게 먹어?"

설은 건의 아가리에 물려진 토끼를 손으로 가리키며 눈을 찡그렸다.

[왜? 네 아비는 잘도 먹던데.]

"에이! 너나 먹어!"

설이 투덜대며 다시 초옥 안으로 들어가려 하자 건은 입 안에 있던 토끼를 꿀꺽 삼키며 달려왔다.

[그럼 이거라도 먹어라.]

건이 가리킨 곳에 가지런히 놓여 있는 산나물들을 발견한 설은 못 이기는 척 녀석의 곁으로 다가갔다.

"이게 뭐야?"

[도라지 같은 거지 뭐. 그냥 먹어둬.]

건이 대수롭지 않다는 듯 답했지만 설의 눈가에는 호기심이 담겨 있었다.

도라지 같았지만 그보다는 훨씬 굵었고, 칡이라고 하기에는 좀 모자란 굵기였다. 특이한 것은 언뜻 보면 어린아이가 웅크리고 있는 듯한 형상을 하고 있는 것이었다.

설은 나물의 정체를 전혀 짐작하지 못했지만 그것은 산삼이었다. 이

산삼은 무공을 익힌 사람이 복용하면 순식간에 일 갑자의 내공을 얻는
다거나 하는 영약은 아니었지만 몸에 좋은 것만은 틀림없었다. 천마산
에 쳐놓은 진법 때문에 인적이 닿지 않아서인지 산삼은 사방에 지천으
로 널려 있었다.

예전 기무규가 이곳을 왔을 때 가끔 먹었던 것을 떠올린 건이 혹시
나 하는 마음에 가져온 것이었다.

건의 곁으로 다가온 설의 눈에 오들오들 떨고 있는 토끼 한 마리가
들어왔다.

"에휴, 넌 어쩌자고 이렇게 잡혀왔니?"

[음식하고 말하지 마라. 복 달아난다.]

"쳇!"

설은 건이 눈알을 희번덕거리자 토끼에게서 눈을 돌리고 산삼 한 뿌
리를 입으로 가져갔다.

"어, 맛있네?"

별 기대 없이 먹었던 산삼이 의외로 향긋하고 달짝지근한 맛이 나자
설은 질겅질겅 씹으며 흐뭇한 미소를 지었다.

그사이, 남아 있던 토끼를 한입에 꿀꺽 삼킨 건은 설이 나물을 먹는
모습을 신기한 듯 바라보았다.

[맛있냐?]

"응, 너도 먹어볼래?"

설은 큰 선심 쓰듯 하나 남은 나물을 들어 건에게 권했다.

[생각없다!]

건이 고개를 젓자 설은 어깨를 한 번 으쓱해 보이고는 우물거리던
것을 꿀꺽 삼켰다.

"캬, 맛있다!"

[지혜의 관문은 일단 보류하자.]

"왜?"

[뜻하지 않은 변수가 있었다는 것을 깜빡했다.]

"변수? 무슨 변수?"

설은 고개를 갸우뚱하며 건을 쳐다봤다.

[일월성신경.]

"그게 왜?"

[지혜의 관문을 통과한 후 천마심공을 익히는 것이 순서지만 너는 이미 일월성신경을 익히는 중이니 천마심공 수련은 잠시 미뤄야 할 것 같다.]

"일월성신경을 익히면 못 배우는 거야?"

설은 건의 옆에 털썩 앉으며 되물었다.

[일월성신경은 성문의 무공. 음유한 기운이라는 점에서는 천마의 무공과 일맥상통하지만 천마의 무공이 태음(太陰)의 기운인 반면 성문의 무공은 소음(少陰)의 기운이라 둘을 같이 익히는 건 불가능하거든.]

건의 설명에 설이 슬며시 고개를 끄덕였다.

"그러니까 성질이 다른 것들이라는 말이구나?"

[그렇지.]

"가만, 그러면 엄마가 성문세가 사람일 수도 있겠네?"

불현듯 떠오른 생각에 설이 눈을 반짝이자 건의 머리가 끄덕여졌다.

[나도 그게 의문이다. 어떻게 천마와 성문이 인연을 맺게 됐는지 도무지 이해가 안 가.]

"그야 두 분이 서로 좋아하니까 출신은 안 따진 거겠지."

[글쎄다.]

둘의 심각한 속내와는 달리 아이와 호랑이의 모습은 무척 정겨워 보였다.

백룡담 가에 덩그러니 서 있는 소나무가 파란 솔잎을 흔들어댔다.

이상하게도 천마폭에서는 전혀 계절 변화를 느낄 수가 없었다. 설이 처음 왔던 석 달 전이나 지금이나 이곳은 늘 푸르렀고, 햇살은 여전히 따사로웠다.

설은 석 달 동안 줄곧 이 소나무 밑에서 일월성신경을 암송하며 시간을 보냈다. 앉아 있는 아이의 입가엔 여전히 장난기가 가득해 보였지만 지그시 감은 두 눈과 가부좌를 튼 모습은 꽤 진지해 보였다.

다른 때처럼 그저 아무 생각 없이 외운 것이 아니라 이번에는 뚜렷한 목표가 있었다.

"휴우, 드디어 머리 속에 좁쌀만한 뭔가가 생긴 것 같다."

살며시 눈을 뜬 설이 입을 열었다.

"근데 이상하네? 건이는 한 일 년은 걸릴 거라고 했는데."

설은 고개를 갸우뚱하며 다시 일월성신경을 암송했다.

"확실히 머리 한가운데에 뭔가가 느껴져."

자신의 신체적 변화를 재차 확인한 아이의 고개가 다시 끄덕여졌다.

"하하하하, 드디어 내가 다른 애들보다 후워어어어얼씬 낫다는 게 증명된 셈인가? 흠, 이 다음에 천마의 무공이라는 것만 배우고 나면 아마 그 녀석은 상대도 안 되겠지?"

불현듯 자신의 뺨을 날려대던 제갈명이 떠오른 설의 눈이 살짝 충혈되었다. 그때의 일에 생각보다 큰 상처를 받은 모양이었다.

"어? 벌써 식사 시간인가?"

설은 노루를 입에 물고 달려오는 건을 보며 문득 석 달 전의 대화가 떠올랐다.

[아무튼 네가 일월성신경을 어떻게 얻은 것이냐는 중요한 게 아니다. 지금 우리 손에 그 절세비전이 있다는 결과가 중요한 거지.]

"절세비전?"

설은 눈을 동그랗게 뜨고 건을 빤히 쳐다봤다.

"에이, 일월성신경은 스물여덟 자란 말이야. 고작 그 몇 글자가 어떻게 절세비전이 될 수 있어?"

설은 건에게 입술을 삐죽 내밀어 보였다.

[스물여덟 자? 스물한 자가 아니고?]

"응, 난 분명히 스물여덟 자를 알고 있어."

[저, 정말이냐? 그럼 어디 외워봐.]

설이 일월성신경을 암송하자 이를 들은 건은 놀란 눈으로 전신을 부르르 떨었다.

[사실이었구나, 사실이었어. 네가 외우고 있는 일월성신경은 완전한 구결이다.]

"어? 그럼 너도 일월성신경을 알고 있었어?"

[아니, 지금 처음 들었어.]

건은 설의 물음에 고개를 가로저었다.

[하지만 그렇다고 꼭 모른다고 할 수도 없지.]

"무슨 뜻인지 잘 모르겠어."

설이 어깨를 으쓱하자 건은 눈을 반짝이며 다시 말을 이어갔다.

[아무튼 일월성신경은 현경(賢經) 중 천하제일로 치는 공부. 원래는 스물여덟 자였지만 이백 년 전에 마지막 일곱 글자를 잃어버렸지. 그래서 지금은 본 능력의 십 분의 일도 발휘 못하는 것으로 알고 있고. 흠.]

"현경?"

[그래, 일반적인 무공은 크게 육체의 힘을 쓰는 외공과 몸 안에 내재된 힘을 쓰는 내공으로 나뉜다. 하지만 그건 지극히 일반적인 거고 세상에는 내공, 외공 말고도 여러 가지 다른 방법으로 힘을 이용하려는 사람들이 많아. 성문세가 사람들도 그중 한 부류고.]

"다른 방법이라면 어떤 걸 말하는 건데?"

[여기지.]

건은 자신의 머리를 앞발로 톡톡 두드렸다.

"잉? 박치기?"

[쯧쯧, 멍청한 녀석.]

"뭐야?"

설이 조그만 주먹을 자신에게 치켜들자 건은 앞발로 눈을 가리며 한숨을 내쉬었다.

[성문세가는 머리, 즉 정신을 이용하는 무공을 사용한다. 그들은 그걸 염력이라고 부르지.]

"아아!"

설은 이제야 이해가 간다는 듯 고개를 끄덕였다.

[하지만 지금은 일월성신경의 마지막 구절이 없어져 버려서 그저 오성을 맑게 해주는 정도로 쓰이고 있어. 뭐, 그 정도로도 두뇌만큼은 천하제일이라는 소리를 듣고 있겠지만.]

"우와, 너 정말 유식하구나? 근데 생전 천마폭에서 나가본 적도 없다면서 어떻게 이런 걸 다 알아?"

[사연이 좀 있다. 나중에 얘기해 주마.]

설의 칭찬에도 건의 표정은 그리 밝아 보이지 않았다.

"근데 이거 수련하려면 어떻게 해야 돼?"

[글쎄, 하도 오래전 일이라 좀 가물거리긴 하지만 머리 호흡부터 시작한다는 건 기억하고 있다.]

"머리 호흡? 확실해?"

[그래.]

"그랬구나."

설은 눈을 내리깔며 고개를 끄덕였다.

[뭐가?]

"아무것도 아니야. 밥 먹어."

[그러지.]

식사를 하자는 말에 건의 얼굴이 일순 환해졌고, 녀석의 발놀림은 설과 얘기할 때보다 몇 배는 빠른 속도로 토끼를 찢어갔다.

쫘아악! 쫘아아악!

"징그러! 그만 좀 찢어대!"

[무슨 소리! 토끼는 이렇게 쫙쫙 찢어 먹어야 제 맛이다.]

설의 핀잔에도 건은 전혀 아랑곳하지 않고 힘차게 토끼를 찢으며 콧노래를 흥얼거렸다.

순식간에 설과 건이 먹을 식사가 차려졌고, 둘은 음식을 들면서도 대화에 여념이 없었다.

친구 하나 없이 외로이 자라온 아이와 마찬가지로 오랜 세월을 홀로 보냈을 백호. 그 둘은 말을 들어줄 상대가 있다는 것만으로도 행복했다.

[근데 넌 왜 강해지고 싶은 거냐?]

"좋은 사람이 되고 싶으니까."

[좋은 사람?]

말없이 고개만 끄덕이는 설의 눈이 그 어느 때보다 빛났다. 건은 어쩌면 자신이 생각하는 것보다 아이가 훨씬 성숙해 있을지도 모른다는 생각이 들었다.

"엄마가 가르쳐 준 게 머리로 호흡하는 방법이었구나? 에이, 진작 말해 줬으면 유림에서도 안 빼먹고 열심히 했을 텐데."

설은 여태껏 일월성신경을 소홀히 여겼던 것이 무척 아쉬웠다.

짧다면 짧은 기간일 수도 있었지만 설은 천마폭에서 석 달을 보내며 참으로 놀라운 체험을 하고 있었기 때문이다.

수련을 하면 할수록 점점 머리가 맑아졌고, 전신의 신경이 마치 살아 움직이는 듯한 느낌을 여러 차례 경험했다.

"참, 신기하네? 눈도 좋아지고."

설은 말을 하며 고개를 들어 바람에 흔들거리는 솔잎을 바라봤다. 아니, 그 솔잎에 매달려 있는 미세한 벌레를 보고 있었다.

"엄마가 말한 게 이런 건가?"

그때 곁으로 다가온 건의 음성이 들렸다.

[너 정말 밥 안 먹을 거냐?]

"생각없어."

[그렇게 안 먹다가는 키 안 큰다.]

건은 시간이 갈수록 식사를 거르는 횟수가 빈번해지다가 이제는 거의 물 몇 모금으로 하루를 넘기는 설이 걱정됐다.

처음에는 입맛에 안 맞아서 그러려니 하고 그냥 넘겼으나 아이는 날이 갈수록 음식을 입에 대는 횟수가 줄어들었다.

[몸은 점점 말라가는데 눈은 처음 올 때보다 훨씬 맑아졌어. 벌써 일월성신경이 어느 정도 단계에 들어선 건가?]

"난 신경 쓰지 말고 너나 많이 먹어."

[알았다. 배 고프면 언제든지 말해라.]

"응."

건은 설을 힐끔 쳐다보며 고개를 갸웃거렸다.

[아니겠지. 그렇게 쉽게 익힐 수 있는 무공이 아니잖아?]

[그래, 감은 좀 잡았냐?]

"무슨 감?"

[진전이 좀 있냐고.]

건의 입가에 살짝 비친 미소를 보지 못한 설은 무심코 대답했다.

"글쎄."

건은 일 년 정도면 머리에 좁쌀만한 것이 들어간 느낌이 날 거라고 말했던 것을 떠올리며 속으로 고개를 끄덕였다.

[물론 일 년이면 가능하지. 단, 성문의 핏줄일 경우라는 조건이 붙지만 말이야. 다른 피라면 십 년, 아니, 백 년이 걸려도 안 되거든. 그것

만 확인하면 된다. 네가 성문의 피가 아닌 천마의 피를 타고났다는 것만 확인하면 돼.]

건은 시치미를 뚝 떼고 설을 향해 물었다.

[흠, 보통 이 정도면 그래도 어떤 변화라도 나타나야 정상인데 넌 그런 낌새도 없구나. 자질이 보통 수준도 안 되는 모양이군.]

건의 말에 설이 눈에 쌍심지를 켜며 벌떡 일어났다.

"우씨! 왜 내 자질이 보통 이하야? 안 그래도 머리 속에 좁쌀만한 뭔가가 느껴져서 막 얘기하려던 참이었다고!"

[뭐?]

건은 눈을 휘둥그렇게 뜨며 입을 떠억 벌렸다.

[확실해?]

설이 고개를 끄덕였지만 건은 믿기지 않는지 고개를 흔들었다.

[그건 불가능하다. 성문에서도 오직 성골만 가능하다는 기간이 백오십 일. 네가 수련한 지 이제 팔십칠 일이 지났고, 성문세가를 세운 성문자도 구십 일이 걸렸어. 넌 지금 나한테 거짓말을 하고 있거나 아니면 착각하고 있는 거야.]

"거짓말 아니야! 착각도 아니고!"

건의 말에 몹시 기분이 상한 설은 버럭 소리를 질렀다.

[아무튼 일월성신경 수련은 이제 중단하자.]

"왜?"

[난 네가 성문 핏줄이 아니라는 것만 확인하려고 했던 거다.]

"천마의 무공하고는 같이 익힐 수 없다며?"

[그건 어느 정도 성취가 있을 때 얘기고, 너는 아직 시작도 안 했으니까 괜찮아.]

"그럼 머리 속에 좁쌀만하게 생긴 건 괜찮은 거야?"

설이 근심 어린 기색으로 묻자 건은 불길한 예감이 치솟았다.

[음, 이 녀석 말이 사실이라면 큰일인데? 어쩌지?]

건은 자신을 바라보는 설의 초롱초롱한 눈동자를 보면서 잠시 고민했다.

"좁쌀만한 거 다음에는 어떤 게 생겨? 달걀만한 거?"

[아니. 그건 한참 뒤고, 먼저 시각, 청각, 후각, 미각, 촉각 이렇게 오감이 다른 사람에 비해 훨씬 좋아진다.]

설은 순간 어깨를 움찔했다.

'어? 눈이 좋아진 것 같은데? 혹시 이건가?'

설은 순간 그 얘기를 해주고 싶었지만 건이 더 안 믿을까 염려되어 차마 입 밖으로 말이 나오지는 않았다.

"그 다음은?"

[다음? 그 다음은 육감으로 넘어간다.]

"육감?"

[오감을 넘어선 초감각을 육감이라고 한다. 근데 이건 십 년이 걸려도 될까 말까 할 정도로 힘든 거니까 너하고는 거리가 멀어.]

"음, 그럼 오감이 좋아지는 데는 얼마나 걸리는데?"

[그건 한 이삼 년이면 가능할걸. 물론 성문세가의 적통을 이은 사람에 한정된 얘기지만 말이야. 자, 이제 그런 쓸데없는 얘기는 그만 하고 다시 천마의 관문이나 시작하자.]

"알았어. 그럼 한 가지만 더 물어볼게."

[휴우, 알았다. 물어봐.]

건은 빨리 대화를 끝내고 설에게 다시 지혜의 관문에 들게 하고 싶었지만 아이의 진지한 물음을 차마 외면할 수 없었다.

"그럼 만약에 내가 일곱 달 안에 그 오감을 밝게 하는 걸 증명해 보이면? 그럼 믿어줄 거야?"

[일곱 달?]

건은 곰곰이 따져 봤다.

[흠, 천마심공이 일이 년 안에 수련할 수 있는 것도 아니고, 만약의 불상사를 대비해 확인해 볼 필요도 있겠지.]

건은 곧 마음의 결정을 하고 설을 빤히 쳐다봤다.

[좋아. 오감의 발달이야 네가 거짓말을 하고 싶어도 바로 드러나는 거니까 일곱 달 정도는 더 쉽다고 생각하고 기다려 주마.]

"정말?"

건이 수락하자 설은 기쁜 목소리로 되물었다.

[대신!]

"대신?"

설은 건의 입을 쳐다보며 다음 말을 기다렸다.

[하루 한 시진은 나와 보낸다.]

"알았어!"

건은 깡충깡충 뛰며 좋아하는 설을 보며 문득 가슴이 훈훈해짐을 느꼈다.

"근데 건아."

[응?]

"왜 그 대답은 안 해줘?"

[무슨 대답?]

"어떻게 성문세가에 대해서 그렇게 많이 알고 있는 거냐고. 넌 천마동에서 나와본 적도 거의 없다며?"

[그야 성문세가도 건곤비와 연관된 천지칠강 중 하나니까.]

"건곤비?"

쿵!

건곤비라는 말에 설은 심장이 내려앉는 것 같은 기분을 느꼈다.

'건곤비? 전에도 그랬지만 왠지 낯설지가 않아. 뭐지, 이 느낌은?'

설의 표정이 굳어지자 건이 앞발을 들어 설의 어깨를 툭 쳤다.

[그런 게 있다. 나중에 차차 알려준다고 했잖아. 지금은 수련이나 열심히 하도록. 매일 한 시진은 나와 함께라는 건 잊지 말고.]

건은 특히 한 시진을 강조했다.

"뭐 할 건데?"

[수중 공부.]

설은 눈가에 미소를 머금으며 건을 와락 껴안았다.

"호호호, 너, 나랑 물놀이하고 싶은 거구나?"

[뭐?]

건은 자신의 품에 안겨든 설을 앞발로 감싸 안고 화를 낼지 웃어야 할지 몰라 어정쩡한 자세로 하늘을 바라봤다.

초옥 앞마당에서 두 발로 머리를 감싼 채 엎드려 있는 건은 머리를 땅에 처박고 고민했다.

[아, 저 녀석, 이제 물도 안 마시고 하루를 넘긴다. 도대체 어떻게 된 거지? 이게 무슨 조화야?]

건은 머리를 번쩍 치켜들고 다시 백룡담을 바라봤다. 그곳에는 한 아이가 지그시 눈을 감고 앉아 있었다.

‘헤헤, 일월성신경, 너무 재밌다.’

설은 일월성신경이 다른 무공과는 판이하게 달라 수련이라는 말보다 공부라는 말이 더 어울릴 것 같다고 생각했다.

설은 생전 안 하던 공부(?)에 흥미를 느끼는 자신이 너무도 대견해 절로 웃음이 새어 나왔다.

지난 백 일 동안 설은 다른 어느 때보다 열심이 공부했다. 물론 건과 약속한 일곱 달 안에 오감의 발달을 증명하는 것 때문만은 아니었다.

아이는 스스로가 다짐한 목표를 꼭 달성하고 싶었다.

"히히, 이제 손톱만해졌어."

설은 이마에 손을 얹으며 웃음을 터뜨렸다.

"잠을 안 자고 공부했더니 더 빨라지는걸? 근데 왜 안 자도 하나도 안 피곤한 거지? 참 신기하네?"

아이는 지난 백 일 동안 먹고 자는 시간까지 줄여가며 거의 하루에 모든 시간을 공부에 투자했다. 그만큼 노력했다기보다는 일월성신경에 대한 흥미가 점점 강해져 시간 가는 줄 모르고 살았기 때문이다.

"역시 엄마 말대로야. 익힐수록 졸리지가 않는 걸 보면."

아이는 헤어지기 전 자신을 앉혀놓고 엄마가 했던 말들을 떠올려 봤다.

숙부인은 설의 머리를 쓰다듬으며 언젠가는 그 머리 안에 있는 다른 세상을 볼 수 있을 거라 얘기했었다.

일월성신경을 익히면 식사를 하지 않아도 배가 고프지 않고, 잠을 청하지 않아도 피곤하지 않다는 말도 함께 했었다.

하지만 지금 설은 어머니가 했던 다른 말들보다 일월성신경의 삼 단
계가 되면 오감이 점차 밝아져서 몸에 있는 감각 기관의 능력이 엄청
나게 발달한다는 말이 자꾸 머리 속을 맴돌았다.

설은 엄마를 떠올리다 보니 그리움으로 가슴이 아려와 깊이 숨을
들이마셔 보았다.

"엄마는 사 단계에서 머리에 시원한 느낌이 들고 기억력이 좋아진다
고 했지. 며칠 전부터 갑자기 예전 일들이 떠오르는데 혹시 지금 내가
그 사 단계인가?"

고개를 들어 하늘을 바라보던 설은 엄마의 말을 되뇌어보며 다시 생
각에 잠겼다.

오 단계가 되면 투시와 투청, 독심술이 가능하다고 했다. 하지만 설
은 그런 것이 가능할 것이라는 데는 여전히 의심하고 있었다.

육 단계는 가까운 곳에 있는 물체를 이동시킬 수 있다고 했다. 물론
설은 그게 무슨 소린지 알지 못했고, 그 다음 단계에 갖게 될 능력들에
대해서는 더욱 의심하고 있었다.

상대방에게 말하지 않고도 자신의 의사를 전달할 수 있다는 칠 단
계.

가까운 미래를 볼 수 있다는 팔 단계.

그녀는 불신의 기색이 역력한 아이의 양 어깨에 손을 얹으며 세상엔
이런 능력을 갖기 위해 수련하는 사람들이 많다고 했고, 불가나 도가도
그런 수련을 하는 사람들이 모여 있는 곳이라 했다.

설은 불현듯 엄마가 마지막으로 했던 말이 떠올랐다.

"설아, 그런데 말이야. 마지막 구 단계가 되면 머리 속에 주먹만한 돌이 들어 있는 것처럼 머리가 묵직하고 지끈지끈 아파오거든. 이때가 고비야. 나비가 날개를 펴기 위해 오래도록 번데기로 지내는 거 알지? 그거하고 같은 거야."

설은 눈을 껌뻑이며 엄마의 말들을 하나하나 되짚어봤다.
"엄마는 그 시기만 잘 넘기면 다른 세상을 볼 수 있다고 했는데 정말 그럴 수 있을까?"
설은 고개를 들어 다시 하늘을 쳐다봤다. 가끔 외로울 때 하던 행동이 어느 틈에 버릇이 된 것이다.
"보고 싶다. 엄마."
아이는 하늘에 대고 엄마의 얼굴을 그려보았다.
"엄마, 나 일월성신경 열심히 공부하고 있거든. 공부 끝나면, 그래서 엄마가 낸 문제 풀 수 있게 되면 그땐 내가 먼저 엄마하고 아버지 찾을 거야. 그때까지 아프지 마? 알았지?"
다시 고개를 숙인 설은 주먹으로 눈물을 훔쳤다.
"왔어?"
눈을 비비던 설이 고개도 돌리지 않고 묻자 건은 깜짝 놀라 물고 있던 멧돼지를 놓쳐 버렸다.
털썩!
설은 얼빠진 얼굴로 입을 쩍 벌린 건을 보곤 피식 미소를 머금었다.
[정말 내가 온 걸 눈치챈 걸까? 아니겠지? 아닐 거야.]
건은 설에게 곁눈질을 하며 고개를 좌우로 흔들었다.

[녀석, 열심인 이유가 따로 있었군.]

건이 다 안다는 듯 다시 고개를 끄덕이며 자신을 쳐다보자 설은 얼굴을 붉히며 슬며시 일어나 초옥으로 걸음을 옮겼다.

[오늘도 안 먹을 거냐?]

"응, 생각 없어."

초옥 안에서 아이의 음성이 들려오자 건은 고개를 도리질하며 한숨을 내쉬었다.

[휴우, 불길하다. 저 녀석 정말 일월성신경에 어느 정도 진전이 있는 거 아닐까?]

초옥 안에 들어선 설은 익숙한 몸놀림으로 침상 위에 가부좌를 틀고 앉았다.

'엄마가 얘기했던 것들도 생각났으니 이제 제대로 정리해 보자. 잘하면 며칠 안에 오 단계로 넘어갈지도 몰라.'

설은 곧 정신을 집중하고 일월성신경을 외우기 시작했다.

할 수 있다 거짓을 말하기보다 할 수 없다 진실을 말하는 것이 실로 옳은 일이니[加能假不加能可],

이는 선한 마음이 되어 현단에 올랐다가 하나의 기운이 되어 다시 내려온다[善上乘後下剛氣].

신심을 다한 눈으로 땅을 굽어보면 그 땅은 하늘 위로 올라 하늘 위에 하늘이 되고[括目地下天上化],

하늘과 땅의 이치는 곧 나의 마음과 같아지니 장차 극에 이르게 되리래[乾坤則吾心且極].

설은 양쪽 이마에 있는 태양혈로 검지와 중지를 가져갔다.

호흡을 멈추고 미간 사이로 정신을 집중한 설은 머리가 활짝 열리는 듯한 느낌이 들기 시작했다.

머리 속 중앙에 위치한 무언가가 느껴진다.

비록 보이지는 않았지만 설은 지금 그 뭔가가 발광(發光)하고 있음을 느꼈다.

석 달 전, 좁쌀만했던 그것은 이제 손톱만한 크기로 자라 설이 머리로 호흡하는 것을 훨씬 수월하게 해주었다.

설은 전에 비해 기억력이 훨씬 좋아지자 그것이 예전에 엄마가 말한 현단(賢丹)임을 알 수 있었다.

'요 현단이라는 게 생긴 후부터 자는 시간이 줄었지.'

그렇게 일 다경이 흐른 뒤 설은 대기 중에 미세한 입자로 퍼져 있던 음유(陰柔)한 기운들을 코와 입으로 빨아들이기 시작했다. 평상시 공기를 마시느라 들어올 틈이 없었던 음유한 기운들은 설이 머리로 호흡하자 기다렸다는 듯 몸속으로 들어오기 시작했다.

'그래, 이때부터 좀처럼 허기를 느끼지 않았어.'

반 시진이 흐르도록 대기 중에 섞여 있던 기운들을 계속 불러들인 설은 그 기운들을 머리 속 중앙에 위치한 현단으로 모았다가 다시 내보냈다.

'이게 현기(賢氣)라는 거야.'

현단에서 빠져나온 현기들이 다시 들어왔던 입구로 빠져나가려 하자 설은 현기가 새어나가지 못하도록 태양혈로 가져갔던 양손을 코끝으로 가져갔다. 몸 밖으로 빠져나가지 못한 현기들은 사방팔방으로 날뛰며 입구를 찾기 위해 코에서 입으로, 다시 입에서 눈으로, 그리고 눈

에서 귀로 이동했다. 그때마다 설은 현기들이 빠져나가지 못하도록 막
으며 고통으로 얼굴을 일그러뜨렸다.

'으으, 역시 이 현기들과 부딪치면 부딪칠수록 오감이 발달하는 거
였어.'

인내의 한계에 도달한 설은 몸을 부르르 떨며 현기들이 빠져나갈 수
있도록 눈, 코, 입, 귀를 모두 열어버렸다.

쏴아아아!

기운들이 물밀듯이 빠져나가자 설은 머리 속이 말로 표현 못할 정도
로 청량해짐을 느끼며 상쾌한 기분에 온몸을 떨었다.

'그래, 참는 시간이 길어질수록 점점 기억력도 좋아지고. 역시 그랬
구나. 내 몸에는 성문세가의 피도 흐르고 있어. 어머니가 성문세가 출
신이란 뜻이지.'

설은 더 이상의 의심은 소용없는 것이라는 것을 깨달았다.

'그래, 결심했어. 우선 일월성신경을 제대로 공부하는 거야.'

온몸이 땀으로 흠뻑 젖은 설은 눈을 번쩍 뜨며 두 주먹을 불끈 쥐었
다.

"건! 건아!"

설은 볼을 타고 흘러내리는 땀을 손바닥으로 스윽 문지르며 초옥 밖
으로 나갔다.

[왜?]

순식간에 멧돼지 한 마리를 해치운 건은 입맛을 다시며 고개를 돌렸
다.

"지금 하자."

설은 고개를 흔들며 건에게 걸어왔다.

[뭘?]

"오감 발달 증명 시험!"

[뭐?]

"지금 하자고."

[그러지.]

건은 어깨를 으쓱해 보이며 설을 물끄러미 바라봤다.

[하루라도 빨리 천마의 무공을 가르칠 수 있다면 나야 좋지.]

하지만 그런 건의 생각과 달리 설은 눈빛엔 자신감이 넘쳐흐르고 있었다.

*　　　*　　　*

삼 년.

벌써 열셋이란 나이가 되었지만 설은 자신이 나이를 먹었다는 것을 깨닫지 못하고 있었다.

키가 아홉 치나 더 자라고 뼈대도 이전보다 훨씬 굵어졌지만 한 일 년쯤 지났겠지 하며 시간에는 그리 신경을 쓰지 않은 까닭이었다.

햇볕을 쬐며 엎드린 건은 오늘도 어김없이 공부에 몰두하고 있는 설을 바라보았다.

[언제까지 저렇게 놔둬야 할까?]

건은 자신의 코를 핥으며 머리를 지면과 착 밀착시킨 채로 설을 물끄러미 바라봤다.

[그날 놀랐던 걸 생각하면…….]

건은 삼 년 전 겪었던 황당한 경험을 떠올리며 설레설레 고개를 저었다.

[우선 시력부터 해보자. 저기 나무 세 그루 보이지?]

"응."

건이 턱짓으로 오십 장가량 떨어진 곳에 나란히 서 있는 나무들을 가리키자 설이 고개를 끄덕였다.

[난 돌멩이 하나를 저 나무 세 그루 앞에 놓고 올 거야. 너는 내가 어디다 놓고 왔는지만 말해 주면 돼."

"간단하네? 뭐가 이렇게 쉬워?"

건은 설의 실망스런 얼굴을 못 본 척하며 방금 가리켰던 나무를 향해 쏜살같이 내달렸다.

[쉽다고? 글쎄, 과연 쉬울까?]

순식간에 나무 앞에 도착한 건은 즉시 땅바닥에 있던 돌멩이 하나를 물어 들었다.

[가만, 이왕 하는 거 확실하게 하는 게 좋겠지?]

건은 입에 물었던 돌을 팽개치고 더 작은 것을 찾기 위해 주위를 두리번거렸다.

[이건 너무 작은가?]

건의 시선이 멈춘 곳엔 돌멩이라기보다 돌 부스러기라고 하는 것이 더 어울릴 작은 알갱이가 반짝거리고 있었다.

[뭐, 어차피 보지도 못할 텐데.]

이내 마음의 결정을 내린 건은 그 알갱이를 발톱으로 잡아 오십 장 멀리 있는 설에게 흔들어 보였다.

알았다고 고갯짓을 하는 설을 확인한 건은 그 알갱이를 중앙에 있는 나무에 조심스레 내려놓았다.

크르릉!

건은 땅을 박차고 빠른 속도로 다시 설의 곁으로 다가왔다.

[맞혀봐!]

"네가 말하는 돌멩이가 그 반짝거리는 먼지 알갱이라면 오른쪽 나무 밑에 있어."

[흐흐흐, 틀렸어. 가운데야.]

건은 먼지 알갱이라는 말에 가슴이 철렁 내려앉았다가 다시 오른쪽이라는 말을 듣곤 가슴을 쓸어내렸다.

"그래, 처음에는 가운데 있었는데 네가 뛰어올 때 오른쪽으로 튀었어."

[뭐라고?]

파앗!

건은 대경실색하여 전광석화처럼 몸을 날렸다.

"와! 진짜 빠르다!"

건은 자신의 속도에 감탄하는 설의 말은 들리지도 않았다.

슈아악! 착!

나무 앞에 사뿐히 착지한 건은 자신이 놓아둔 돌멩이를 찾기 위해 두 눈을 번득였지만 아무리 찾아봐도 자신이 놔뒀던 작은 알갱이는 보이지 않았다.

[설마?]

건은 천천히 고개를 돌려 설이 말한 우측 나무 밑으로 시선을 옮겼다.

[이런!]

있었다.

분명 자신이 뇌둔 돌멩이, 아니, 돌 부스러기였다.

[어떻게 알았어?]

다시 돌아온 건이 묻자 설은 어깨를 으쓱해 보였다.

"어떻게 알긴, 그냥 보인 거지. 이제 청각 시험할 차례지?"

[아니, 됐다.]

"그래? 그럼 나, 공부하러 간다?"

몸을 돌려 백룡담으로 향하는 설을 보며 건은 만류할 생각조차 하지 못했다.

[저 아이, 정말 천마와 성문의 피를 한 몸에 가지고 있다는 건가?]

건은 꼬리를 축 늘어뜨리고 터벅터벅 숲 속으로 걸어갔다.

그날 이후 설은 일월성신경 공부에 전념했고, 건은 더 이상 시험 얘기를 꺼내지 않았다.

그렇게 삼 년이 흐른 것이다.

[어쩌면 저 녀석, 일월성신경을 제대로 수련하고 있을지도…….]

건이 고개를 돌리자 비지땀을 흘리며 수련에 열중하고 있던 설은 입술을 질끈 깨물며 정면을 응시하고 있었다.

'으으으으, 반드시 할 거야! 반드시!'

설은 현단에서 빠져나온 현기들을 빠져나가지 못하게 차단했다.

이제 엄지손가락만큼 자란 현단 덕분에 여기까지는 별 어려움이 없었다.

설은 밖으로 나가지 못한 현기들을 갈무리해 현단으로 돌려보냈고 되돌아온 현기들은 한데 뭉치며 점점 현단을 팽창시켰다.

순간 설은 머리가 얼어붙는 듯한 극한의 차가움을 느꼈다. 예전에는 이런 증상이 나타나면 깜짝 놀라 공부를 멈췄지만 이제는 이런 현상까지 자연스럽게 받아들일 수 있었다. 그렇게 현기를 다시 모으는 데만 일 년이 걸렸고, 설은 그제야 비로소 자신이 일월성신경 오 단계에 들어섰다고 확신했다.

오 단계.

잠이 없어짐은 물론이고 이제는 아무것도 먹지 않아도 허기조차 느껴지지 않았다. 하지만 그렇다고 설이 전혀 입에 음식을 대지 않는 것은 아니었다.

이전에 비하면 상대적으로 많이 자랐다고는 하나 본인 스스로가 보기에도 자신의 체구는 너무 앙상했다.

그 이유가 자신이 음식을 먹지 않아서라고 판단한 설은 의식적으로 자꾸 음식을 먹기 위해 애썼다.

하지만 가까이하지 않으면 잊기 마련.

보름이나 열흘에 한 번 정도 떠오른 생각 덕분에 성장(?)을 위한 음식 섭취를 하는 것은 고작 그뿐이었다.

건에게 증명해 보여야 했던 감각 기관도 전과는 비교도 할 수 없을 정도로 발달해 이제는 수십 장 밖의 사물을 인지하는 것은 일도 아니었다.

그러나 설이 일월성신경 공부에 더욱 심취하게 된 시기는 사 단계부터였다.

자신이 언어를 배우지 못했던 어린 시절의 기억부터 지금까지의 모든 일들이 시시때때로 머리 속에서 툭 튀어나왔고, 이 때문에 설은 오래전 어머니가 자신에게 했던 일월성신경의 수련법에 대해서 깨달을 수가 있었다.

설은 필시 어머니가 자신의 이런 상태까지 예상했으리라 확신했다.

이후 오 단계 경지는 그의 예상보다 빨리 도달할 수 있었다.

투시(透視)와 투청(透聽)의 단계.

이는 삼 단계에 들어서며 발달한 오대감각기관을 마찬가지로 사 단계 경지인 초(超) 오성 지경을 통해 극대화시킨 경지로 이전의 단계들보다 차원 높은 능력이 발휘됐지만 또한 많은 심력을 소모케 하기도 했다.

그래서 설은 되도록 오 단계의 능력부터는 가급적 사용을 자제하고 있었다.

'육 단계는 모인 현기를 전신으로 보내야 들어설 수 있다고 했어.'

오 단계에 들어선 뒤 설은 이 년 동안은 제자리걸음을 한 것 같다는 생각에 조급한 마음이 들었다. 물론 자신의 진전이 다른 이들에 비해 빠를 것이라는 것은 이제 누가 설명하지 않아도 충분히 알고 있었지만 그는 더 빠른 진전을 원했다.

하루라도 빨리 엄마가 말한 다른 세상을 보고 싶었고, 한시라도 빨리 아버지와 엄마를 찾고 싶었다.

설은 오늘 끝장을 보겠다는 마음으로 현단으로 모인 현기를 전신으로 보내기 위해 사력을 다했다.

'으으으으, 목만 넘어가면 돼, 목만.'

현기들이 설의 목에 걸려 넘어가지 못하고 맴돌자 설은 현단에 있는 현기들을 모두 목 쪽으로 밀어 넣었다.

멀찍이 떨어져 지켜보던 건이 설의 붉어진 얼굴과 퉁퉁 부어오른 목을 보고 안절부절못하고 제자리를 맴도는 순간이었다.

설이 혼신의 힘을 다해 꾸역꾸역 밀어 넣었던 모든 현기들이 퍽 하는 소리와 함께 목을 뚫었고, 그 현기들은 순식간에 급물살을 타고 사지백해로 퍼져 갔다.

'됐어!'

설은 일순 눈앞이 핑 돌았다.

"끄응!"

[왜 그래?]

그대로 고꾸라지는 설을 본 건이 놀라 달려왔지만 아이는 괜찮다고 손을 들어 보였다.

[정말 괜찮아?]

건이 걱정스레 묻자 설은 눈웃음을 지어 보이며 고개를 끄덕였다.

"푸하하하! 역시 난 타고난 천재야!"

설이 자신을 향해 주먹을 불끈 쥐어 보이자 건은 몸을 휙 돌리며 고개를 저었다.

[덜떨어진 녀석.]

"뭐, 덜떨어져?"

[내가 언제?]

"방금 속으로 덜떨어졌다고 했잖아!"

설이 눈을 부라리자 건은 꽁지가 빠져라 숲 쪽으로 달리며 생각했다.

[저 녀석, 언제부턴가 내 속을 들어갔다 나온 사람처럼 훤히 들여다보고 있어.]

건은 그게 이 년 전부터였다고 생각했지만 그게 일월성신경 때문이라는 것은 애써 부정하고 싶었다.

"가만, 육 단계에 들어서면 가까운 곳에 있는 물체를 이동시킬 수 있
다고 했지?"
　설은 이마에 고인 땀을 소매로 닦아내며 골똘히 생각했다.
"뭘 들어볼까? 아, 그렇지! 흐흐흐, 역시 난 천재란 말씀이야?"
　설의 음침한 웃음소리가 천마폭에 퍼져 울렸다.

[싫다!]
"왜?"
[난 네 실험 대상이나 될 만큼 한가한 몸이 아니거든.]
　설은 팔짱을 낀 채 건을 째려봤고, 건 역시 지지 않고 아이에게 으르
렁거렸다.
"알았어. 뭐, 그럼 할 수 없지."
　설이 입술을 삐죽 내밀며 몸을 돌리자 건은 오히려 더 불안해졌다.
[네가 뭐라고 해도 난 절대 안 한다!]
"그래, 하기 싫으면 하지 마! 대신!"
[대신 뭐?]
"나도 수중 공부 안 해!"
[그, 그건 반칙이다! 약속 위반이라고!]
　온몸의 털이 곤두설 정도로 놀란 건이 말을 더듬었다.
"약속? 웃기시네. 여태껏 네가 공부하는 거 하나도 안 도와줘도 물
놀이는 하루도 안 빼먹고 해줬잖아!"
[난 네 식사를 책임졌잖아!]

"정말 웃겨! 너 요새 내가 밥 먹는 거 봤어?"

건은 잔뜩 풀이 죽어 고개를 푹 숙이고 발로 땅만 파댔다.

[지가 안 먹은 거지 내가 안 해준 건가? 못된 녀석!]

건은 속으로 설을 욕하면서도 이 난관을 타개하기 위해 열심히 머리를 굴렸다. 하지만 앞으로 물놀이를 안 하겠다는 청천벽력과도 같은 설의 말에 정신이 멍해져 그 잘 돌아가던 머리에서 도무지 기발한 생각이 떠오르지 않았다.

"못된 녀석?"

[이런, 또 들켰군.]

건은 꼬리를 축 내려뜨리며 설에게 입을 열었다.

[알았다! 하면 되잖아!]

"정말?"

크르릉!

건은 대답 대신 천마폭이 떠나가라 울부짖었다.

풍덩!

수면 위로 오만상을 찌푸린 건의 머리가 떠올랐다.

"헤헤헤!"

[어디서 요상한 사술은 배워가지고.]

백룡담을 빠져나온 건은 몸을 흔들어 물기를 털며 투덜댔다.

"사술이 아니고 일월성신경이야."

[일월성신경은 그런 요상한 술법이 아니야.]

건은 고개를 절레절레 저었지만 내심 설이 익힌 일월성신경에 감탄을 금치 못했다. 내공 한 줌 없는 설이 천 근이 넘는 자신을 손 하나 까

딱하지 않고 들어 올릴 수 있게 된 것이 일월성신경 때문이었다.

하지만 그 덕에 지난 이 년간 설의 실험 대상이 되어줘야 했던 건이 일월성신경을 곱게 볼 리 없었다.

설은 물에 흠뻑 젖은 건을 보며 눈웃음을 쳤다.

"건, 오늘부터 팔 단계 수련할 거야."

[팔 단계? 벌써?]

지난 이 년간 무수한 고초를 겪은 건은 아이의 말이 무척 반갑게 들렸지만 한편으로는 걱정이 되기도 했다.

[그럼 천마의 무공은?]

설은 건의 말에 잠시 생각에 잠겼다.

일월성신경이 칠 단계에 들어서면 천마심공을 익혀도 전혀 문제가 없다는, 아니, 오히려 더욱 빠른 성취를 보일 수 있다는 사실은 이미 건을 통해 알고 있었다.

"글쎄, 이번 공부만 끝내면 익혀야겠지."

[근데 표정이 왜 그래?]

"아무것도 아니야."

[너 지금 천마의 무공이 일월성신경보다 못할까 봐 그러는 거냐? 마무십삼절(魔武十三絶)은 일월성신경과는 비교도 안 될 정도로 강해. 일단 배워보고 판단해라.]

"마무십삼절?"

[그래!]

설의 물음에 건은 눈을 부라리며 대답했다.

"이름이 마무십삼절이었구나?"

건은 눈에 힘을 주며 고개를 끄덕였다.

[천하에 수많은 무공이 있지만 가장 강한 무공은 누가 뭐래도 마무십삼절이야!]

"정말?"

[물론! 다른 무공은 비교가 안 된다!]

"진짜?"

자신의 속을 훤히 들여다보는 듯한 설의 눈동자에 건은 잠시 고민하다가 이내 머리를 긁적이며 다시 입을 열었다.

[뭐, 굳이 꼽자면 소림의 여래신공(如來神功) 정도? 하지만 그건 방어할 때 얘기지! 더는 없어!]

설이 여전히 자신을 쳐다보자 건은 발톱을 세워 땅바닥을 긁으며 다시 입을 열었다.

[뭐, 내공은 무당의 순양무극공(順揚無極功), 파괴력은 검문의 파천일검(破天一劍), 패도력은 도원의 무극도법(無極刀法), 변에 있어서는 천룡성부의 천룡통천후(天龍通天吼) 정도가 있긴 하지만 전체적인 걸로 따지면 단연 천마심공으로 펼치는 마무십삼절이야. 됐냐?]

"누가 뭐라고 했어?"

설은 무심한 척 입을 열었지만 건의 입에서 쏟아져 나온 무공 이름을 듣자 강한 호기심이 생겼다.

'건이가 저 정도로 말한 걸 보면 정말 대단한 무공들이겠지?'

설은 건이 방정맞고 철없는 영물이긴 해도 남을 칭찬하는 일에는 무척 인색하다는 것을 알고 있었기에 더욱 그 무공들이 궁금해졌다.

"참, 근데 왜 일월성신경은 없어?"

[일월성신경은 특별한 강점을 모르겠다.]

"강점이 없다고?"

건의 말을 들은 설은 일순 멍해졌다.

[아무튼 마무십삼절이 가장 훌륭한 무공인 건 틀림없어!]

건이 벌떡 일어나 소리를 지르자 설은 어깨를 으쓱해 보이며 몸을 돌렸다.

[어디 가?]

"아까 얘기했잖아. 팔 단계 공부 시작한다고."

[마무십삼절은?]

"일단 공부 끝나면 생각해 보자니까!"

설이 뒤도 돌아보지 않고 한 손을 들어 보이며 바쁘게 걸음을 옮기자 그의 뒷모습을 물끄러미 바라보던 건은 그 자리에 벌러덩 드러누우며 생각했다.

[넌 반드시 마무십삼절을 익혀야 한다. 나를 위해서라도.]

'이제 물체 이동도 익숙해진 것 같으니까 다음 공부 시작해야겠다.'

소나무 밑에 다다른 설은 심호흡을 하고 그대로 자리에 앉아 일월성신경을 운용하기 시작했다.

"에이, 왜 이러지?"

설은 정신 집중이 되지 않아 자세를 풀며 눈썹을 찡그렸다.

'강점이 없다고? 그럼 일월성신경이 그 무공들보다 약하단 말이잖아?'

설은 건이 말한 무공들과 자신이 공부 중인 일월성신경을 은연중에 저울질하기 시작했다.

'확실히 무공이 아닌 것 같기는 해. 때리는 동작도 없고, 그렇다고 막는 초식이 있는 것도 아니고. 흠.'

잠시의 고민 끝에 결론을 내린 설은 다시 자세를 고쳐 잡았다.

"그래, 일단 끝까지 해보고 그때 가서 생각하자."

설은 일월성신경을 암송하며 대기에 널려 있는 기운들을 모아 이제는 주먹만큼 커진 자신의 현단으로 모으기 시작했다.

지난 이 년간의 공부 덕분에 설은 물체 이동의 육 단계를 지나 말하지 않고도 다른 사람에게 의사를 전달할 수 있는 칠 단계에 접어들어 있었다.

물체 이동의 재미에 푹 빠져 건이를 놀려주느라 아직 칠 단계의 능력을 시험해 보지는 않았지만 설은 자신이 칠 단계에 들어섰다는 것을 느끼고 있었다.

설은 현단에 모인 현기를 전신으로 돌리며 눈을 번쩍 떴다.

"건, 누가 오고 있어!"

[헉! 어떻게 전음을?]

나무 밑에 앉아 있는 설과 눈이 마주친 건은 더 이상 말을 잇지 못했다.

[너, 눈이 왜 그래? 어디 아파?]

자신을 향해 달려오는 건을 보며 설은 눈을 찡그렸다.

"누가 오고 있다고!"

설의 앞에 이른 건은 찡그리고 있는 아이의 눈을 바라보며 입을 다물지 못했다. 설의 눈이 파란 광채를 뿜어내고 있었기 때문이다.

[어떻게 벌써 이런 현상이?]

건은 아까의 음성이 귀가 아니라 머리 속에서 울렸다는 것을 깨달았다.

[심령어(心靈語)까지! 그럼 너 정말 칠 단계를 넘어선 거냐?]

설은 엉뚱한 소리만 내뱉고 있는 건에게 짜증이 솟구쳐 일월성신경을 풀며 다시 입을 열었다.

"야! 누가 오고 있는 것 같다고!"

[뭐? 누가?]

설의 눈빛이 제 빛으로 돌아오자 건은 그제야 정신을 차리고 되물었다.

"그걸 내가 어떻게 알아? 아무튼 사람 발자국 소리가 들렸단 말이야! 저기서!"

아이가 손가락으로 가리키는 방향으로 고개를 돌리자 하얀 포말을 만들어내며 쏟아지는 폭포수가 건의 시야에 들어왔다.

콰르릉!

[뭐가 있다는 거야?]

건은 투덜거리며 천마폭에서 시선을 거두고 다시 고개를 돌렸다.

"어? 떨어진다!"

천마폭에서 시선을 떼지 않고 있던 설이 휘둥그레진 눈으로 외쳤다.

[어디?]

건이 설의 말에 급히 고개를 돌림과 동시에 백룡담의 수면 위에서 하얀 물줄기가 솟아올랐다.

풍덩!

[조심해! 침입자다!]

"내가 얘기했잖아."

잽싸게 자신의 앞을 막아선 건이 백룡담을 보며 으르렁거리자 설은 한심하다는 듯한 눈초리로 건을 쳐다봤다.

하지만 방금 전까지 요동치던 백룡담은 여전히 잠잠했다.

"거봐. 누가 온다고 했잖아. 헤헤헤."

설의 득의에 찬 목소리에도 건은 여전히 백룡담을 응시한 채로 고개를 끄덕였다.

[쉿, 만상허무대진을 뚫은 놈이야. 보통 놈이 아니다.]

"내가 왜 조용히 해야 되는데? 여긴 우리 집이잖아. 조용히 할 사람은 저기 빠진 저 사람이지."

건의 주의에도 설은 별로 걱정스런 기색이 아니었다.

물론 말은 그렇게 했지만 설은 감히 건의 앞으로 나설 생각은 추호도 없었다.

한참이 지나도 여전히 잠잠한 백룡담에 시선을 고정하고 있던 설은 이내 자리에서 벌떡 일어나 앞으로 달려갔다.

[어디 가?]

"구해야지!"

[놔둬.]

"이렇게 죽게 내버려 둘 수는 없잖아."

[그냥 놔둬. 괜히 일 벌이지 말고.]

설은 건의 만류를 들은 척도 않고 곧장 백룡담으로 몸을 날렸다.

첨벙!

설은 익숙한 몸놀림으로 헤엄쳐 백룡담 중앙으로 이동한 후 건을 향해 손을 흔들어 보였다.

[빨리 돌아와! 그 사람 정체도 모르잖아!]

"좋은 사람이면?"

설은 말을 마친 후 숨을 크게 들이마시곤 물속으로 쑥 들어갔다.

'일단은 살리고 봐야지. 근데 왜 숨이 안 가쁜 거지? 이것도 일월성

신경 때문인가? 어디.'

설은 일월성신경을 운용하며 모공을 통해 조심스레 숨을 들이마셔
보았다.

'우와! 호흡이 된다!'

물론 육지처럼 자연스럽게 숨이 쉬어지는 것은 아니었지만 분명 물
속인데도 미약하게나마 호흡이 된다는 사실에 설은 뛸 듯이 기뻤다.

'역시 머리 호흡 때문이야.'

설은 누군가를 찾기 위해 두 눈을 반짝이며 주위를 살폈다.

잠시 후, 물속에서 뿜어져 나오는 하얀 포말들을 헤치며 설이 모습
을 드러냈다.

아이의 어깨에 기댄 사람은 온몸을 축 늘어뜨린 채 미동조차 하지
않고 있었다.

"이리 와서 좀 도와줘!"

설이 도움을 청하자 건은 한숨을 푹 쉬며 백룡담으로 몸을 날렸다.

첨벙!

순식간에 설의 옆에 다다른 건은 괴인의 옷깃을 덥석 물고 뭍으로
끌고 올라왔다.

"안 죽었겠지?"

설의 걱정 어린 음성에 건은 못마땅한 표정으로 괴인을 눕히고 자리
를 떴다.

"어디 가?"

[…….]

숲으로 사라져 가는 건의 뒤통수를 바라보던 설이 괴인에게 시선을

옮겼다.

"음, 일단 방으로 옮겨야겠다. 으샤!"

설은 사내가 꿈쩍도 하지 않자 당황했다.

"꽤 무겁네? 흠, 일월성신경 한번 써볼까?"

설은 잠깐의 고민 끝에 고개를 저었다.

"아직 사람에게는 좀 그렇다. 그냥 몸으로 때우지 뭐. 으라차차차!"

설은 괴인에 대한 배려 차원에서 말했지만 건이 들으면 분명 펄쩍 뛰고도 남을 소리였다.

초옥 안.

무려 반 시진의 수고 끝에 드디어 괴인을 초옥 안으로 들여놓을 수 있었던 설은 신기한 눈초리로 침상에 누워 있는 그를 물끄러미 쳐다봤다.

정말 오랜만에 보는 사람이었다. 건과 있어 외로움을 느낀 적은 별로 없었지만 그래도 가끔은 막연하게 사람이 그리웠었다.

그래서인지 설은 낯선 사람임에도 누워 있는 그가 괜히 정겹게 느껴졌다.

"뭐 하는 사람일까? 사미라는 애보다 더 예쁘게 생겼네?"

그가 미약하게나마 고르게 숨을 쉬는 것을 확인한 설은 조심스레 이불을 덮어준 뒤 밖으로 빠져나왔다.

"건! 어디 있어?"

건을 찾아 사방을 두리번거린 설은 백룡담에 몸을 푹 담그고 있는 녀석을 발견하곤 그쪽으로 달려갔다.

"건아, 화났어?"

[한 번만 더 말 안 들으면 그땐 혼난다?]

"알았어. 미안해."

건이 퉁명스럽게 대꾸하고 물속으로 쏙 들어가 버리자 설도 싱긋이 웃으며 물로 뛰어들었다.

건만큼은 아니었지만 설의 수영 실력도 꽤 수준급이었다. 더군다나 지금은 물속에서도 숨을 쉴 수 있다는 사실을 깨달은 직후.

익숙한 몸놀림으로 물속을 유영해 나가던 설은 건의 목을 와락 끌어안았다.

건도 설의 행동이 그리 싫지는 않은지 설을 태우고 물속을 헤집고 다녔다.

첨벙!

"끼야!"

물을 박차고 뛰어오른 건의 등에 매달린 설이 환호성을 지르며 양손을 번쩍 치커 올렸다.

풍덩!

"아푸푸푸!"

수면을 박차고 뛰어오른 건이 공중제비를 돌며 설을 물로 내동댕이 쳤고, 그 와중에 코로 물이 들어간 설은 눈을 질끈 감으며 허우적거렸다.

크르릉!

"야아! 죽었어!"

설이 허우적대는 자신을 보며 재밌어하는 건에게 달려드는 순간이었다.

"이봐, 꼬마야!"

설과 건이 하던 동작을 멈추고 초옥 쪽으로 고개를 돌렸다.

차가운 눈빛을 띤 사내가 눈썹을 찌푸리며 그들을 노려보고 있었
다.

# ◆ 第五章 ◆
만남

상대와 눈이 마주친 설은 그를 힐끗 쳐다보더니 이내 헤엄쳐 뭍으로 올라왔다.

으르릉!

잽싸게 설의 앞을 막아선 건은 상대가 아이를 쳐다보기만 할 뿐 이렇다 할 행동을 취하지 않자 더는 앞으로 나아가지 않고 상대를 탐색했고, 벗어놨던 웃옷으로 물기를 닦아내며 힐끔힐끔 괴인을 살피던 설은 한기를 내뿜는 그의 눈과 마주치자 등골에 서늘한 느낌이 들었다.

'이씨, 잘난 것들은 왜 하나같이 쌀쌀맞은 거야?

설은 사내가 참 잘생겼다고 생각하며 속으로 투덜댔다.

"야!"

"왜?"

설이 턱을 치켜 올리며 앙칼지게 답하자 그의 인상이 험악하게 일그러졌다.

"어쭈? 이런 싸가지!"

"싸가지? 그거 욕이야?"

사내가 눈썹을 찌푸리며 인상을 쓰자 설이 앞으로 한 걸음 나오며 되물었다.

"바보!"

싸가지란 말을 모르던 설은 바보라는 욕을 듣자 싸가지도 욕이라는 것을 깨닫고 몹시 기분이 상했다.

"건아, 네 말대로 구해주지 말 걸 그랬나 보다."

"뭐?"

사내는 호랑이에게 말을 거는 아이의 모습에 어이가 없었지만 지금은 그게 문제가 아니었다.

"야! 여기가 어디냐? 왜 내가 여기 있는 거야?"

"그걸 내가 어떻게 알아? 근데 어디서 왔어?"

"내가 먼저 물었잖아!"

"참나, 먼저 물어? 쪼잔한 게 누구하고 똑같네."

설은 사내가 소리를 지르자 건 쪽으로 힐끗 고개를 돌렸다. 설의 곁에서 줄곧 사내만 응시하고 있던 건은 이내 아이의 말뜻을 알아차리고 설 쪽으로 몸을 돌리며 으르렁댔다.

"뭐, 쪼잔? 이 자식이!"

순간 사내가 전방으로 몸을 날렸다.

슈아앙!

순식간에 설의 앞에 선 그는 아이의 목덜미를 잡아 초옥 쪽으로 냅다 집어 던졌다.

휘이익!

설의 몸이 허공을 가르며 날아감과 동시에 또 다른 파공성과 함께
은광이 번득였다.

털썩!

건이었다.

설을 받아 든 건이 제자리로 돌아와 아이의 기색을 살폈다.

크르릉!

건은 은빛 털을 모두 곤두세우고 이빨을 드러내며 으르렁거렸다.

사내가 설을 집어 던진 것이나 건이 설을 받은 것은 그야말로 순식
간에 벌어진 일이었다.

"제법인걸!"

사내는 한 손을 턱에 괸 채 잠시 생각하더니 곧 설과 건을 번갈아 쳐
다봤다.

"네가 나를 구했냐?"

사내는 이제야 사태 파악이 되는지 그의 음성은 이전보다 한결 부드
러웠다.

"응."

"쩝, 역시 그랬었군."

설이 고개를 끄덕이자 사내는 미안한 생각이 드는지 일순 입을 열지
못했다.

"이름은?"

"기무설."

"나이는?"

"열넷인가? 아니, 열다섯인가 보다."

설은 고개를 갸우뚱하며 자신의 나이를 따져 보았다. 시간 개념을 잊고 살았기 때문인지 나이를 얼마나 먹었는지 가물거렸다.

"이름은?"

"소혼(笑魂)."

"나이는?"

"스물."

이번에는 설이 물었다.

소혼은 자신의 말투를 흉내 내는 게 조금 거슬렸지만 미안한 감정도 있고 해서 그냥 넘어가기로 했다.

"여기 왜 왔어?"

"실수야."

설은 속으로 실수로 폭포에서 떨어질 확률이 과연 얼마나 될까 계산해 보다가 피식 웃었다.

"왜 웃어?"

"그냥."

설은 머리를 긁적이며 입이 찢어져라 웃었다.

'이 사람은 성질은 더러운데 머리는 나쁜 모양이야. 폭포에서 실수로 떨어지다니. 크크크.'

자신을 바라보며 헤죽거리는 아이를 보며 소혼은 문득 엉뚱한 생각이 들었다.

'흠, 웃는 것하고는. 좀 모자란 애군.'

일순 아이를 바라보는 소혼의 눈길이 측은해졌다.

'불쌍한 녀석.'

소혼은 갑자기 측은한 마음이 들어 아이에게 최대한 부드러운 미소를 지어 보였다.

"왜 웃어?"

"그냥. 후후후."

소혼의 얼굴이 괴상하게 일그러지자 한참이 지나고 나서야 그게 웃음이라는 것을 눈치챈 설은 사내가 자신의 생각대로 좀 모자란 것이 틀림없다고 확신했다.

설의 앞을 막고 서 있던 건은 그런 둘을 번갈아 보더니 이내 고개를 설레설레 저으며 옆으로 자리를 비켰다. 그가 설을 해칠 사람이 아니라고 판단했기 때문이다.

"혼자냐?"

"아니, 여기 애하고 같이 살잖아."

"외롭겠구나."

"전혀."

말은 그렇게 했지만 어느새 설의 눈시울은 붉게 물들어 있었다. 소혼의 부드러운 음성을 듣자 잊고 지냈던 부모님과 사백의 얼굴이 떠오른 것이다.

"사나이는 함부로 눈물을 보이는 게 아니야. 눈물은 약한 놈들이나 가지고 다니는 사치품이란다. 그쳐라."

소혼이 눈썹을 찡그리자 아이는 주먹으로 눈을 비비며 울음을 삼켰다.

"사나이? 어? 우리 아버지도 아저씨처럼 말했었는데."

"아저씨는 무슨, 그냥 형이라고 불러."

소혼은 엉겁결에 말을 내뱉고 나서 아차 싶었다.

"아니, 뭐, 부르기 싫으면 관둬도 된다."

“…….”

소혼은 크게 후회하며 어떻게든 사태를 수습해 보고 싶었다.

잠시 후 소혼을 빤히 쳐다보던 설의 입술이 천천히 열렸다.

“형, 나 배고파.”

“으음.”

소혼은 일이 잘못돼도 한참 잘못됐다는 생각에 절로 신음이 새어 나왔다.

“배고파?”

“응, 이상하게 오늘따라 배가 고프네?”

“근데 너, 왜 말 까냐?”

“뭘 까?”

“에휴, 아니다. 됐다.”

소혼은 자신을 빤히 쳐다보며 되묻는 아이를 보며 싱긋이 미소 지었다.

‘조금 바보스러운 건 틀림없어.’

“나 바보 아니야.”

“아참, 너 배고프다고 했지? 잠깐 기다려 봐.”

소혼은 아이에게 자신의 내심이 읽힌 것이 조금 당황스러웠으나 이내 평정을 되찾고 급히 화제를 돌렸다.

말을 마친 소혼은 그대로 땅을 박차고 허공으로 일 장가량 도약했다.

슈아악!

허공에서 전면으로 쏜살같이 이동한 소혼이 삽시간에 사라져 버리자 설은 입을 떡 벌리며 탄성을 내질렀다.

“우와! 대단한데! 건아, 너도 봤어?”

[봤다.]

설은 건의 퉁명스런 대꾸에 슬쩍 고개를 돌렸다.

"아직도 화났어?"

[아니. 근데 정말 배고프냐?]

"조금."

[모처럼 식사를 한다는데 알지도 못하는 녀석한테 맡길 수야 없지. 잠깐 기다려라.]

건은 설의 대답도 기다리지 않고 펄쩍 뛰어 숲으로 치달았다.

잠시 후, 누가 먼저랄 것도 없이 둘이 동시에 모습을 드러냈다.

소혼은 한 손은 뒷짐을 지고 나머지 한 손으로는 산비둘기 두 마리를 들고 있는 반면 건의 아가리에는 큼지막한 사슴이 물려 있었다.

패애앵!

털썩!

건은 소혼을 힐끗 쳐다보더니 잽싸게 달려와 설의 앞에 먼저 사슴을 내려놓았다. 뒤이어 도착한 소혼은 감탄 어린 눈빛으로 건을 바라보며 설의 발 앞에 놓여진 사슴과 자신이 가지고 온 비둘기를 번갈아 바라봤다.

"하하하! 그래, 네가 이겼다!"

소혼은 호탕하게 웃으며 건의 머리를 쓰다듬으려고 손을 들었고, 그의 손이 다가오자 건은 머리를 살짝 뒤로 젖히며 그의 손을 피한 후 그의 손을 물기 위해 다시 앞으로 머리를 들이밀었다.

크르릉!

"헉!"

하지만 소혼도 결코 호락호락한 인물은 아니었다.

건의 이빨이 그의 손목에 박히기 직전 그는 손목을 기형적으로 꺾으며 간발의 차이로 녀석의 이빨을 피한 뒤 건의 머리를 향해 오지를 튕겼다.

피잉!

건은 코웃음 치며 다섯 손가락을 향해 그대로 부딪쳐 갔다.

[헉! 설마?]

건은 다가오는 오지에서 느껴지는 낯선 기운에 대경하며 다급히 머리를 틀어 피했다.

퍼퍼퍼퍼퍽!

건은 다음 공격에 대비하며 뒤편에 있는 나무를 힐끗 쳐다봤다.

나무에 생긴 작은 구멍 다섯 개에서 모락모락 연기가 피어오르고 있었다.

크르르릉!

건이 눈을 번득이며 한 걸음 앞으로 나와 달려들 태세이자 소혼은 신속히 삼 장 뒤로 물러나며 방어 자세를 취했다.

"무슨 놈의 호랑이가 신법까지 알고 있지? 흠, 보통 짐승이 아니로구나."

백호의 몸놀림에서 무공의 기운을 느낀 소혼은 일순 긴장했지만 잠시 후 자신이 한낱 짐승에게 긴장감을 느꼈던 것이 못내 자존심이 상했는지 앞으로 한 발 걸어나오며 양손을 깍지 낀 채로 비틀었다.

우두둑!

"뭐 해, 애들처럼?"

서로에게 긴장하던 건과 소혼은 설의 말에 일순 머쓱해졌다.

"싸우지 말고 이리 와. 그냥 같이 먹자."

설이 땅바닥을 손으로 쓸며 둘에게 손짓하자 건이 먼저 못 이기는 척 다가와 털썩 자리에 앉았고, 잠시 후 소혼도 터벅터벅 걸어와 설의 곁에 앉았다.

"날고기는 잘 못 먹어."

사슴 고기를 바라본 소혼은 심드렁하게 말하며 앞에 놓인 사슴을 왼발로 툭 걸어찼다. 발에 채인 사슴은 빙글빙글 돌며 공중으로 올라갔다.

공중으로 떠오른 사슴이 정점에 다다른 순간, 소혼의 눈은 찰나지간 빛을 발했고 속으로는 초식을 외쳤다.

'파천일검(破天一劍) 화(火)!'

소혼의 손에서 백색 광채가 뿜어져 나오며 검의 형상이 만들어졌고, 그가 다시 손을 휙 하고 휘두르자 백광은 사슴을 향해 일직선으로 쭉 뻗어나갔다.

퍼억!

화르르!

백색 검기가 닿은 사슴이 순식간에 타올랐다.

"합!"

소혼이 다시 사슴을 향해 손을 휘둘렀다.

사사사삭!

"우와!"

짝짝짝!

설은 소혼이 보여준 무공에 크게 감탄하며 손뼉을 쳐댔지만 함께 지켜보던 건의 온 신경은 소혼의 검술 실력보다 얇게 썰린 사슴 고기에

쏠려 있었다.

"형, 요리사야?"

"뭐?"

소혼은 자신의 검법이 졸지에 요리 기술로 전락하자 일순 멍한 표정을 지었다.

"허, 요리사 아니다. 먹자."

건은 소혼을 물끄러미 바라보며 고개를 끄덕였다.

[설이 말에도 짜증을 안 내는 걸 보면 엄청난 인내력을 가진 놈이 틀림없어. 고수야.]

설도, 소혼도, 건도, 어느 누구도 말이 없었다.

열중 그 자체.

삼 년 동안 산나물만 먹어왔던, 아니, 이제는 물조차 거의 입에 댄 적이 없는 설은 정말 오랜만에 먹어보는 화식(火食)에 말로 표현 못할 감동마저 느꼈다. 하지만 건의 느낌은 더욱 큰 것이었다.

[으으으, 그래, 이 맛이야! 내가 왜 이 생각을 못했지?]

소혼은 심각한 표정으로 고기를 씹는 건을 보며 웃음을 참지 못하다가 다시 고개를 돌려 설에게 물었다.

"술 없냐?"

설이 입 안 가득 고기를 담은 채 살며시 고개를 내젓자 곁에 있던 건이 입맛을 다시며 자리에서 일어났다.

건은 초옥으로 향하며 아직 남아 있는 고기와 설을 번갈아 바라보았다.

[고기, 남겨놔라!]

“웃겨! 내가 얼마나 먹었다고! 네가 다 먹었잖아, 이 돼지 호랑이 야!”

으르릉!

소혼은 설과 건의 모습을 보며 배를 움켜쥐고 웃었다.

“부모님은?”

“몰라. 못 본 지 꽤 됐어.”

소혼은 자신의 입에서 나온 단어가 무척 낯설었다.

‘그래도 녀석은 있구나. 부모라는 작자들이.’

소혼은 설이 부모가 있다고 하자 괜히 서운한 기분이 들었다.

크르릉!

“또 뭐냐?”

소혼의 시선이 건의 입에 물린 작은 단지로 갔다.

단지에서 흘러나오는 향기를 맡은 그는 그게 술이라는 것을 알아채 곤 곧장 손바닥을 펼쳤다.

단지는 허공에 둥실 떠서 소혼의 손바닥으로 날아갔다.

[공력이 이 갑자 이상은 되어야 흉내라도 낼 수 있다는 능공섭물(凌 空攝物)을 애들 장난처럼 펼쳐? 저 녀석, 도대체 뭐지?]

건은 벌린 입을 다물지 못하며 소혼을 뚫어져라 응시했다.

작은 단지라 여겼던 것이 원숭이의 두개골임을 알아본 소혼은 잠시 주춤하다가 건을 힐끗 쳐다봤다.

“이게 말로만 듣던 후아주라는 건가?”

소혼은 술을 입으로 가져가며 키득거렸다.

“크크, 그래. 화해하자.”

그가 후아주를 벌컥벌컥 마시는 모습이 영 어색해 보였다.

소혼은 사실 술을 처음 입에 대보는 것이었다.

검을 다루는 사람에게 술은 독약과 같다는 사부의 말 때문은 아니었다. 그냥 술을 마실 기회가 없었을 뿐이다.

호랑이와 티격태격한 것이 멋쩍어 그냥 호기를 부려본 것인데 저놈의 영물은 사람 말귀를 알아듣는지 덜컥 후아주를 가지고 왔고, 사양하면 호랑이의 호의를 무시하는 것이 된다는 생각에 후아주를 입에 털어 넣었다.

벌컥! 벌컥!

금세 얼굴이 발그레해진 소혼이 건에게 단지를 건넸다.

"자, 마셔."

건은 사양치 않고 그가 건넨 술을 혀로 날름거리며 핥았다.

"크크, 잘 마시네? 너도 마실래?"

소혼이 이번에는 설에게 후아주를 건넸다.

잠시 주저하던 설은 이내 후아주를 받아 들었고, 설이 코를 벌름거리며 후아주를 마시는 것을 본 건은 입맛을 다셨다.

[뼈 삭는다. 너무 많이 마시지는 마라.]

하지만 설은 건의 말을 못 들은 척 후아주를 벌컥벌컥 목구멍으로 쏟아 부었다.

"와, 달다!"

그렇게 주거니 받거니 술을 마시던 셋은 누가 먼저랄 것도 없이 초옥 앞에 대 자로 누웠다.

소혼은 풀잎 하나를 입에 물고 팔베개를 했다.

"네가 형이냐?"

"뭐가?"

설이 거슴츠레한 눈으로 소혼에게 되물었다.

"백호하고 너하고."

"아! 아니, 그냥 친구야."

설의 말을 들은 건이 벌떡 일어나 으르렁거렸고, 이를 본 소혼은 간신히 웃음을 참으며 일어나 앉았다.

"크크크! 쟤, 왜 저래?"

"글쎄, 잘 모르겠는데. 취했나 보지 뭐."

으르르르릉!

설이 시치미를 떼자 건은 머리를 땅에 비벼대며 괴로워했다.

"그럼 내가 형, 너하고 백호는 친구. 둘이 내 동생이다."

크르르릉!

어이없고 화가 난 건이 하늘을 보며 포효했다.

사실 소혼도 저 영물이 몇백 살은 족히 됐을지 모른다는 생각이 들었지만 차마 짐승을 형이라 부르고 싶지는 않았기에 설처럼 시치미를 뚝 뗄 수밖에 없었던 것이다.

"긴말할 것 없이 일단 손 모아!"

소혼이 오른손을 둘 사이로 쭉 들이밀자 설도 부스스 일어나 소혼의 손등 위에 자신의 손바닥을 포개었다.

건은 앞발로 땅바닥을 파대며 분통을 터뜨렸지만 설과 소혼의 시선은 차갑기 그지없었다.

계속해서 건은 억울하다는 듯 땅바닥에 몸을 굴리며 발버둥 쳤다.

하지만 잠시 후 둘의 따가운 눈총을 더 이상 버틸 수 없었는지 마지

못해 앞발을 설의 손등 위에 턱 걸쳤다.

"나 소혼이 형, 너희 둘은 아우. 앞으로 말 잘 들어! 끝!"

"에이, 그런 게 어디 있어? 그래도 결의형제를 맺는 건데 뭐 '한날한 시에 죽자', 그런 말도 없어?"

크르릉!

건과 설의 원성에 소혼은 만사가 귀찮다는 듯 다시 팔베개를 하고 누워 눈을 질끈 감았다.

"너희들 죽는다고 내가 왜 죽냐? 행복하게 오래오래 살아야지. 난 너희들보다 먼저 죽을 일 없으니 너희들 보고 같이 죽자고 할 일도 없 다."

"말도 안 돼, 형. 내가 형보다 적어도 오 년은 더 살아야 정상이지."

'허, 이놈 봐라? 멍청한 줄 알았는데 말대꾸도 곧잘 하네?'

소혼이 씩 웃으며 설의 머리를 콩 쥐어박았다.

"좋다! 그러면 어떤 놈들이라도 내 동생들 털끝 하나라도 다치게 하 거나 괴롭히면 그놈들의 머리부터 발끝까지 껍질을 벗겨 이불로 쓰겠 다! 맹세 끝! 됐냐?'

설은 소혼의 잔인한 말을 듣자 일순 할 말을 잃었다. 그전까지 이런 잔인한 표현을 들어본 적이 없었기 때문이다.

하지만 소혼이 진심으로 자신과 건을 아끼는 마음에 한 말이라는 것 을 알기에 더는 생각지 않고 그의 옆에 누웠다.

"그런 건 싫고 나, 형이 아까 한 거 배우고 싶어."

"뭐?"

"사슴 요리, 그거 가르쳐 주라."

소혼은 또 한 번 미소 지을 수밖에 없었다. 천하칠대무공 중 하나를 사슴 요리 기술로 표현하는 아이의 말 때문이었다.

"그래, 어쩌면 네 말이 맞을지도 모르지. 사슴도 요리하고 사람도 요리하는 기술이니까. 너 때문에 오늘 정말 많이 웃는구나. 후후후."

그가 슬며시 눈을 감자 설이 조용한 목소리로 다시 물었다.

"가르쳐 줄 거야?"

"그래, 알았다. 까짓거, 가르쳐 주지!"

"고마워, 형. 건아, 앞으로 말 잘 들으면 내가 가끔 사슴 요리 해줄게."

소혼의 대답에 신이 난 설은 건을 보며 눈을 찡긋해 보였다.

[천마의 무공은 어쩌고?]

"그건 나중에 생각해 보자니깐."

건이 빤히 쳐다보며 묻자 설은 어깨를 으쓱해 보였다.

설은 건의 시선을 외면하며 깜빡 잠이 든 소혼의 몸을 흔들어 깨웠다.

"형!"

"왜?"

"근데 형 집은 어디야?"

"집?"

"응."

소혼은 잠시 생각해 보더니 이윽고 입을 열었고, 그 말을 들은 건과 설은 눈알이 튀어나올 정도로 놀라고 말았다.

"내 집은 검문(劍門)이야."

이에 설과 건은 서로 마주 보며 동시에 속으로 외쳤다.

[천지칠강!]

'천지칠강!'

그들의 인연이 시작된 밤은 그렇게 기울어가고 있었다.

*   *   *

태산(泰山) 검봉(劍峯)은 사방이 깎아지른 절벽인 산으로 사람의 발이 절대 닿을 수 없다 하여 무인봉(無人峯)이라고도 불리는 곳이다.

그러나 그 검봉 정상에는 오래전에 지어진 작은 초옥 한 채가 있다.

다 부서져 가는 낡아 빠진 초옥이지만 그곳에는 분명 사람이 살고 있었다.

"끙!"

초옥 안에서 숨이 턱까지 찬 신음성이 새어 나왔다. 벽에 기대앉아 숨을 몰아쉬는 노인과 공손하게 머리를 조아린 채 무릎을 꿇고 있는 청년. 벽에 기댄 노인은 청년의 사부였고, 그의 앞에 무릎을 꿇고 앉아 있는 청년은 노인의 제자였다.

노인은 가지런히 빗은 머리에 은잠을 꽂은 단정한 모습이었지만 얼굴 군데군데 핀 검버섯과 뼈만 남은 앙상한 팔목만 보면 아직까지 살아 있는 것이 신기할 정도로 다 죽어가는 모습을 하고 있었다.

"혼아, 이제 너는 검문의 무공을 모두 배웠다. 나머지는 너의 노력 여하에 달려 있단다. 꾸준한 수련과 수많은 경험이 너를 더욱 강하게 만들어줄 거야. 이제 너를 검문의 십칠대 문주(門主)로 명하겠다. 콜록 콜록!"

"저 사부님, 제가 뭘 배웠는데요?"

사부의 기침이 그치기를 기다리던 소혼은 잠시 후 머리를 긁적이며 난색을 표했다.

"내 너에게 검문의 무공을 모두 전수해 주지 않았느냐?"

"제가 뭘 배워요? 매일같이 사부님 등만 두드렸을 뿐이잖아요."

소혼은 황당하다는 표정으로 두 손을 펼치며 어깨를 으쓱해 보였다.

"허허허, 콜록콜록! 고얀 놈! 내 너를 가르치느라 그리 애를 썼거늘 뭐가 어쩌고 어째?"

숨을 몰아쉬던 사부는 끝내 웃음을 참지 못했다.

사부는 짐짓 화난 표정을 지어 보였지만 그의 눈빛엔 한없는 정이 서려 있었다.

버려진 갓난아기를 차마 못 본 체할 수 없어 주워다 길렀는데 아이는 의외로 자질이 뛰어났다. 아니, 무공에 소질을 타고난 아이였다.

사부는 천운이라 생각하며 제자에게 자신의 모든 것을 아낌없이 전수했고, 그 노력이 헛되지 않았는지 아이는 훌륭하게 성장해 주었다.

"사부님, 참 답답하시네요. 문원 하나 없는 상황에서 '너, 문주 해' 하면 제가 '얼싸 좋다' 할 줄 아셨어요? 문원이라고는 저하고 사부님 뿐이 없는데 제가 다른 사람들한테 '난 검문의 문주니 까불지 마시오' 하면 아마 저를 미쳤다고 할걸요? 진짜 어디 가서 맞아 죽지나 않으면 다행이죠. 그냥 저는 문원 할 테니까 문주 더 하시다가 이 다음에 물려 주세요."

소혼은 양손을 앞으로 저으며 난감한 표정을 지었다.

"고얀 놈, 다 죽어가는 사부에게 못하는 소리가 없구나. 꼭 문원이 많아야 문파더냐. 우리 검문이 비록 문원 수가 두 명을 넘지 않는 문파 이긴 하지만 세상 어느 누구도 우리 문파를 업신여기지 못한단다. 콜록콜록!"

"아무튼 전 아직 배울 것도 많고 한참 모자라잖아요. 그러니 사부님이 좀 더 옆에 계시면서 많이 가르쳐 주세요."

"헛! 모자라? 당금 천하에 너를 상하게 할 사람이 백 명을 넘으면 네가 내 사부 해라."

"헉! 백 명이나 돼요? 그럼 저는 이제 완전히 동네북이 되겠네요. 그리고 사람 일은 모르는 거잖아요. 재수없이 혹시 그 백 명 중에 한 명을 만나면 어떡해요?"

"그럼 도망가면 되지. 허허허, 콜록콜록!"

사부의 농담에 소혼은 웃어보려고 애썼지만 그게 잘되지 않았다.

소혼은 사부를 가슴에 추억으로만 남겨야 하는 순간이 다가온다는 것을 직감하고 있었다.

"사부님, 그러지 말고 저랑 한 삼 년만 더 살아주시죠."

"허허, 사람 목숨을 그렇게 고무줄처럼 늘릴 수 있었으면 내 백 년인들 더 못살겠냐? 아무리 잘난 사람도 자신의 수명은 어쩌지 못한단다. 그게 인간인 것이지. 그리고 너는 이제 검문의 문주가 되었으니 검투지로(劍鬪之路)를 떠나야 하지 않느냐. 네가 나처럼 반쪽자리 문주가 되는 꼴은 못 보겠구나."

"문주면 뭐 해요? 그깟 게 뭐 그리 대단하다고."

제자의 투정에도 사부의 미소는 여전히 걷히지 않았다.

"혼아, 검문이 달리 천지칠강이라 불리는 게 아니란다. 네가 강호에 출도해 보면 알겠지만 네가 검문 출신이라는 걸 알면 모르긴 해도 아마 서로 잘 보이려고 난리가 날 거란다."

"휴, 어련하시겠어요."

소혼은 한숨을 푹 쉬며 심드렁하게 대꾸했다.

그는 무림에서 검문이 어느 정도의 위치에 있는지 전혀 알지 못했다.

검문(劍門)!

일 인 전승 문파.

검문을 개파한 태산검노(泰山劍奴)는 시정잡배들도 안 쓴다는 육합검법만 믿고 설쳐 대는 날건달이었다. 그의 뭣 같은 성격 때문에 마을 사람들은 검노를 몹시 두려워했고, 그는 자신을 두려워하는 마을 사람들의 반응에 점점 더 안하무인이 되어갔다.

하지만 세상에 겁날 것이 없는 사람처럼 설쳐 대던 그에게 불행은 순식간에 찾아왔다.

아무 생각 없이 겁탈했던 아낙의 남편이 하필이면 포두였던 것이다. 안타깝게도 포두는 검노의 육합검법으로 맞상대할 만큼 호락호락한 인물이 아니었고, 결국 그는 포두에게 잡혀 치도곤을 당했다.

하지만 불행은 거기서 끝이 아니었다.

포두는 그래도 성이 안 풀리는지 마을 사람들의 묵인 하에 그의 팔다리 하나씩을 잘라 버린 것이다.

팔 하나가 떨어져 나가는 순간 검노는 지금까지의 인생을 깊이 후회하며 기회만 주어진다면 앞으로 착하게 살리라 다짐했다. 하지만 그 다짐은 일수유도 못 되어 깨어지고 말았다.

자신의 다리 하나가 잘려 나가는 순간 마을 사람들의 얼굴에 담긴 비웃음을 보고 만 것이다.

"빠드득! 두고 보자!"

며칠 뒤, 가까스로 탈출해 태산으로 숨어든 검노는 악화된 상처로 인해 복수는커녕 목숨마저 위태로운 처지에 놓였다.

운명이었다.

검노를 발견한 사람이 그를 잡으려고 사방을 뒤지던 마을 사람들이 아니라 살생을 금기시하는 승려였던 것은.

그리고 승려의 절이 그 많은 절 중에 하필 소림이었다는 것도 검노의 운명이었다.

승려의 도움으로 완쾌된 검노는 그에게 거짓말을 했다.

지금껏 자신이 행했던 악행을 당했던 일로 포장했고, 날건달이었던 자신은 순박하고 착한 농군으로 미화했다.

결국 이런 사정을 딱히 여긴 승려는 그에게 소림의 무공을 가르쳐 주는 실수를 범하고 말았다.

검노는 승려가 가르쳐 준 무공이 얼마나 대단한 무공인지는 알지 못했지만 이름깨나 알려진 소림의 무공이니 육합검법보다는 나을 것이라는 막연한 짐작을 했다.

이후 검노의 피나는 수련이 시작됐다.

오직 독기 하나로 똘똘 뭉친 검노는 오 년이 흐르자 드디어 피땀 흘린 노력의 결실을 보게 되었고, 그 즉시 한 자루 검을 지팡이 삼아 마을로 돌아왔다.

"복수다! 다 죽어 버리겠다!"

살기 가득한 검노의 눈이 제일 먼저 죽일 대상자를 찾아 희번덕거렸으나 어찌 된 일인지 마을엔 개미새끼 한 마리도 보이지 않았다.

그렇게 하루 종일 사람을 죽이기 위해 살귀가 되어 마을을 돌아다니던 그는 자신의 마을 사람들이 산적들에게 모두 몰살당했다는 사실을 전해 들었다.

이에 검노는 망연자실했다.

"으아아악! 이제 어쩌란 말이야!"

절망과 허탈감으로 몸부림치던 검노는 태산을 보름간이나 이 잡듯 뒤져 산적 소굴을 찾아냈다.

"뭐냐? 이 병신 새끼야!"

"대신 빚을 받으러 온 병신 새끼다. 크크크."

수염이 텁수룩한 산적 두목은 절룩거리며 걸어오는 검노를 향해 눈을 부라렸다.

쉬이익!

픽!

이마에 검이 박힌 산적 두목이 고목나무 쓰러지듯 뒤로 넘어갔다.

쿵!

그것으로 끝이었다. 검노에게 달려든 산적들은 모두 마을 사람들을 대신해 그의 복수의 제물이 되어 하나둘 쓰러져 갔다.

슈아악!

마지막 산적의 목에 검을 쑤셔 박은 후 검노는 그 자리에 털썩 주저앉았다.

"너무 쉽구나, 너무 쉬워. 이런 게 복수란 말인가? 으하하하하!"

검노는 앙천대소(仰天大笑)했다.

삶의 의미를 잃어버리고 정처없이 헤매던 그는 검봉을 발견했다.

"산이다!"

그는 무의식적으로 검봉을 향해 걸음을 옮겼고, 아무 이유도 목적도 없이 무작정 정상을 향해 오르기 시작했다.

잃어버렸던 목표가 생긴 것이다.

검봉 꼭대기에 오르는 것, 그것은 검노의 유일한 희망이며 목표였다.

한 팔과 한 다리로 오르려니 생각보다 쉽지 않았다. 굴러 떨어지고 또 오르고, 다시 굴러 떨어지기를 사 년.

마침내 검봉의 정상에 선 그가 발밑을 내려다보며 중얼거렸다.

"무상(無常)이구나, 무상이야. 끝이나 시작이나 모두 무상이야."

태산검노는 검봉 아래를 굽어보며 대오각성했다.

이후 그는 그곳에 초옥을 짓고 무공 수련에 전념했다. 각고의 수련 끝에 창안한 그의 검법이 바로 검문을 천지칠강의 반열에 올려놓은 절세검법 파천일검이었다.

파천일검은 원래 마을을 파한다 하여 파촌일검(破村一劍)이라 이름 지어졌으나 후대 문주들에 의해 파천일검(破天一劍)으로 명칭이 바뀌었다. 이 검법은 다른 여타의 검법과는 확연히 다른 특징을 지니고 있었는데, 그것은 파천일검이 처음부터 완성된 검결이 아니라 후대를 거치며 완성되어져 가는, 이른바 미완의 검법이라는 데 있었다.

처음 육합검법의 찌르고 베는 기초적인 초식에서 변화하여 가장 정확하고 가장 빠르고, 천변만화하며 가장 파괴적인 초식으로 완성되어 가는 검법.

전대 문주가 후대 문주에게 자신의 성취를 보태서 전하기 때문에 배우는 사람이나 가르치는 이의 능력이 뛰어나지 않으면 사장되기 딱 알맞은 치명적인 약점이 있었지만 다행히 계승자들은 자신들의 임무를 훌륭히 완수할 자질들을 갖추고 있었기에 지금까지 파천일검의 절학은 실전되지 않고 이어올 수 있었다. 아니, 오히려 십육대 계승자인 검불군과 십칠대 계승자인 소혼 대에 이르러서는 더 이상 완벽할 수 없을 정도의 절정무공으로 진화한 것이다.

파천일검의 수련 특징은 최초 정확(正確)에서 시작한다.

소혼은 걸음마를 떼자마자 매일같이 사부의 등을 두드렸다. 사부의 등에는 미세한 점들이 찍혀 있었는데 그곳을 사부가 알려준 순서대로 두들겨야 하는 것이다.

팡! 팡! 팡!

"따부, 따부! 띠원해?"

"옳지, 옳지. 그래, 시원하구나. 헐헐."

검불군이 웃자 어린 소혼은 덩달아 기분이 좋아져 신나게 등을 두드렸다.

하지만 그 순서나 치는 곳이 한 치의 오차라도 생길라 치면 사부의 매서운 주먹이 어김없이 날아들었다.

쌔애액!

빠악!

"아야!"

"욘석아! 거기가 아니라 견정혈(肩井穴)을 치란 말이야! 여기 말이야, 여기!"

검불군은 제 어깨를 툭툭 치며 언성을 높였고, 아이는 그에게 맞은 어깨를 어루만지며 눈물을 글썽거렸다.

"앙, 아프다!"

어깨로 밀려드는 통증에 입술을 질끈 깨문 아이는 견정혈을 절대 잊어먹지 않으리라 속으로 굳게 다짐했다.

사부의 교육은 폭력 그 자체였지만 어린 소혼에게 그것만큼 탁월한 효과를 발휘할 수 있는 것은 없었다.

쌔애액!

퍼억!

"곡지혈은 팔꿈치에 붙어 있다고 몇 번을 말해야 알아듣겠냐?"

"따부, 혼이는 곡지혈이 어딘지 안단 말이야."

"망설인다면 다 아는 게 아니야."

외우고 때려야 하는 혈은 날이 갈수록 점점 늘어갔고, 더불어 소혼의 온몸도 늘어난 혈도만큼 멍 자국이 늘어났다.

사부는 때려도 꼭 틀린 혈도 부근을 때렸다.

아이는 혈의 이름을 외우는 것도 벅찬 것이었지만 검불군은 소혼이 혈도들을 순서대로 치는 날까지 폭력 교육을 고집할 것이 분명했다.

모르는 사람이 본다면 검불군의 행동은 아동 학대의 극치로 볼 것이 틀림없었다.

세월은 흘러 드디어 소혼이 온몸으로 배운 결실이 나타나기 시작했다.

"사부, 나 이제 눈 감고도 칠 수 있어."

"한참 멀었다. 사부는 네 살 때 끝낸 수련이다. 험험."

사부가 불러주는 삼천육백 개의 혈을 한 번의 실수 없이 모두 친 소혼이 호기롭게 외치자 사부는 씁쓸한 표정으로 아이를 책망했다.

소혼은 이제 눈 감고도 사부의 등에 새겨놓은 점들을 다 칠 수 있게 됐다는 생각에 뿌듯했지만 냉랭한 사부의 반응에 일순 말을 잇지 못했다.

하지만 검불군은 표정과 달리 내심 크게 당황하고 있었다.

'이럴 수가! 내가 스무 살까지 했던 정확의 수련을 다섯 살에 끝내 버려?'

검불군은 잔뜩 풀이 죽은 소혼을 보며 눈썹을 꿈틀거렸다.

"내일부터는 다음 수련으로 들어가자. 너무 늦은 건 아닌지 모르겠군. 험험."

다음날, 검봉을 내려갔다 돌아온 검불군의 손에 짐승의 가죽이 들려 있었다.

"사부, 이게 뭐?"

"사슴 가죽이다."

"이불이야?"

아직 어린 나이였지만 하루 종일 사부와 대화를 해온 덕분에 소혼은 여느 아이보다 말이 빨랐다. 사부는 앙증맞은 아이의 눈길을 받으며 속으로 생각했다.

'이제 혼이에게 글을 가르칠 때가 된 것 같군.'

"이불 맞아?"

사부가 대답이 없자 소혼이 재차 입을 열었다.

"네 수련에 쓸 물건이란다."

사부의 대답에도 여전히 의문이 남아 있던 소혼은 반 시진이 채 가기 전에 그 의문을 풀 수 있었다.

"소혼아, 이제 수련 시작해야지? 흐흐흐."

"무슨 수련?"

소혼은 사부의 야비한 미소를 보며 본능적으로 자신에게 위험이 닥치리라는 것을 직감했다.

"소혼아, 이리 오렴."

사부는 방바닥에 온몸을 쭉 펴고 엎드려 소혼에게 손을 내밀었다.

소혼은 사부의 말에 쪼르르 그의 곁으로 달려갔다.

"오늘은 첫날이니 한 시진만 하자."

"한 시진?"

"지금부터 네가 그동안 배운 혈들을 순서대로 두드리는 거야."

"응!"

팡! 팡! 팡!

사부의 말이 채 끝나기도 전에 소혼의 주먹이 거침없이 내려쳐지기 시작했다.

"한 시진 동안 네 바퀴다."

"네 바퀴?"

네 바퀴란 말을 이해하지 못한 소혼이 손을 멈추자 이윽고 검불군의 친절한 설명이 이어졌다.

"흠, 이 속도의 수련은 말이다."

검불군이 설명을 마치자 아이는 눈을 치켜뜨며 고개를 세차게 저었다.

"사부, 나 미워하지?"

팡팡! 팡팡! 팡팡팡! 팡팡팡!

소혼은 땀을 뻘뻘 흘리며 검불군의 등을 타격했지만 반 시진이 넘어가자 지치고 힘든 기색이 역력했다.

"헉헉! 사부, 좀 쉬었다 하면 안 돼?"

"시간 내에 끝낼 자신 있으면 그렇게 해라."

소혼은 사부의 등을 째려보며 더욱 손에 힘을 주었다. 지금 쉰다면 주어진 시간 안에 끝내지 못할 것을 잘 알고 있었기 때문이다.

네 바퀴를 돌라 했던 뜻이 삼천육백 혈도를 네 번에 걸쳐 타격하는 것임을 알았을 때 소혼은 사부가 자기를 미워해 괴롭히는 것이라 생각했다.

'아마 난 원수의 자식일 거야. 날 괴롭히려고 데리고 온 게 분명해.'

잠깐이었지만 소혼은 확신했다. 하지만 지금은 정신을 놓고 있을 틈이 없었다. 이 속도의 수련이 정확의 수련보다 훨씬 골치 아프고 까다로웠기 때문이다. 사부의 몸을 두드리는 것까지는 이전과 다를 바 없었지만 정확의 수련 때와 달리 속도(速度)의 수련은 말 그대로 시간이 관건이었고, 소혼은 시간 안에 못 끝냈을 때 생길 불상사는 생각하고 싶지도 않았다.

이제 혈도는 눈을 감고도 정확하게 가격할 수 있는 소혼이었지만 시간이 지날수록 점점 팔이 저려왔다.

"앗!"

따끔하는 통증에 소혼은 자신의 주먹을 살폈다. 잠깐 방심하는 사이에 뾰족한 뭔가에 찔린 것이다. 자연스레 사부의 등으로 옮겨간 소혼이 이내 울상을 지었다.

"사부, 정말 나 싫어해?"

"……."

사슴 가죽에 무수한 바늘이 박혀 있는 것을 이제야 발견한 소혼의 물음에 사부는 묵묵부답이었다.

검불군이 가죽을 걸치자 소혼은 가죽에 박힌 바늘들이 사부의 혈도에 닿아 있는 부분을 제외한 모든 곳에 빼곡히 박혀 있음을 확인하고 고개를 설레설레 저었다.

혈도를 정확하게 치지 않으면 그만한 대가를 치러야 한다는 것을 확실히 깨달은 것이다.

"나 미워하는 거 맞지? 말해 봐. 얼른!"

"허허, 정확하게 때리면 아무 문제 없다."

소혼이 검불군을 흔들며 울먹이자 그는 그제야 천연덕스럽게 대답했다.

아이는 일순 말을 잇지 못하고 멍한 시선으로 등만 쳐다봤다.

가죽에 박혀 있는 무수한 바늘들이 마치 자신을 노려보고 있는 것 같았다.

"시간 많아?"

사부의 말에 정신이 번쩍 든 소혼은 무의식적으로 다시 손을 움직였지만 아무래도 한 번 바늘에 찔렸던 아이는 자연스레 속도가 줄 수밖에 없었다.

엎드린 검불군은 아이의 망설임을 눈치채고 조용히 입을 열었다.

"못하면 알지?"

"헉!"

검불군의 자상한 충고(?)는 확실히 효과를 발휘했다.

소혼은 바늘보다 사부의 주먹이 더 무섭다는 것을 너무나도 잘 알기에 주먹을 불끈 쥐며 부랴부랴 손을 놀렸다.

파파파파파파파팡!

약속한 한 시진이 지나자 검불군은 기지개를 켜며 일어났다.

"휴우!"

풀썩!

아이가 힘없이 앞으로 팩 고꾸라졌다.

"허허허, 해냈구나. 정말 해냈어."

검불군은 혼절한 제자를 꼭 끌어안으며 눈가를 촉촉이 적신 물기를 닦아내고, 바늘에 찔려 만신창이가 된 아이의 주먹을 조심스레 쓰다듬었다. 여전히 주먹을 불끈 쥐고 있는 아이의 양팔이 일정한 간격으로 펄떡거렸다.

다음날부터 소혼은 진시부터 사시까지 두 시진, 미시부터 신시까지 두 시진, 이렇게 하루 네 시진 동안 예순네 바퀴를 달리는(?) 악마적인 수련에 돌입했다. 사부에게 글을 배우기 시작한 것도 그 무렵부터였다.

"이제 들 때가 됐지?"

검불군은 소혼이 어느 정도 익숙해졌다고 판단되자 드디어 그의 손에 목검을 쥐어줬다.

"우와! 아싸아!"

소혼은 허공에 검을 휘두르며 함박웃음을 지었다.

하지만 아이는 검술을 연마한다는 사실보다 더 이상 바늘에 찔릴 일이 없다는 사실에 더욱 기뻤다.

"이게 검이구나?"

소혼이 손에 들고 있던 목검을 어루만지자 사부는 미소와 함께 고개를 끄덕여 보였다.

"그래, 검이다. 이제부터 너는 그 검을 생명처럼 아끼고 네 손처럼 쓸 수 있을 때까지 검을 놓지 말거라. 알겠니?"

"이제부터 너는 내 친구다! 히히히!"

부웅!

소혼이 힘차게 검을 휘두르며 사부를 향해 씩 웃어 보였다.

"자, 그럼 이제 수련을 시작해야지?"

"응. 아니지. 네!"

글을 배우기 시작하며 예절 교육도 받은 소혼은 이제 사부에게 존칭을 쓰기 시작했다. 검불군은 시키지도 않았는데 알아서 존칭을 쓰려는 소혼이 기특했지만 다른 말은 하지 않았다. 언행보다 마음 씀씀이가 더 중요한 것이라 여겼기 때문이다.

"오늘부터는 연무장에서 수련하도록 하자."

"연무장? 그게 어디 있어?"

"어디긴 어디야. 여기가 연무장이지."

검불군이 빙그레 웃으며 초옥 앞마당을 휙 둘러보자 소혼이 입술을 삐죽 내밀었다.

"피이, 무슨 연무장이 이래?"

"이제 그 검으로 삼천육백 혈도를 찌르는 거야. 알았지?"

"이걸로?"

소혼은 검과 사부를 번갈아 보다 고개를 갸우뚱했다.

"그러다 다치면 어떡해?"

"욘석아, 쓸데없는 걱정일랑 하지 말고 어서 시작이나 해. 시간 다됐다."

검불군은 제자에게 호통을 치긴 했지만 자신을 걱정하는 것에 내심 기분이 좋았다.

"좋아요! 다쳐도 책임 못 져요?"

소혼은 입술을 질끈 깨물며 검을 잡은 손아귀에 힘을 주었다. 처음 잡아보는 것이라 어색하긴 했지만 차갑고 딱딱한 검의 감촉이 아이의 기분을 좋게 해주었다.

"자! 간다아!"

소혼은 외침과 동시에 검을 치켜세우고 사부를 향해 달려들었다.

아이가 손목을 틀며 사부의 등을 곧장 찔러가자 물끄러미 바라보던 검불군은 몸을 살짝 옆으로 틀며 아이의 공격을 무위로 돌렸다.

"어? 왜 피해… 요?"

"허허허, 이 녀석 봐라? 그럼 내가 그냥 맞고 있을 줄 알았냐?"

사부가 어이없다는 듯 웃으며 자신을 내려다보자 소혼은 일순 할 말을 잃었다.

"알았어… 요. 다시 해볼게요."

"다시 하긴 뭘 다시 해? 이제 방어 수련 해야지."

"예?"

쌔액!

검불군은 잽싸게 소혼의 목검을 낚아챘다.

"내 분명 검을 놓지 말라 일렀거늘!"

"그거야 사부가 뺏었……."

소혼의 말이 채 끝나기도 전에 검불군은 빠르게 소혼의 등 뒤로 이동하여 아이의 등에 가차없이 목검을 쑤셔 넣었다.

슈아악!

픽!

"흡!"

소혼은 뼛속 깊이 파고드는 통증에 비명조차 나오지 않았다.

"으으으으으으."

털썩 주저앉은 소혼은 등을 움츠리며 온몸을 덜덜 떨었다.

"헐헐, 좀 아플 게다. 삼 일 시간을 줄 테니 검이 손에 더 익으면 그때 수련하자꾸나."

검불군은 닭똥 같은 눈물을 뚝뚝 떨어뜨리는 소혼을 홀로 남겨둔 채 초옥으로 쑥 들어가 버렸다.

그날 이후 소혼은 검을 놓지 않았다.

소혼은 삼 일 내내 이를 악물고 수련한 끝에 다시 사부의 앞에 섰다.

하지만 검술이라는 것이 삼 일 만에 될 일은 결코 아니었다. 처음 잡아보는 목검은 목표물(?)을 빗나가기 일쑤였고, 그때마다 사부는 소혼의 목검을 뺏어 온몸을 두들겨 댔다.

가리지 않고 사방에서 날아오는 목검은 미처 방비할 틈도 없이 온몸에 작렬했고, 소혼은 그런 매 타작이 있는 날이면 거동이 불가능해 수련을 쉴 지경이었지만 결코 쉬고 싶다는 말을 입 밖에 꺼내지 않았다.

검불군은 자신 앞에 공손히 무릎 꿇은 제자를 물끄러미 쳐다봤다.

'독한 놈, 아무리 손에서 검을 떼지 말랬다고 천 일이 넘도록 한 번도 검을 안 놓다니……..'

그는 천장을 쳐다보며 눈을 껌벅이다가 조용히 입을 열었다.

"어험, 이제 네가 속도의 수련을 한 지도 꽤 됐지? 그 정도면 뭐 그런대로 봐줄 만하다."

"에이, 아니에요. 아직 한참, 아주 하아안참 멀었죠."

소혼은 이젠 숨소리만 들어도 사부의 생각을 짐작했다. 사부의 말이 칭찬이 아니라 자신을 괴롭힐 뭔가를 또 준비한 것일 거라는 예감이 그의 뇌리를 스친 것이다.

"사부님, 아직 멀었어요. 이왕 하는 거 눈에 보이지 않을 정도로 빨라지고 싶어요. 더욱 빨라지기 위해서라도 지금 수련을 더 열심히 해야 한다고 생각합니다."

뻔히 속 들여다보이는 말이었지만 검불군은 지그시 눈을 감고 제자의 말에 수긍하며 고개를 끄덕여 보였다.

"그래, 네 말이 맞다. 보다 빨라지려면 지금의 수련을 더욱 열심히 해야지. 이 사부는 불과 일곱 살 때 너만한 성취를 이루었단다."

"아, 역시 사부님은 대단하세요. 저는 사부님 따라가려면 한참 멀었어요. 사부님, 멋져요!"

"험, 험."

검불군은 제자의 존경 어린 시선을 받으며 흐뭇하게 미소 지었다.

사실 검불군에게도 사부에게 기재라는 말을 수도 없이 들었던 유년 시절이 있었다. 십오 세에 입문하여 이십 세에 정확의 수련을 마쳤고, 삼십팔 세가 되어서 속도의 수련을 마쳤던 그에게 그의 사부는 제자의 자질이 무척 뛰어나다며 칭찬을 아끼지 않았었다.

하지만 소혼을 보면 과연 내 자질이 뛰어났을까 하는 의구심이 들 때가 한두 번이 아니었다. 그만큼 소혼은 해가 거듭할수록 예상을 뛰어넘는 성장을 보였다.

"그래, 내 너의 마음을 가상히 여겨 이 수련을 계속 진행해 나가도록 하마. 대신 네 말처럼 더욱 빨라지기 위해서라도 목표는 조금 높이는 것이 낫겠지. 안 그러냐?"

“예? 아, 물론 그렇죠. 하하하!”

소혼은 사부가 자신에게 넘어갔다 생각하며 내심 쾌재를 불렀다.

“이제 천자문은 다 아니?”

“예? 예.”

뜬금없는 사부의 물음에 소혼이 기어들어 가는 목소리로 대답했다.

소혼은 사부가 가르쳐 주는 무공을 소화하는 데는 엄청난 흥미와 관심을 보이며 열성적으로 수련에 임했지만, 어찌 된 일인지 유독 글공부에는 영 흥미를 보이지 않았다. 다른 이들이 한 달이면 능히 소화해 내고도 남을 천자문을 무려 삼 년에 걸쳐 배운 것만 봐도 알 수 있는 일이었다. 사부는 그런 소혼에게 무공 때와는 달리 뭐라 하지 않았고, 제자의 유일한 약점이라 생각했기에 오히려 소혼이 글에 약한 것을 곧잘 이용했다. 이 때문에 소혼은 사부의 천자문 말 한마디면 순한 양처럼 고분고분해졌다.

“앞으로 여덟 시진 수련이다. 네가 그렇게 빨라지고 싶어 안달이니 목표도 좀 더 주도록 하마. 오늘부터는 여덟 시진으로 시간을 늘리고 이백쉰여섯 바퀴를 돌도록.”

“엥? 사부님 그건 좀…….”

“왜 적으냐?”

“아, 아니요. 그건 불가능한…….”

빡!

순식간에 머리로 날아든 사부의 주먹에 소혼은 눈앞에 별이 반짝였다.

“내 분명 불가능이라는 말은 입에 담지 말라고 했지? 검문 사전에 불가능이라는 단어는 없다!”

“죄송해요. 앞으로 주의할게요.”

소혼이 고개를 푹 숙이자 검불군은 잠시 어린 제자가 애처롭게 느껴졌으나 짐짓 엄한 표정을 지어 보이며 다시 말을 이어갔다.

“검문의 유일한 문규를 어겨 이 사부를 실망시킬 셈이냐?”

“죄송해요, 사부님.”

“우리 문파에 문규가 다른 문파에 비해 많은 거냐?”

“아니에요.”

“휴, 알면 됐다.”

어린 소혼은 여전히 불가능이라는 단어가 뇌리를 떠나지 않았지만 사부에게 더는 못한다는 말을 꺼낼 수 없었다.

여덟 시진 동안 삼천육백 혈도를 이백쉰여섯 바퀴를 돌리는 말은 일 초에 검을 열여섯 번 휘둘러야 하는 어마어마한 속도.

슈슈슈슈슈슈슈슉! 사사사사사사사삭!

그날부터 검봉에는 괴상한 소리가 쉴 새 없이 들렸고, 검봉 옆을 지나던 사람들은 그 소리를 듣고 검봉에 귀신이 산다는 소문을 사방에 퍼뜨려 더욱 인적을 드물게 만들었다.

태산 산중.

한 소년이 풀밭에 넋이 빠진 모습으로 누워 있다. 그의 두 눈은 하늘에 둥실 떠가는 구름에 꽂혀 있었다.

“왜지?”

입가에 문 풀잎을 질경질경 씹는 소년의 눈썹이 살짝 찡그려졌다.

소년의 피부는 햇살이라고는 한 번도 받아보지 못한 사람처럼 희고 고왔다. 오뚝한 콧날과 야무지게 다문 입술, 윤기가 흐르는 긴 머릿결은 변성기를 지나고 있는 소년의 걸걸한 목소리만 아니면 누가 보아도 미소녀로 착각하게 만들 만큼 충분히 아름다운 것이었다. 하지만 그런 뛰어난 외모에도 불구하고 차갑게 가라앉은 눈동자는 다가서기가 쉽지 않은 성격일 것이라는 느낌이 들게 했다.

소혼(笑魂).

검문의 십육대 문주인 검불군의 제자.

어느덧 십오 세가 된 소혼은 그동안 사부의 모진 학대(?)에도 불구하고 벌써 키가 오 척 칠 촌에 달했다.

"왜? 뭐가 문제지?"

이틀 전 사부에게 호되게 구타를 당한 소혼은 드디어 가출을 하고 말았다. 다섯 살에 정확의 수련을 마치고, 여덟 살에 속도의 수련을 마친 그는 그 즉시 속도의 이백쉰여섯 수련에 돌입했다. 인체의 삼천육백 혈을 쉬지 않고 베고 찔러야 하는 그 수련에 그는 어느 때보다 열성적으로 임했고, 결국 당당히 열두 살이 되던 해에 다음 수련으로 넘어갈 수 있었다.

삼천육백 혈을 여덟 시진 동안 오백열두 바퀴 돌라고 말하는 사부의 눈빛이 경악으로 커지는 것을 발견한 소혼은 그때서야 사부가 자신의 성취에 진심으로 놀라고 있다는 것을 눈치챘다.

또한 사부가 자신을 구타하고 나면 이상하게 맥을 못 추고 맞은 자신은 오히려 다음날 멀쩡히 회복한다는 것을 알곤 사부의 구타도 단순한 구타가 아니었음을 깨달았다.

"다음날엔 끊기던 검로도 부드럽게 이어졌지."

소혼은 그런 사부가 그렇게 고마울 수가 없었다.

"사부, 나 자꾸 때리다가 사부가 죽을 수도 있단 말이에요! 그래서,

그래서 나온 거라고요! 알아요?"

소혼은 하늘에 대고 고래고래 소리를 지르다가 또다시 고민에 빠졌다.

오백십이 수련!

일 초에 서른두 번에 걸쳐 연속적으로 내뻗는 속사의 손놀림을 요구하는, 인간의 힘으로는 도저히 불가능한 수련.

소혼은 이번만큼은 도저히 불가능하다 생각했지만 만타심법(萬打心法)이라는 것을 배우며 일말의 희망이 생겼다.

그전부터도 사부에게 호흡하는 법을 배워 매일 반복하기는 했지만 구체적으로 들어간 것은 오백십이 수련 때부터였다.

"사부는 만타심법을 함께 수련해야 오백십이를 통과할 수 있다고 했는데……."

소혼은 사부에게 배운 만타심법을 떠올려 보았다. 언젠가부터 제자리걸음을 하고 있는 문제를 해결하자면 하나하나 되짚어볼 필요가 있었다.

이 심법은 검문의 문주 중 최강으로 평가되는 칠대 문주 자비검(慈悲劍) 상우청(尙友氰)에 의해 창안된 것이다. 본디 소림 제자였던 상우청은 무승들 중에서도 단연 군계일학의 실력을 지닌 젊은 승려였다. 그 뛰어남을 시기한 경쟁자에게 암습을 당한 뒤 검문의 육대 문주에게 구명지은을 입었고, 소림에 돌아가지 않고 검문의 칠대 문주가 된 사람이었다.

원래 불심이 깊었던지라 검문의 문주라면 반드시 거쳐야 하는 검투지로를 치를 때조차 단 한 번도 살생을 하지도 먼저 출수하지도 않았다 하여 자비검이라 불려졌던 검문 최강의 기재 상우청.

상우청은 만년에 개파조사 태산검노가 서 있던 그 자리에서 크게 깨달음을 얻어 만타심법이라는 검문 특유의 내공 수련 심법을 남겼고, 후대의 문주들은 이를 계승 발전시켰다.

공격 일변도인 파천일검에 추가된 만타강기는 호랑이에게 날개를 달아준 격이었다.

천지칠강 검문!

이로 인해 천지에 가장 강한 세력이라는 그 이름의 대열에 당당히 검문이라는 이름을 올려놓은 것이다.

"어느 순간부터 하단전 내공이 더 이상 쌓이지 않았어."

소혼은 사부에게 전수받은 만타심법을 수련하며 한층 손놀림이 빨라지고 전신에 기운이 충만함을 느끼며 뛸 듯이 기뻤던 것을 떠올렸다.

"그러고 보니 그게 사부와 내공 교류가 안 되던 시점이었던 것 같은데……."

만타심법을 운용하여 소혼의 검을 맞던 사부와 만타심법을 운용하여 사부를 때리던 소혼의 기운은 같은 내공이었기에 충돌 없이 서로의 내공을 더욱 증진시켜 갔었다.

하지만 얼마 전부터 사부의 몸에 주입한 소혼의 공력은 단단한 벽에 막혀 진입하지 못하고 다시 그에게로 돌아왔다.

"아, 내가 왜 그 생각을 못했을까?"

소혼은 벌떡 일어나 앉으며 자신의 머리를 힘껏 쥐어박았다.

"사부 몸에 이상이 생긴 게 틀림없어! 사부가 처음 만타심법을 전수해 주며 말했잖아! 내공이 제대로 갖춰지지 않았는데 어떻게 오백십이를 통과하겠냐고? 문제는 사부의 몸에 이상이 생겨서야!"

그는 외침과 동시에 벌떡 일어나 달리며 가출하기 직전의 일을 떠올렸다.

"소혼아, 지금 네 성취만으로도 대단히 빠른 거야. 너무 급하게 먹으면 체하는 법. 이제 천천히 가자꾸나. 콜록콜록!"

"언제는 제가 사부님에 비해 한참 느리다면서요? 왜 지금 와서 말을 바꾸고 그래요? 혹시 밑천 바닥나서 그런 거 아니에요?"

"뭐, 뭐라고? 이 녀석이 감히!"

빡!

"아, 왜 때리세요? 제가 이번에는 뭘 잘못했는데요? 더 열심히, 더 빨리 사부 뜻대로 하려고 이렇게 발버둥 치는 게 그렇게 잘못한 거예요?"

"네, 네 이놈!"

달리던 그가 절벽 앞에서 멈췄다. 깎아지른 검봉의 정상이 까마득히 멀어 보였다.

"휴, 성질난 김에 죽자 사자 내려오긴 했는데 여기를 어떻게 올라간다? 이럴 줄 알았으면 경공이라는 거, 미리 배워놓는 건데……."

소혼은 사부가 가르쳐 준다는 데도 오백십이에만 정신이 팔려 거절했던 것을 떠올리며 내심 후회했다.

"에라! 뭐, 외팔이도 올랐는데 나라고 못 올라가겠어?"

태산검노가 들으면 어이없을 말이었으나 그는 전혀 거리낌없이 말하며 절벽을 향해 한 손을 쭉 뻗었다.

"원, 녀석, 그렇다고 냉큼 내려가 버릴 건 또 뭐야? 밥이나 먹었나? 콜록콜록!"

검불군은 태산 꼭대기로 아슬아슬하게 곡예를 타고 있는 붉은 석양을 바라보며 한숨을 내쉬었다.

"그냥 사실대로 말해 줄걸."

땅이 꺼져라 한숨을 내쉬는 검불군의 허리가 구부정하게 굽어 있었다. 본래 큰 체구는 아니었으나 이전과는 너무나도 다른 늙고 병색이 완연한 모습이었다.

"허억! 허억!"

검불군은 자신의 귀에 들려오는 거친 숨소리가 환청이라 생각하면서도 혹시나 하는 기대감에 천천히 몸을 돌렸다.

"소, 소혼아!"

"사부, 나 배고파요."

쿵!

전신이 땀으로 흠뻑 젖은 제자는 그렇게 소리치며 앞으로 고꾸라졌다.

"어이구, 저 녀석."

제자의 철딱서니없는 말에 어이가 없는 검불군이었으나 그의 얼굴에는 한가득 미소가 담겨 있었다.

다시 오 년 후,

어엿한 스무 살 청년으로 장성한 소혼은 사부의 갖은 노력 끝에 결국 삼 년 전 만타심법의 단독 수련 방법을 발견했다.

그 후 이 년 만에 드디어 오백십이 수련을 통과했다.

소혼이 찰나지간에 서른두 개의 검형을 만들 수 있는 쾌극의 경지를 이룬 것을 보면 역시 만타심법도 대단한 것임이 틀림없었다.

소혼은 며칠 전 변극의 수련을 마치고 검문 문주의 자격이기도 한 삼극검인(三極劍認)의 경지에 들어섰다.

가장 정확한 정검, 가장 빠른 쾌검, 가장 화려한 변검. 이 삼극(三極)의 경지를 이룬 이를 일컬어 검문에서는 삼극검인이라 부르며 검문 문주의 자격을 부여한다.

임종을 앞둔 검불군은 삼극검인을 이룬 소혼을 바라보며 뿌듯한 마음을 가눌 길이 없었다.

"검문은 천지칠강. 이제 네가 삼극검인의 경지를 이뤘으니 진정한 파천일검의 오의를 깨달아 검문의 역사를 새로 쓸 날이 머지않았구나."

"네? 그럼 제가 익힌 것이 파천일검이 아니란 말씀이에요?"

"허허허허, 그럼 파천일검이 그 정도로 얻어질 수 있는 무공이라고 생각했단 말이야? 콜록콜록!"

"근데 왜 더 배울 게 없다고 하셨어요?"

소혼이 당황하여 묻자 검불군이 힘겹게 입을 떼었다.

"파천일검은 이렇다 할 초식이 없어. 네 마음 가는 대로 막고 마음 가는 대로 휘두르면 그뿐이야."

"사부님, 도무지 무슨 말씀인지 하나도 모르겠어요."

"이제껏 수련한 것들이 너의 신체 감각을 극대로 키워줬다. 이제 남은 건 실전 경험을 통해 검로와 공격로, 방어로를 몸에 익혀가는 것일 뿐. 그래서 검투지로가 필요한 것이란다."

검투지로가 검문의 명성을 드높이기 위한 수단인 줄 알았던 소혼은 깜짝 놀랐다.

"그랬군요. 이제 알겠어요. 우리 문파는 단순히 명예를 위해 검투지로를 했던 게 아니라 진정한 무도를 추구하기 위해 비무행을 했던 거군요?"

소혼은 그런 검문에 속해 있다는 것이 너무도 자랑스러웠다.

"콜록콜록! 콜록! 검은 양날을 가진 무기로 찌르고 베는 방법으로 상대를 공격하는 병기란다. 검신의 길이는 이 척 삼 촌부터 오 척에 이르기까지 참으로 다양하지. 또한……."

"사부님, 그만 말씀하세요."

소혼의 걱정스런 기색에 검불군이 빙긋이 웃으며 손을 내저었다.

"파천일검이 추구하는 궁극의 경지를 깨닫는 관건은 어떤 검을 사용하느냐에 달려 있단다."

"검?"

"날카로움에 의지하는 것은 검술(劍術)이요, 손놀림에 의지하는 것은 검예(劍藝)이며, 검의 기운, 즉 마음에 의지하는 것을 검도(劍道)라 한다. 파천일검은 검술이나 검예의 수준으로 펼칠 수 있는 무공이 아냐."

"사부님 말씀대로면 저도 검예의 수준일 뿐이잖아요? 그럼 제가 이제껏 배운 모든 게 겉만 번지르르한 거란 말이에요? 정말 중요한 건 배우지도 못한……."

소혼은 사부의 말을 들을수록 기가 막혔다.

"그건 아니지. 모든 일에는 순서가 있는 법. 검도라는 것도 검술과 검예의 과정을 거치지 않으면 진정한 위력을 발휘할 수 없는 법이란다. 전혀 쓸데없는 게 아니야.”

소혼은 사부의 말에 잠시 입을 열지 못하고 얼굴을 붉혔다.

“소혼아, 지금부터 내 너에게 파천일검의 진정한 활용법을 일러줄 테니 잘 듣도록 해라.”

이윽고 검불군의 말이 이어지자 소혼은 일순 멍한 기분이 들었다.

‘이건 내가 다 배운 건데, 사부님께서 정신이 혼미해지셨나?’

하지만 사부의 표정이 그 어느 때보다 진중하자 소혼은 차마 그의 말을 막지 못하고 조용히 경청했다.

검불군이 말을 마치자 소혼은 눈을 지그시 감고 그가 알려준 활용법을 마음속으로 정리해 보았다.

제일식인 정극(定極)은 시전자가 원하는 어떤 방위로도 공격이 가능한 초식으로 소혼이 가장 먼저 배운 정확의 수련에 근간을 두고 있다. 이식 쾌극(快極)은 발검 순간 상대의 혈도에 검이 박혀야 하는 초식으로 속도 수련의 초입 단계를 통과한 소혼의 몸에 자연스레 밴 것이었다.

일식인 정극(定極)부터 쾌극(快極), 사극(四極), 십육극(十六極), 육십사극(六十四極), 변극(變極), 마지막 천변극(千變極)으로 이어지는 파천일검의 초식을 정리하며 소혼은 고개를 끄덕였다.

“이렇게 정리해 보니 꽤 쓸 만한데요.”

검불군은 소혼의 말에 싱긋이 미소를 보이며 다시 입을 열었다.

“여기까지는 네가 익힌 것이지? 일단 나가자. 콜록콜록!”

소혼이 고개를 끄덕이자 검불군은 연신 기침을 해대며 자리에서 일어났다.

연무장에 이른 검불군은 어깨 넓이로 발을 벌리고 숨을 고르며 천천히 만타심법을 운용하기 시작했다.

우우웅!

이제껏 꾸부정했던 그의 몸은 우드득 소리를 내며 쭉 펴지고 옷은 마치 고무풍선처럼 부풀어 오르기 시작했다.

사부의 당당한 기세를 마주하며 소혼은 전신의 피가 뜨거워짐을 느꼈다.

'저 모습이 바로 진정한 사부님의 모습이었어!'

검불군의 어디에도 병색이라곤 느껴지지 않았다.

수유의 시간, 검불군이 그대로 삼 장가량의 허공으로 도약했다.

소혼은 백광으로 물들기 시작한 사부의 손을 뚫어져라 쳐다보다가 그것이 사부의 손이 아니라 들고 있는 무엇인가에서 빛나고 있다는 것을 알아보곤 대경했다.

"거, 검이다!"

소혼이 외침과 동시에 검불군의 손에 들려 있던 백광이 길어지기 시작했다.

그것은 누가 봐도 틀림없는 이 척 팔 촌 길이의 백색 검이었다.

검불군은 공중에 뜬 상태를 유지하며 전면을 향해 천천히 손을 휘둘렀다.

너무 천천히 휘둘러 마치 춤을 추는 것처럼 보일 정도였다. 그의 시선을 따라 소혼의 눈도 십여 장 전방을 날아가고 있는 새에게로 향했다.

순간,

"파천일검 제일식 정극(定極)!"

그의 외침과 동시에 손에 들려 있던 검이 눈부신 빛을 발하며 일직선으로 쭉 뻗어갔다.

숙!

퍽!

미약한 파공성과 함께 대기를 가르며 날아간 검을 확인한 소혼의 입이 쩍 벌어졌다.

"확실히 정극의 초식로를 따랐어!"

소혼이 더욱 놀란 것은 일직선으로 날아간 그 백색 검이 새의 한 치 앞에 이르자 살짝 방향을 틀었다는 데 있었다.

"이럴 수가! 중간에 검로를 바꾸다니!"

하지만 새는 작은 충격을 받았는지 잠시 정신을 잃고 낙하하다가 이내 정신을 차리곤 다시 날갯짓을 하며 점점 소혼의 시야에서 멀어져 갔다.

"쿨럭쿨럭!"

털썩!

착지를 한 검불군이 피를 토하며 그 자리에 쓰러지자 소혼은 방금 보았던 사부의 신위에 감탄할 겨를도 없이 곧장 그에게 달려갔다.

"사부님!"

"이제 죽을 때가 됐나 보다. 허허허."

"방금 펼치신 게 사부님이 말한 그건가요?"

사부의 몸이 걱정되긴 했지만 소혼은 도저히 궁금증을 참을 수 없었다.

"글쎄다. 그렇다고 할 수도 있고 아니라고 할 수도 있지. 쿨럭쿨럭."

"사부님, 말씀 그만 하세요. 아무래도 들어가 쉬시는 게 낫겠어요."

"아니다. 이제 시간이 얼마 남지 않은 것 같구나. 궁금한 게 있으면 지금 모두 물어보거라."

소혼은 사부의 말에 가슴이 아려왔다.

'사부가 다 죽어가는데 그깟 무공이 뭐라고……'

소혼은 좀 전의 자신의 행동이 부끄러워 고개를 푹 숙이며 입을 다물었다.

"네가 본 건 파천일검의 제일식이다. 지금 네가 펼칠 수 있는 정극의 초식과 내가 시전한 초식은 같은 것이란다. 단지 어떤 검을 쓰느냐의 차이지. 네가 쓸 수 있는 건 신검(身劍)이고 지금 내가 쓴 건 심검(心劍)이란다."

"심검이요?"

소혼은 방금 전의 기분도 잊은 채 사부의 말에 다시 빠져들었다.

"심검, 즉 마음의 검은 검과 내가 혼연일체가 되는 신검합일과 검을 내 의념으로 조종하는 이기어검의 경지를 넘어선 전설 속의 경지를 말하지만 지금 내가 말하고자 하는 건 그 심검이 아니란다."

검불군의 호흡이 조금 거칠어졌지만 소혼은 그의 말을 제지하지 못했다. 사부의 지금 얘기가 얼마나 중요한 것인지 알고 있었기 때문이다.

"검술과 검예의 극을 이룬 삼극검인의 경지가 바로 신검으로 펼칠 수 있는 최고의 경지란다. 물론 만타심법과 더불어 부단히 연마한다면 검에 공력을 주입해 검기상인(劍氣傷人), 검경(劍勁), 검막(劍膜), 검사(劍絲)의 단계에 오를 수 있지. 하나 그 위의 단계인 검강(劍罡), 검환(劍環), 신검합일(身劍合一), 이기어검(以氣馭劍)의 경지에 오르기 위해서는 신검으로는 한계가 있단다. 이들 경지에 오르기 위해서는 마음에서 검을 뽑아야 하지. 육신으로 다루는 검인 신검과 마음을 담는 심검은 이런 극명한 차이가 있단다.”

“그럼 저는 심검을 뽑기 위해 수련을 해야 하는 건가요?”

검불군은 천천히 고개를 끄덕이며 빙그레 웃었다.

“그래. 넌 이미 삼극검인의 경지를 이루고 있으니 이제부터는 심검을 뽑기 위해 수련해야겠지. 쿨럭쿨럭!”

소혼은 사부의 각혈에 섞여 있는 내장 부스러기를 발견하곤 일순 눈시울을 붉혔다.

“파천일검의 심검 단계는 파(波), 폭(爆), 뇌(雷), 무(無)로 이어진다고 하지만 이 사부는 능력이 일천해 육식 파(波)까지 뿐이 펼치지 못한단다. 지금은 몸이 엉망이라 일식으로 대신했지만 네 자질이 뛰어나니 열심히 수련한다면 파, 폭, 뇌, 무의 경지도 언젠가는 이룰 수 있을 게야. 허허허. 쿨럭쿨럭!”

“사부!”

소혼은 사부를 와락 껴안으며 결국 참았던 울음을 터뜨렸다.

“소혼아, 내 비록 너를 엄하게 키우긴 했으나 마음만은… 쿨럭쿨럭!”

“사부님, 이제 제발 말씀 좀 그만 하세요!”

입술 사이로 새어 나오는 검붉은 피를 본 소혼의 울음 섞인 목소리에 제자의 어깨를 다독이는 사부의 음성도 젖어들었다.

“녀석, 사내는 아무 때나 눈물을 보이는 것이 아니란다. 하지만 가히 나쁜 기분은 아니구나. 이렇게 슬퍼해 주는 제자가 있으니 나도 밑진 장사를 한 건 아니지? 허허허.”

검불군은 소혼의 어깨를 다독이며 한없이 자애로운 눈길을 보냈다.

"그리고 혼아, 우리 검문은 일반 문파들과는 근본이 다른 곳이란다."

"네?"

"넌 지금까지 파천일검을 목표로 수련한 것이라 생각하겠지만 그보다 더 중요한 목표는 자신의 신체를 최적의 상태로 만드는 데 있단다. 휴우."

잠시 숨을 돌린 검불군이 소혼의 손을 꼭 잡았다. 자신의 손을 잡으며 안도의 표정을 짓는 사부를 본 소혼은 가슴이 미어졌다.

'노인네, 나 때문에 십 년은 더 늙으신 것 같다.'

사부의 꽉 쥔 손이 앙상한 뼈만 남아 있음을 재차 확인한 소혼의 눈동자가 파르르 떨렸다.

"검문은 세인들이 아는 것과는 달리 칠대 문주님부터 지금까지 인간의 신체를 무한대로 진화시키기 위해 노력해 온 곳이란다."

"신체의 진화요?"

소혼은 사부의 말을 이해하기 힘들었다.

"그래, 천지칠강들 모두 그렇지. 남을 상하게 하기 위한 공부가 아니라 나를 찾기 위한 공부."

소혼은 들으면 들을수록 이해할 수 없는 사부의 말에 살며시 고개를 저었다.

'사부께서 이제 가시려나 보구나. 정신이 혼미해지셨어.'

소혼은 사부의 말에 건성으로 대답하며 사부를 번쩍 안아 들었다.

"사부님, 왜 이렇게 가벼운 거예요!"

소혼은 사부를 안아 들고 초옥으로 들어가며 눈물을 삼켰다.

"검… 투지로를 하지 못한 것 때문에 조사님들 뵐 면목이 없구나."

방 안에 들어선 소혼이 사부를 눕히며 입을 열었다.

"사부, 그깟 검투지로가 뭐 대단하다고 그러세요? 제가 사부님 몫까지 확실하게 마쳐 드릴 테니까 너무 걱정하지 마세요."

소혼은 사부의 다리를 주무르며 그의 호흡이 점점 미약해지는 것을 느꼈다.

"내 그동안 마지막 패배가 마음에 걸렸었는데 지금 생각하니 모두 부질없는 것이었다는 생각이 드는구나."

"그러니까 그 상대가 누구였는데요?"

소혼은 상대의 이름을 말해 주기를 은근히 바라며 물끄러미 그의 입술을 쳐다봤다.

"검투지로 때문에 이전 문주들은 문주 직을 빨라야 오십이 넘어 받을 수 있었고, 팔십은 되어야 제자를 둘 수 있었지. 검투지로를 마치지 못한 나 같은 문주는 그저 임시 문주에 불과하지."

검불군은 정신이 혼미해져 그동안 내색하지 않았던 심정을 드러내고 있었고, 소혼은 잠자코 사부의 전신으로 자신의 내력을 집어넣으며 다음 말을 기다렸다.

"내 너를 제자로 받아들이기 이전 이미 회복 불가능한 내상을 입었단다. 난 그게 한이라 다른 문주들보다 제자를 일찍 받았던 거지. 그 제자는 나의 기대보다 훨씬 훌륭하게 성장해 줬어. 허허허허허."

검불군이 숨을 몰아쉬며 손을 휘이 저으며 소혼을 찾았다.

"소혼아."

"예, 사부님. 저 여기 있어요."

소혼이 그의 손을 꼭 쥐며 대답했다.

"너는 이제 검문의 문주. 이 사부는 이제 할 말이 없구나 그냥 너 하고 싶은 대로 하고 살아라. 웃고 즐기며 살아도 모자랄 인생을 검투지로에 매달려 허비하게 만든 것 같아 이 사부가 마음이 편치 않구나.”

검불군은 내심 패배를 안겨준 상대를 자신의 제자가 보란 듯이 이겨줬으면 했지만 그 생각은 차마 입 밖으로 나오지 않았다.

“사부, 차라리 다른 사부들처럼 문파의 명성을 드높이라든지 약자를 보호하라든지 그런 말을 해주세요. 그게 뭐예요? 하고 싶은 대로 하고 살라고요?”

“검문의 명성이야 더 이상 오를 것도 없고, 네 말마따나 검투지로하다가 잘못해서 다치기라도 하면 어쩌느냐? 그냥 네 하고 싶은 대로 하고 살아라.”

“사부님.”

“응?”

“제가 뭘 했으면 하는지 솔직히 말씀해 주세요!”

소혼은 마지막까지도 자신만 생각하는 사부에게 울화가 치밀었다.

“그냥 네 원대로 살래도 그러는구나.”

검불군은 정말 그랬으면 했다. 갓난아이를 데려다 키우고 가르치며 친자식보다 더한 애정을 쏟아 부은 아이. 비록 말수도 없고 귀여운 구석이라고는 눈곱만치도 없는 녀석이었지만 그래도 속정만은 두터운 제자 소혼이 혼탁한 세상에서 봉변이나 당하지 않을까 걱정됐다.

“피이, 그럴 수 없지요. 그럼 제가 말할게요. 전 사부님을 위해 딱 두 가지만 해드릴 거예요. 첫째, 무극도제(無極刀帝) 이세진(李世眞)을 일 년 안에 사부님 가시는 곳으로 보내 드릴게요. 아니, 이세진뿐만 아니라 어느 누구도 넘볼 수 없을 만큼 강해져 드릴게요.”

“허허, 이놈아, 무극도제는 그리 만만한 인간이 아니야. 너의 지금 수준으로는 십 년은 더 피 터지게 수련해야 따라잡을까 말까 한 그런 절정고수란다.”

“그럼 뭐 십 년으로 잡죠.”

검불군의 대답을 들은 소혼은 가슴부터 배까지 이어진 사부의 도상이 도제가 아니면 도저히 불가능한 것이라는 자신의 추측이 맞았음을 알았다.

“허허, 녀석. 아무튼 도제와의 비무는 시일을 더 길게 잡거라.”

사부가 긍정도 부정도 하지 않자 소혼은 자신의 추측에 더욱 확신하며 거침없이 물었다.

“그 자식이 흉수였군요?”

“허허, 흉수는 무슨. 정당한 비무였다. 실력도 천양지차였고.”

제자는 사부가 이토록 누군가를 칭찬하는 말을 들어본 적이 없었다.

“그래, 두 번째는 뭐냐?”

순간 난감한 기분에 사로잡힌 검불군이 말을 돌렸다.

“두 번째는 말이죠. 음, 앞으로 아무한테도 정 주지 않고 살게요.”

주르륵!

제자의 말에 검불군의 눈에 눈물이 흘러내렸다.

‘내가 떠나면 이 아이가 외롭겠구나.’

사부는 자신의 죽음보다 혼자 남겨질 소혼의 외로움이 더 마음 아팠다.

‘이럴 줄 알았으면 미리 강호에 친구라도 사귈 수 있도록 시간을 주는 거였는데…….’

검불군은 슬프게 미소 짓고 있는 소혼의 머리를 살며시 쓰다듬었다.

“허허허, 소혼아, 중원에 나가면 널리고 널린 게 절색의 미녀들이란다. 그러지 말고 좋은 사람 있으면 사귀고, 예쁜 여자 있으면 장가도 가고, 그렇게 재밌게 살거라. 콜록콜록!"

소혼은 입술을 질끈 깨물며 고개를 저었다.

"아니요. 이 약속들은 꼭 지킬 거예요."

어느새 소혼의 눈에도 눈물이 고여 있었다.

'그리고 다시는 안 울 거예요.'

그는 스스로에게도 다짐을 하나 더 하고 있었다.

순간, 소혼과 손을 잡고 있던 사부가 안광을 빛내며 갑자기 일어났다.

회광반조(廻光返照).

소혼은 이제 사부와 정말 마지막이라는 것을 직감했다.

"녀석아, 나도 너한테 선물 하나 주고 가야겠다."

슈아악!

말이 끝남과 동시에 검불군의 양장이 소혼에게로 쭉 뻗어졌다. 갑작스런 사부의 공격에 당황한 소혼은 무의식적으로 오른손을 들어 사부의 장을 막으며 앉은 자세 그대로 뒤로 이동했다. 그러나 이미 그의 다음 행동을 예측한 검불군은 어느새 소혼의 등 뒤를 향해 검지와 중지를 찔러 넣었다.

타닥!

"사부님, 힘이 남아도세요?"

소혼의 말에도 여전히 굳게 입을 다문 검불군은 우수를 그의 백회혈에, 좌수는 그의 하단전으로 가져다 댔다.

소혼은 뜨겁고 웅휘로운 기운이 백회혈과 단전을 통해 밀려오는 것을 느끼며 그제야 사부가 진원진기를 전하려 한다는 것을 간파했다.

"가지고 가야 소용도 없는 것, 너나 줄란다. 잠자코 있어라. 움직이
면 어찌 되는지 알지? 콜록콜록!"

말은 쉽지만 그 고통이 이루 말할 수 없다는 것을 모를 리 없는 소혼
은 당황으로 얼굴이 일그러졌으나 말을 하면 자신과 사부를 더욱 위험
에 빠뜨릴 것이라는 것을 알기에 차마 입을 열 수 없었다.

일각의 시간이 지나자 전혀 멈출 것 같지 않고 소혼의 몸으로 스며
들던 내력들이 점차 줄어들기 시작했다.

털썩!

사부의 몸이 힘없이 뒤로 나자빠지는 것을 보는 소혼의 눈에 하염없
는 눈물이 흘러내렸다.

"아무 말 말거라. 지금은 받은 내력을 흡수하는 것이 우선. 예전에
나 때문에 네 수련에 진전이 없었던 것이 못내 걸렸는데 이제야 홀가
분하구나. 아마 도제(刀帝)를 따라잡는 것도 한 오 년은 단축되었을 거
다. 허허허."

생기라고는 전혀 느껴지지 않는 검불군의 목소리가 점점 작아졌다.

"하지만 이 사부는 네가 도제에게 사사로운 원한을 갚는 것보다 검
의 끝을 보기를 더 원한단다."

소혼은 사부의 말을 들으며 사부가 넣어준 진기를 일주천(一周天)시
켰다.

"소혼아, 정녕 검의 끝을 보고 싶다면 고려 개경에 있는 천마산으로
가보거라. 그곳에 너를 도와줄 분이 머무르신다. 그분은……."

소혼은 점점 작아지는 검불군의 음성을 듣기 위해 애를 썼으나 그의
음성은 더 이상 들리지 않았다.

일대를 풍미할 능력을 지니고도 검문의 다른 문주들과는 달리 변변한 별호 하나 남기지 못한 불운의 문주 검불군. 그는 그렇게 소혼과 작별을 고했고, 검봉 정상에 생긴 작은 돌무덤의 주인이 되었을 뿐이다.

불초 제자 소혼지사부 검문 십육대 문주 검불군지묘.
—不肖弟子 笑魂之師父 劍門 十六代 門主 劍不君之墓.

무덤 앞에 엎드린 소혼의 어깨가 삼 일 내내 쉬지 않고 흔들렸다.

삼 일 후,
검봉의 정상에서 한 마리 매가 먹이를 노리며 급강하했다. 깎아지른 절벽 끝에서 저런 속도로 내려오다가는 아무리 날짐승이라도 성치 못할 것 같았지만 매는 전혀 속도를 줄이지 않았다.
콰지직!
그렇게 땅끝에 부딪치려던 찰나 매는 언제 떨어졌냐는 듯 땅과 일 장의 거리만을 남기고 정지했다. 하지만 그것은 매가 아니었다.
한 손은 팔짱을 끼고 싸늘한 눈빛을 띤 사내. 그의 다른 한 손은 절벽에 꽂혀 있었다. 정말 무지막지하고 아주 무식한 착지 방법이었다.
"천마산이라고 했지?"
소혼은 벽에 꽂았던 팔을 쑥 뽑아 묻어 있던 돌 부스러기를 툭툭 털어내며 터벅터벅 걸음을 옮겼다.

소혼이 태산을 내려온 지도 벌써 보름이 지났다.

　그토록 동경하던 세상이었지만 막상 산을 내려오니 낯선 사람들과 신기한 것들에 그다지 흥미를 느끼지 못한 소혼은 임종 직전 사부가 말한 천마산이라는 세 글자만 귓가에 맴돌아 무작정 동쪽으로 향했다.

　청주, 안구를 거쳐 청도에 이를 때까지도 될 수 있는 대로 인적이 드문 산길로만 이동했던 소혼은 갑자기 눈앞이 밝아오며 막혔던 가슴이 시원하게 뚫리는 느낌을 받았다.

　"이게 사부가 말한 바다란 놈인가? 흠, 그래도 제일 볼 만하네."

　보름 만에 처음 입을 연 소혼은 바짝 마른 입술에 침을 바르며 다시 한 번 눈앞에 펼쳐진 경치를 감상했다.

　모래에 부딪쳐 하얀 거품으로 사라지면서도 끊임없이 땅을 향해 달려드는 파도가 무척 마음에 들었다.

　소혼은 행인을 통해 이곳이 청도임을 알았다.

　산동성이 워낙 고려와 왕래가 잦아서인지 그리로 가는 방법을 알아내는 것도 생각보다 쉬운 일이었다.

　"봉래(蓬萊) 포구에서 가는 배편이 가장 빠릅니다. 거기서 배를 타고 벽란도에 도착하시면 거기서 한 번 더 물어보십시오. 천마산이라면 그 근방에서 그리 멀지 않은 곳으로 압니다."

　"감사합니다."

　소혼은 상세히 가르쳐 준 행인에게 꾸벅 인사를 한 후 봉래로 향했다.

　원단이 얼마 지나지 않아 공, 사무역이 활발한 시기라서 그런지 고려로 향하는 배편은 꽤 많은 편이었다.

　소혼은 고려로 막 출항하는 배를 탈 수 있었다.

벽란도에 도착한 소혼은 조급한 마음에 곧장 개경으로 향했다.

고려까지 오면서도 줄곧 사부가 펼쳤던 무공에 대해 곰곰이 생각해 보고, 또 여러 차례 시도도 해봤지만 전혀 진전이 없었기 때문이다.

"누굴까? 그분이라고까지 부른 걸 보면 대단한 사람일 텐데."

벽란도에서 만난 고려 상인들의 유창한 중원 말 덕분에 어렵지 않게 천마산의 위치를 알아낸 소혼은 즉시 그곳으로 향했다.

하지만 막상 천마산에 다다르자 암담한 생각이 들었다.

"흠, 어디서부터 찾는다?"

소혼은 점점 사위가 어두워지자 일단 묵을 곳을 찾기 위해 주위를 살폈지만 인가는커녕 인적조차 느껴지지 않았다. 한참이 지나서야 산 중턱에 위치한 작은 동굴을 발견한 소혼은 곧장 그리로 걸음을 옮겼다.

동굴 내부는 겉보기와는 달리 꽤 넓은 편이었고, 사냥꾼들이 가끔 쉬어가는 곳인지 타다 남은 장작과 짐승의 뼈들이 군데군데 널려 있었다.

"내일부터 쭉 훑어보면 어떻게 되겠지 뭐."

그동안 내내 쫓기는 사람처럼 숨 가쁘게 이동했던 소혼은 천마산에 도착하자 조급했던 마음에 여유를 찾을 수 있었다.

소혼은 팔베개를 하고 잠을 청했다.

하지만 좀처럼 잠이 오지 않는 소혼은 뒤척거리다가 결국 다시 일어나 앉았다.

"그냥 수련이나 하자."

소혼은 크게 숨을 내뱉고 가부좌를 틀고 앉아 만타심법을 운용하기 시작했다.

"엇!"

순간 단전에 모인 내력을 일주천시키려던 소혼이 깜짝 놀라 눈을 떴다. 일주천시킨 진기가 순식간에 자신의 온몸을 휘돌고 다시 단전으로 돌아왔기 때문이다.

'뭐지? 혹시 이게 사부님의 진원진기?'

이전까지 축기를 시작하는 기초적인 수준에 머물렀던 그의 내공으로서는 도저히 불가능한 현상.

소혼은 다시 호흡을 가다듬고 진기를 일주천시켜 보았다.

그러자 진기는 순식간에 일주천을 한 뒤 다시 단전으로 되돌아왔다.

소혼은 더는 놀라지 않았다. 그는 그 즉시 주체할 수 없을 정도로 흘러넘치는 진기들을 다스리기 위해 계속해서 만타심법을 운용했다.

"십이 주천이 이렇게 빨리 되는 걸 보면 가능할 수도 있겠는데……."

소혼은 이 참에 그동안 약했던 내공 수련을 하기로 했다. 내공 수련은 단기간에 될 수 있는 것도 아니고, 서둘러야 좋을 게 없다던 사부의 말이 떠올랐지만 지금은 사부가 전해준 내공이 있다는 것이 그에게 용기를 주었다.

사부가 전해준 공력을 자신의 것으로 만드는 데만 무려 여섯 달이란 시간이 걸렸다. 전부 소화시켰다 싶을 때면 몸 안 곳곳에 스며 있던 내력들이 튀어나오는 바람에 예상보다 오랜 시간이 걸린 것이다.

"제자란 놈이 노인네 몸을 사마귀처럼 다 갉아 먹어버렸군. 크크크."

입으로는 웃고 있었지만 소혼은 사부의 내력을 흡수하면 할수록 가슴이 아팠다. 반면, 하루라도 빨리 사부의 염원대로 심검을 깨우치고 싶은 마음도 더욱 간절해졌다.

"아직 공력 흡수는 덜 됐지만 이제 뚫어볼까?"

소혼의 목표는 생사현관과 임독양맥의 타통이었다.

이전엔 감히 꿈도 못 꿀 일이었지만 이제는 가능할 것이라 확신했다. 그만큼 사부가 그에게 전해준 공력은 엄청난 것이었다.

"안 뚫리면 뚫릴 때까지 해보는 거지 뭐."

소혼은 한결 홀가분한 마음으로 만타심법을 운용했다.

그의 예상은 적중했다.

그가 수십 번을 일주천시켜 이제는 완전히 자신의 것으로 만든 진기를 독맥을 향해 쏟으니 순식간에 독맥이 뚫렸다.

소혼은 독맥이 너무도 수월하게 뚫리자 자신이 뚫은 것이 독맥인가 하는 생각으로 일순 멍해졌다.

검불군이 진기를 전하며 이미 생사현관과 임독양맥을 타통시켰기 때문이었다. 사부의 죽음으로 상심이 커 내공 수련을 중단했기에 소혼이 알지 못했을 뿐이었다.

소혼은 다시 진기들을 일주천시키다가 임맥을 향해 진기들을 쏟아넣기 시작했다. 하지만 그사이 다시 막힌 임맥은 독맥처럼 쉽게 뚫리지는 않았다. 그렇게 몇 번을 시도하던 소혼은 운기를 멈추고 살며시 눈을 떴다.

어느새 새벽 동이 터오고 있었다.

"뭐, 이 정도만 해도 어쩌면 가능할지도 몰라."

소혼은 입을 다물고 동굴 벽을 물끄러미 바라봤다.

소혼의 손이 서서히 올라간다. 동작은 지극히 느렸지만 그의 몸속에 내재된 진기들은 그 어느 때보다 빠르고 활발하게 전신을 휘돌다가 그의 손으로 몰려들기 시작했다.

우우웅!

그의 옷이 부풀어 오르기 시작했다. 이전 검불군의 모습과 얼추 비슷한 모습이었다.

온몸을 땀으로 흠뻑 적신 소혼의 손이 어느덧 희미한 광채를 발하기 시작했다. 사부의 것보다는 약했지만 분명 검불군이 시전했던 그 빛과 매우 유사했다.

소혼은 입술을 질끈 깨물며 전신 내력을 오른손으로 밀어 넣기 시작했다.

'마음의 검을 뽑아야 해. 심검을……'

그러기를 반 각. 소혼의 손이 점점 밝게 빛나기 시작했다. 그의 손에 들린 것은 분명 하얀 빛을 띠고 있는 검의 형상, 검강이었다.

"파천일검 제일식 정극(定極)!"

그의 외침과 함께 손에 들려 있던 백색 검이 벼락같이 동굴 벽을 향해 뻗어갔다.

쐐애애애애액!

콰콰쾅!

강렬한 파공성과 함께 동굴 벽에 백색 검이 작렬하자 섬광이 번쩍하며 벽면이 터져 나갔다.

일순 다리에 힘이 풀려 그 자리에 주저앉는 소혼의 눈에 희열의 빛이 가득했다.

"해냈어, 사부! 누구의 도움도 안 받고 이 소혼이가 해냈다고요!"

소혼은 말할 수 없는 감동에 젖어 멍하니 자신이 처참하게 만들어놓은 벽을 쳐다봤다.

벽은 마치 불에 탄 듯 검게 그슬려 있었다.

"그래, 스스로 헤쳐 나가자. 이미 배울 건 다 배웠어. 혼자의 힘으로 마음의 검을 뽑아보자."

소혼은 독맥을 뚫었으니 임맥만 뚫는다면 사부가 말하던 심검의 경지에 더 다가갈 수 있을 것이라 생각했다.

얼마가 지났을까. 깎지 않은 수염이 텁수룩한 소혼은 가부좌를 틀고 앉아 만타심법을 운용했다.

그는 지금 막 임맥을 향해 온 내력을 쏟아 붓고 있었다. 이제 사부가 했던 일초식은 그에게 아무 문제가 없었다.

'해낸다! 반드시 해내고 만다!'

그는 마음속으로 외침과 동시에 혼신의 힘을 다해 임맥으로 진기를 몰아넣었다.

펑!

그는 머리 속이 폭발해 버린 것 같은 충격에 피를 토하며 정신을 잃었다.

"이건 꿈이야!"

소혼이 발악적으로 외쳤다.

분명 꿈인데도 너무도 생생했다. 꿈에서 자신은 산속을 헤매며 여러 환영과 싸웠다. 그 꿈속에서 사부도, 얼굴도 모르는 자신의 어머니도 만났다.

지옥의 아수라도, 생전 처음 보는 짐승들도, 청해에서 처음 봤던 파도도 보았다. 하지만 그 모든 것들이 그를 죽이기 위해 달려들었다.

그는 공포와 충격으로 환영들을 피해 도망치다가 하얀 빛을 발견하곤 곧 그리로 뛰기 시작했다. 왜인지는 모르지만 그 빛은 자신이 그토록 갈망하던 심검의 빛이라는 확신이 들었다.

그리고 땅 밑이 푹 꺼지는 것을 느끼며 천 길 벼랑으로 떨어져 내렸다.

슈우우욱!

풍덩!

깨어보니 그곳은 낯선 초옥이었다.

자신이 살던 검봉의 초옥과 비슷한 크기였지만 훨씬 깨끗하고 정갈했다.

나와 보니 환영에서 본 것 같던 그 백호와 낯선 아이가 물장구를 치고 있었다.

그는 백호를 보며 문득 괘씸한 생각이 들었고 결국 잠시나마 일전(?)을 치르기도 했다.

그렇게 만난 설과 건이 옆에서 쌔근쌔근 잠이 들어 있는 것을 바라보며 소혼은 살며시 미소를 머금었다.

"후후후, 나도 이제 가족이 생겼군."

그는 기지개를 쭉 펴고는 다시 설의 옆으로 돌아누웠다.

소혼은 행복이라는 단어를 떠올려 봤다. 자신하고는 상관없는 말이라 생각했던 행복이라는 단어. 그 단어가 지금은 무슨 의미인지 조금은 알 것 같았다.

결국 사부에게 했던 약속 하나를 지키지 못하게 됐지만 미안하거나 양심에 찔린다는 생각은 들지 않았다.

‘사부, 미안해요. 이해해 주실 거죠?’

속으로 사부를 떠올려 보던 소혼은 슬며시 고개를 돌렸다.

백룡담에서 물장구를 치고 있던 건과 설이 이쪽을 향해 손을 흔들어 보이자 그 역시 마주 손을 흔들어줬다.

“형, 도와줘! 건이가 자꾸 괴롭혀!”

건은 정말 사람 말귀를 알아듣는지 설의 입을 틀어막으며 물속으로 그를 쑤셔 넣었다.

삼 년이 지나도록 그들 삼형제(?)의 일과는 여전했다. 소혼은 새벽에 일어나면 초옥 옆에 서 있는 은행나무를 세 시진씩 바라보았다.

설과 건은 그와 같은 시간에 일어나 한쪽에 쭈그리고 앉아 그의 행동을 지켜보았다.

소혼은 세 시진이 지나면 한숨을 푹 내쉬며 나무에서 시선을 떼고 동생들에게 걸어왔다.

그때부터가 즐거운 식사 시간이었다. 소혼의 뛰어난 요리 비법(?) 파천일검으로 식사를 하고 나면 백룡담에 몸을 던져 신나는 물놀이를 하거나 산에서 나는 열매를 따 먹거나 하며 소일했다. 이후 해가 질 무렵이 되면 소혼은 나뭇가지 하나를 주워 들고 건과 설의 모습을 그렸고, 동생들은 그런 소혼의 그림에 피사체가 되어주었다.

소혼이 온 후로 바뀐 것이 있다면 설에게 형이 생겼다는 것이다.

그것은 부모 외에 다른 사람에게 마음을 열었다는 의미이기도 했다.

설과 건, 그리고 소혼이 서로의 일부가 되어가는 사이, 그렇게 훌쩍 이 년이라는 세월이 흘러갔다. 소혼이 오기 전부터 천마폭에서 지냈던 설에게는 어느새 다섯 해가 지난 것이다.

여전히 새벽 찬 공기를 마시며 은행나무를 바라보는 소혼.

'아, 더 이상 넘어설 수가 없다. 왜 그 다음이 보이지 않는 걸까?

소혼은 이제 오 년 전 자신이 뽑았다 믿었던 심검의 초입이 검강의 경지였음을 알고 있었다. 하지만 사부가 보여줬던 검강보다 훨씬 위력적인 것이었지만 자신이 바라는 경지와 비교하면 한참 먼 수준이었다.

물론 검강이라는 것이 하찮게 치부할 만한 것이 아니라는 것은 잘 알고 있었다. 어쩌면 그 경지만으로도 천하에 적수를 찾기 힘들지도 모른다.

하지만 지금 소혼이 목표로 삼고 있는 것은 심검지경이었다.

이미 이 년 전에 파천일검의 뇌성 단계에 올라섰기 때문이다.

"검문 최고 기재였다던 상우청 조사가 파천일검을 시전하면 은은한 뇌성이 울렸다고 했지? 이는 이기어검의 경지, 즉 검문의 전대 문주들조차도 상우청 조사를 제외하면 아무도 이기어검의 경지에 들지 못했어. 마음의 검을 뽑으라 하셨던 사부의 말씀도 이기어검을 염두에 두고 하신 말일 거야."

역시 지난 오 년간 그저 아무 생각 없이 은행나무만 바라봤던 것이 아니었다. 소혼은 나무를, 아니, 자연을 바라보며 내적으로 치열한 수련을 거듭했고, 그 결과 사부가 말씀하신 심검을 벗어나 자신이 생각하는 심검으로 수련의 목표를 전환했다.

"파(波)는 파도처럼 끊이지 않는 내력으로 검강을 시전할 수 있는 검환의 경지, 폭(爆)은 신검합일, 뇌(雷)는 이기어검의 경지다. 하지만 아무 소리도 들리지 않는 무(無)의 단계는 도무지 길이 보이지 않아. 이 단계가 심검의 경지일 텐데 확인할 길이 없다. 왜지? 왜 앞이 보이지 않는 거지?"

지금 소혼이 파천일검을 시전하면 은은한 뇌성이 들린다.

전설의 이기어검. 검문에서도 자비검 상우청만이 유일했다던 꿈의 경지에 이른 것이다.

하지만 소혼은 지금 더 높은 경지를 향해 몸부림치고 있었다.

검의 끝.

궁극의 검.

소혼의 표정이 오늘따라 유난히 괴로워 보이는 것은 어젯밤 자신에게 던진 설의 질문 때문이었다.

"형, 형은 검법을 익혔다면서 검은 어디 뒀어?"

그는 전부터 궁금했던 물음을 던지며 소혼을 빤히 쳐다봤다.

앳되어 보이는 말투나 행동이 조금 남아 있긴 했지만 외견상으로는 훤칠한 외모와 체구를 지닌 스무 살의 청년으로 자란 설을 보며 소혼은 세월이 흐르긴 흘렀구나 하는 생각을 했다.

"마음에."

소혼은 하얀 이를 드러내 보이며 피식 웃었다.

하지만 그는 아직 자신의 검이 마음 어디에 있는지는 찾지 못했다.

그가 찾고 있는 궁극의 검은 마음속 깊은 곳에 숨어 잡힐 듯 말 듯 애간장만 태웠다.

'아무래도 더 이상은 무린가? 뭐, 언젠가는 찾겠지. 너무 조급해하지 말자. 그럼 오늘부터 설이나 가르쳐 볼까?'

소혼은 빙긋이 웃으며 한쪽 구석에 쭈그리고 앉아 자신을 쳐다보고 있을 설과 건을 향해 몸을 돌렸다.

"헉! 서, 설아!"

소혼의 눈이 경악으로 커졌다.

◆ 第六章 ◆
그리고 이별

設은 은행나무 앞에 있는 소혼을 바라보며 입을 떡 벌리고 연신 하품을 해댔다.

'오늘따라 유난히 길어지네?'

졸린 눈을 비비던 설은 문득 엉뚱한 생각이 떠올랐다.

'흠, 도대체 무슨 생각을 하는지 좀 들여다볼까? 재밌겠는걸.'

매일같이 같은 자리에서 꿈쩍 않고 서 있는 소혼이 도대체 무슨 생각을 하고 있는지 무척 궁금했다.

일월성신경이 지금 어떤 상태인가 하는 궁금증도 설의 엉뚱한 생각에 일조했다.

결국 설은 소혼을 대상으로 일월성신경을 펼쳐 보기로 했다.

호흡을 멈추고 대기 중에 널려 있는 기운들을 모으기 시작한 설은 끊임없이 밀려들어 오는 현기를 느끼며 기분 좋은 웃음을 흘렸다.

‘어? 꽤 커졌네?’

오 년 전 주먹만하던 현단은 이젠 커질 대로 커져 머리 속에 꽉 들어 찼다. 이에 설은 흡족한 마음으로 현단에 모은 현기들을 다시 전신으로 돌리기 시작했다.

머리부터 발끝까지 시원해지는 느낌에 설의 얼굴에 금세 환한 미소가 담겼다.

이윽고 살며시 눈을 뜬 설의 눈빛은 파란 빛을 띠고 있었다.

‘그럼 시작해 볼까?’

설이 오 단계 공부인 투심술을 발휘하자 그의 머리 속으로 일찍이 듣지 못했던 굉음이 울려 퍼지기 시작했다.

우우우우웅!

설은 머리가 울리자 절로 인상이 찌푸려졌지만 소혼을 향해 보내던 현기들을 거두지는 않았다. 그의 눈을 투과하고 나온 현기들은 파란 빛으로 화하며 소혼의 머리를 향해 일직선으로 날아갔다.

‘보인다.’

설은 일순 앞이 캄캄해짐을 느끼며 사방이 절벽인 산을 보았다.

아이가 검을 들고 수련하는 모습, 어떤 사내에게 맞고 있는 모습, 풀밭에 누워 있는 모습 등, 소혼의 기억들이 순식간에 설의 눈앞을 스치고 지나갔다.

‘이건 아니고, 이것도 아니고……’

설은 눈앞에 펼쳐진 소혼의 추억들을 마치 책장을 넘기듯 넘겨가며 자신이 보고 싶은 장면을 찾기 위해 애썼다.

쿵!

‘이건 뭐지?’

설은 잠깐 스치고 지나간 뭔가에 가슴이 철렁 내려앉아 다시 그 부분을 되짚기 위해 정신을 집중했다.

하지만 설이 원하는 장면은 흐릿한 그림자만 보일 뿐 좀처럼 선명해질 기미를 보이지 않았다.

설은 이것이 바로 소혼의 현재 생각이라 확신했다.

'보인다!'

설은 이에 현단에 남아 있던 현기들을 모조리 쏟아 부었다.

흐릿했던 그림자가 점점 선명해지며 한 사내의 모습이 드러났다.

소혼이었다.

설의 시선이 소혼의 손에 들려 있는 흰 빛을 띤 물체로 이동했다.

백광으로 이루어진 검의 형상.

'헉!'

설은 갑자기 전신을 부르르 떨며 저도 모르게 소혼의 눈과 마주쳤다.

무심하면서도 강한 눈빛이었다.

이제껏 설이 본 눈빛 중 가장 강해 보이는 눈빛이었다.

하지만 그 눈빛 속에는 강함 그 이상의 무엇이 있었다.

'파천일검의 구결이야.'

자신의 머리 속으로 빨려 들어오는 글자와 동작들.

설은 대번에 그것이 파천일검의 구결임을 파악했다.

'악! 머리가 깨질 것 같아!'

설은 소혼의 머리 속에서 자신의 머리 속으로 밀려들어 오는 파천일검의 구결과 심검을 향한 그의 일념을 받아들일 수 없었다.

소혼의 공력은 그의 일월성신경으로 감당할 만한 한계를 넘어섰기 때문이다.

순간 지금까지 보았던 글자와 동작, 그리고 소혼의 눈빛 등이 한데 어우러지며 자신의 머리로 몰려들어 왔고, 설은 심한 구토와 현기증을 느끼며 곧바로 정신을 잃었다.

소혼은 귀기마저 느껴지는 파란 눈빛과 마주하고 어깨를 흠칫 떨었다.

"설아, 왜 그래?"

"으으으으."

소혼의 놀란 물음에도 설은 그의 외침을 듣지 못한 듯 짙은 살기를 내뿜으며 천천히 앞으로 걸어나왔다.

다가오는 설의 눈에 청광이 번득이자 소혼은 심상치 않음을 느끼곤 다급히 신형을 날렸다.

"왜 그러냐고?"

"으으으, 파천일검!"

소혼이 앞에 다다른 순간 설은 괴상한 음성을 흘리며 소혼에게 쏜살같이 손을 휘둘렀다.

슈아악!

온 정신을 설에게 쏟고 있던 소혼은 느닷없는 그의 공격에 무의식적으로 만타강기를 끌어올렸으나 안타깝게도 설의 손이 그보다 훨씬 빨랐다.

소혼을 향해 파란 강기의 폭풍이 몰아쳤다.

어떤 것은 직선으로, 어떤 것은 곡선을 그리며 사방팔방에서 그를 향해 삽시간에 밀려들었다.

‘으, 막을 수가 없다!’

퍼억!

“큭!”

허공에 붕 떠서 삼 장가량 날아가 곤두박질친 소혼은 꽤 큰 충격을 받은 듯 한 번 몸을 부르르 떨더니 힘없이 축 늘어졌다.

정신을 잃고 쓰러진 소혼을 향해 걸음을 옮긴 설의 눈에 전보다 더한 살기가 뿜어져 나왔다.

“으으으으, 파천일검!”

크르릉!

설이 정말 소혼을 죽이려 한다는 것을 깨달은 건은 급히 몸을 날려 소혼의 앞을 가로막았다.

“으으으, 파천일검!”

슈아악!

휘익!

쿵!

이지를 상실한 설이 또 한 번 손을 내뻗었지만 소혼을 상하게 했을 때의 힘은 실려 있지 않았다.

건은 그의 공격을 여유있게 피한 뒤 쏜살같이 달려들어 그를 땅에 눕힌 후 앞발로 양 어깨를 찍어 눌렀다.

“으어어어! 파… 천……!”

하지만 설의 괴력은 조금 남아 있었다.

그가 괴성을 지르며 일어나려고 발버둥 치자 어깨를 누르고 있던 건의 커다란 몸뚱이가 들썩거릴 정도였다.

한참을 들썩이던 설이 정신을 잃고 잠잠해지자 그를 바라보는 건의 눈동자가 크게 흔들렸다.

[갑자기 이게 무슨 날벼락이지?]

"혀엉!"

설은 망연자실한 표정으로 침상에 누운 소혼의 팔을 흔들었다.

부모와 헤어졌을 때도 건을 만났을 때도 이렇게 놀라고 당황한 적은 없었다. 장난 반 호기심 반으로 소혼의 마음을 들여다보려 했던 자신이 그렇게 미울 수가 없었다.

[상대의 공력이 시전자보다 월등히 강하다 보니 네가 한 번에 받아들이기에는 무리가 있었던 것 같다. 다음부터는 정말 조심해서 펼쳐. 쯧쯧, 이만하길 망정이지.]

자초지종을 들은 건은 주화입마였을 것이라는 의견을 피력했고, 설 또한 일월성신경을 잘못 사용해 벌어진 사태라는 데는 건과 의견을 같이했다.

이틀이 지났는데도 소혼은 여전히 깨어날 기미를 보이지 않았다.

"다치게 할 생각은 없었어."

소혼은 듣지 못하고 있었지만 설은 풀 죽은 목소리로 연신 중얼거렸다.

"일부러 그런 건 아니었어. 이제 투심술 같은 건 다시는 안 할게. 그러니까 일어나."

벌건 대낮이었지만 초옥 안은 한 치 앞도 보이지 않을 어둠이 깔려 있었다.

근심 어린 눈빛으로 침상에 누운 소혼을 바라보던 설은 그의 손을 꼭 감싸 쥐었다.

잠시 후 설의 시선이 소혼의 손을 쥐고 있는 자신의 손에 멈췄다.

그는 문득 손을 쪼개 버리고 싶다는 충동이 일었다.

소혼과 산 지 오 년.

그에게 있어 소혼은 친구이자 부모와도 같은 존재, 아니, 지금은 그 누구보다 소중한 사람이었다.

설은 형을 다치게 한 제 손이 그렇게 미울 수가 없었다.

한시도 자리를 뜨지 않고 소혼의 곁을 지킨 지 일주일이 더 흘렀다.

건은 정신없이 방 안을 왔다 갔다 하며 설에게 눈을 흘겼다.

[그러니까 진즉에 내 말대로 천마심공을 연마했으면 이런 일이 없잖아. 괜히 고집 부리다가 참 꼴좋구나.]

"……."

자신의 말에도 설이 아무런 반응을 보이지 않자 건은 코를 쿵쿵대며 설의 옆에 턱을 받치고 엎드렸다.

얼마가 지났을까.

소혼의 손끝이 움찔하는 것을 먼저 발견한 건이 귀를 쫑긋 세우며 벌떡 일어났다.

건이 앞발로 툭 치자 멍하니 앉아 있던 설이 그제야 슬며시 눈을 돌렸다.

"형!"

"후욱!"

힘겹게 눈을 뜬 소혼이 숨을 크게 내쉬자 비릿한 피 냄새가 설의 코끝을 스쳤다.

“얼마나 됐냐?”

“구 일.”

전신이 욱신거려 옴짝달싹할 수 없는 소혼은 자신의 부상이 결코 가벼운 것이 아님을 감지했다.

‘윽! 늑골 다섯 대가 부러지고 장기까지 상했군.’

몸을 일으키던 소혼은 뼛속 깊숙이 엄습해 오는 통증에 얼굴을 심하게 일그러뜨리며 침상에 몸을 기댔다.

“넌 괜찮아?”

“응. 미안해. 내가 잘못했어.”

“미안하긴, 일부러 그런 것도 아닌데 뭘.”

말을 그렇게 했지만 소혼의 마음도 씁쓸하기는 마찬가지였다.

아무리 몸에 괴상한 일이 일어났다고는 하나 무공이라고는 일 초 반 식도 모르는 설에게 두들겨 맞았다.

더군다나 수개월은 일어나지도 못할 극심한 부상까지 입었다는 사실은 자신의 무공에 자신하고 있던 소혼의 자존심에 깊은 상처를 안겨주었다. 파천일검이 적수를 찾아보기 힘든 무공이라 말하던 검불군에게 사기당한 기분이 들 정도였다.

‘내가 이렇게 약했었나? 아니면 설이가 무공을 숨기고 있었던 건가?’

소혼의 침울한 표정을 살피던 설은 더는 참지 못하고 그를 와락 껴안았다.

“형, 미안해! 이제 다시는 안 때릴게!”

“윽!”

설의 말에 소혼은 웃지도 울지도 못할 심정으로 그저 멍하니 천장만 바라봤다.

“에휴! 그래, 앞으론 살살 때려줘.”

소혼이 정상으로 회복하는 데는 무려 육 개월이라는 시간이 걸렸다.

그 일이 있은 후 그는 부쩍 말수가 줄어들었다.

설이 자신을 공격했을 때 분명 파천일검의 검로를 따랐다는 것이 그의 머리 속에서 내내 떠나지 않았기 때문이다.

‘어떻게 설이가 파천일검을 쓴 걸까? 분명 파천일검이었어. 하지만 나와는 다른 뭔가가 있었는데…….’

투박한 검로였다.

소혼처럼 매끄럽지도 정갈하지도 않았고, 그저 아무렇게나 내뻗은 동작에 지나지 않았다. 소혼이 아닌 다른 사람이었다면 그가 파천일검의 검로를 따랐다는 것조차 모를 정도였다.

하지만 소혼이 보기에 설은 분명 파천일검의 검로를 따라 이동하며 손을 휘둘렀다.

우연일 리는 없다.

검룡독립세(劍龍獨立勢)에서 좌궁보(左弓步)로 이어지는 기수식까지 일치했으니까.

설이 취했던 동작을 떠올려 본 소혼은 이내 살며시 고개를 끄덕였다.

“일월성신경이라는 건 무공이 아니야. 설이는 내공이라고는 한 줌도 없다. 그런 설이가 만타강기를 전력으로 끌어올렸던 내게 중상을 입힌다는 건 불가능한 일. 그 녀석, 부지불식간에 뭔가를 깨달았던 게 틀림없어.”

소혼은 백룡담 가에 앉아 일월성신경을 암송 중인 설을 물끄러미 바라보다가 천천히 고개를 돌렸다.

소혼은 참으로 오랜만에 자신의 수련 장소인 은행나무 앞에 서 있었다.

그는 설이 일월성신경을 이용해 자신의 생각을 읽으려다 주화입마에 빠졌다는 말이 도저히 믿기지가 않았다.

'그렇다고 거짓말을 하는 것 같지도 않았는데……. 에휴, 이제 그만 생각하자.'

소혼은 고개를 세차게 흔들며 설이 앉아 있는 백룡담으로 몸을 돌렸다.

설은 지금 한창 팔 단계 공부의 막바지에 접어들고 있었다.

온전히 익히지 않은 상태의 일월성신경은 오히려 사람을 상하게 할 수도 있다는 생각에 더욱 수련에 박차를 가하였다.

소혼에게 했던 것처럼 무심코 다른 사람의 생각을 읽으려는 시도를 하고 싶지 않았기 때문이다.

설은 일월성신경을 통제하기 위해서는 지금까지 배운 걸 잊어먹든, 아니면 완전히 익혀놓는 방법밖에 없다고 생각했다.

설을 향해 걸어가던 소혼이 잠시 그 자리에 멈춰 숲 쪽으로 고개를 돌렸다.

사냥을 하러 나갔던 건이 채 반 각도 지나지 않아 사슴을 입에 물고 나타났기 때문이다.

소혼은 건이 아무리 영물이라고 해도 이처럼 단시간에 사슴을 사냥해 오는 것은 도저히 불가능한 일이라는 생각이 들었지만 녀석의 주둥이에 물려 있는 것은 사슴이 분명했다.

하지만 소혼이 미처 생각하지 못한 것이 하나 있었다. 바로 건이 엄청난 잔머리의 소유자라는 것.

조금이라도 편한 삶을 영위하고 싶어 안달이 나 있던 건은 궁리에 궁리를 거듭한 끝에 사육(飼育)이라는 획기적인 방법을 생각해 냈고 천마산에 널려 있는 사슴, 토끼, 오소리, 여우 등 각종 짐승을 산 채로 잡아 자신만이 아는 비밀 장소에 가둬놓고 필요할 때마다 꺼내오는 것이었다.

소혼이 알면 놀라 자빠질 일이었다.

사슴을 입에 문 건과 소혼이 나란히 자신에게 다가오는지도 모른 채 설은 땀을 뻘뻘 흘리며 공부에 열중했다.

'뭐지, 이 불길한 느낌은? 저 사람들은 또 누구야?'

오늘은 무슨 일이 있어도 팔 단계 공부를 끝내리라 마음먹고 사력을 다하던 설의 머리 속에 갑자기 환영들이 나타났다.

멀리 떠나는 소혼에게 손을 흔들며 울고 있는 자신의 모습, 정체 불명의 괴한들에게 습격을 당하는 모습 등, 생각하기도 싫은 일들이 자꾸 떠오르자 설은 지난번처럼 주화입마를 입을까 염려되어 세차게 고개를 흔들며 곧바로 현단을 닫아버렸다.

"뭘 그렇게 생각하냐?"

오랜만에 들린 소혼의 목소리에 설은 눈을 번쩍 뜨고 그를 향해 환하게 웃어 보였다.

"공부 중이었어. 근데 자꾸 이상한 생각이 들어서 힘드네? 헤헤헤."

설이 머리를 긁적이며 웃자 소혼도 따라 웃으며 그의 곁으로 다가와 앉았다.

"심마(心魔)라는 거야. 한계를 넘기 위해 애쓰다 보면 종종 방해하는 것들이 생겨. 그걸 이기면 한계를 뛰어넘을 수 있는 거지."

"아, 그렇구나."

설은 이제야 알겠다는 듯 고개를 끄덕였다.

"그럼 나도 심마라는 건가 봐. 에이, 괜히 걱정했네."

설이 혀를 날름 내밀어 보였다.

"근데 지금 형도 심마야?"

"나? 글쎄. 그렇게 볼 수도 있지. 아니다. 심마 맞아. 그것도 아주 지독한."

"그렇구나. 그럼 형이 바라는 건 엄청 대단한 건가 보네?"

소혼이 대답 대신 살짝 미소를 지어 보이자 설은 고개를 갸우뚱하며 다시 입을 열었다.

"근데 뭐 하나 물어봐도 돼?"

"뭐?"

"검을 빨리 뽑는 사람이 이겨, 늦게 뽑는 사람이 이겨?"

"당연히 빨리 뽑아야 좋지. 그걸 쾌검이라고 해. 하지만 쾌검은 변화와 다양한 경로를 통해 오는 변검을 이길 수는 없지. 또 변검은 내력을 실은 검기를 이길 수 없고……."

소혼은 대답하면서 슬쩍 설의 표정을 살폈다.

'녀석, 그렇게 가르쳐 준다고 할 때는 펄쩍 뛰며 안 배운다고 하더니 생각이 바뀌었나?'

소혼은 그날의 사고 이후 무공을 기피하던 설이 조금씩 무공에 관심을 보이기 시작한 것 같아 내심 기분이 좋았다.

‘그래, 너도 이제 무공을 배워야지. 명색이 형이 검문의 문주인데 동생 놈이 무공 반 초식도 모르면 말이 안 되지. 후후후.’

지금 설이 무공을 시작한다는 것은 늦어도 한참 늦은 것이었지만 소혼은 그의 근골이 충분히 늦게 시작하는 약점을 보완하고도 남으리라 확신했다.

소혼은 동생이기 이전에 한 사람의 무인으로서 설의 근골과 오성을 인정하고 있었다.

소혼의 내심을 알 길 없는 설은 이내 눈썹을 찡그리며 다시 입을 열었다.

“쾌는 변을 못 이기고 변은 내력이 실린 검을 못 이기고. 그러다 보면 끝은 어딜까?”

“끝?”

“응. 끝. 형 말대로 검을 든 사람이 없는 사람을 이기고 검을 든 사람들 중에서는 더 정확한 사람이 이기고 둘 다 정확하면 빠른 게 이기고. 이런 단계가 있다고 했잖아.”

“그랬지.”

“그럼 마지막에는 뭐가 있냐고? 제일 강한 단계 말이야.”

“흠, 글쎄.”

소혼은 피식 웃었다.

설의 오성이 뛰어나다고 생각했지만 이 정도일 줄은 몰랐다.

여태껏 전혀 무공을 접해보지 않은 사람의 입에서 검의 끝에 대한 물음이 튀어나왔다.

그것도 자신에게 들은 내용들을 정리하고 보완해서 나온 의문이었다. 소혼은 설의 다음 말이 무척 궁금했다.

“네가 생각하기엔 뭐 같니?”

“내 생각엔 말이야.”

설은 입술을 잘근 깨물며 눈을 내리깔았다.

뭔가를 골똘히 생각할 때는 항상 저 모습이었다.

“음, 에이! 잘 모르겠다!”

한참 기대에 부풀었던 소혼은 내심 실망스러웠다.

‘아직 무공 입문도 못한 녀석한테 너무 많은 걸 바랐나 보군.’

소혼이 이내 아쉬운 마음을 접고 입을 막 열려는 순간이었다.

“형, 그럼 꼭 뽑아야 하는 거야? 안 뽑고 이길 수는 없나?”

쿵!

설의 말을 들은 소혼은 작살 맞은 물고기마냥 몸을 부르르 떨었다.

반드시 빨라야 하는가.

반드시 강해야 하는가.

반드시 뽑아야 하는가.

‘설이 묻는 건 무검지도(無劍之道)! 심검이다!’

소혼이 튀어나올 듯 커진 눈으로 입을 벌리자 설은 물끄러미 그를 쳐다봤다.

“형.”

“…….”

소혼이 아무 대답이 없자 조용히 자리에서 일어난 설은 한창 식사 준비에 열중인 건에게 걸음을 옮겼다.

‘심검의 경지, 그것을 바라고 찾으려 애썼던 것이 오히려 심검으로 들어가지 못하게 만든 걸림돌이 됐던 것은 아닐까?

소혼이 자신의 얼굴을 양손으로 감싸며 고개를 푹 숙였다.

여태껏 자신이 심검이라는 굴레에 갇혀 있었다는 것을 이제야 깨달은 것이다.

"어차피 마음은 내 안에 있는 것인데 지금까지 난 그걸 밖에서 찾고 있었어! 그래, 안에 있었어. 하하하하!"

그 자리에서 벌떡 일어나 하늘을 향해 양팔을 벌린 소혼이 미친 듯이 웃기 시작했다.

건의 곁에 쪼그리고 앉아 있던 설이 소혼의 광소를 듣고 그에게 가려 하자 건이 그의 앞을 가로막으며 슬며시 고개를 저었다.

[그냥 내버려 둬. 저 녀석은 지금 산을 넘고 있어.]

일수유의 시간이 흐르자 소혼은 웃음을 뚝 그치고 성큼성큼 은행나무로 걸음을 옮겼다.

설과 건은 그런 그를 숨죽여 지켜보았고, 소혼은 예전에도 그랬듯 한참을 나무만 쳐다봤다.

하지만 그의 눈 어디에도 지난 오 년간 담겨 있던 살기는 보이지 않았다. 나무를 부수기 위해, 나무를 쓰러뜨리기 위해 지녔던 투기는 더 이상 그에게 무의미한 것이었다.

그저 의미없는 무심한 눈빛. 어떻게 보면 사랑하는 자식을 바라보는 어머니의 눈빛이었고 또 어떻게 보면 원수를 앞에 둔 사내의 눈빛이었다.

소혼의 눈빛에는 인간 내면의 모든 감정과 더불어 무심함이 담겨 있었다.

"검을 휘두르고 베는 것은 마음에서 비롯된다. 검을 휘두르는 순간 그것은 이미 검이 아니라 내 마음을 휘두름이니 마음을 움직여야 검을 움직일 수 있다. 마음을 버려야 검을 버릴 수 있다. 이것이 진정한 무검지도.”

조용히 읊조리는 그의 손에는 어느새 새하얀 검이 들려 있었다.

이전의 검이 백색 강기의 응집체에 지나지 않았다면 지금은 검파(劍把:검의 손잡이), 검신(劍身:검날), 검봉(劍鋒:검끝 봉우리), 검첨(劍尖:검끝 삼각선) 등이 뚜렷이 모습을 갖춘 검 그 자체였다.

“파천일검 뇌 번뇌참(煩惱斬)!”

스르륵!

소혼의 손이 물 흐르듯 유연하게 아래로 내리그어졌다.

잠시 후 이를 숨죽이며 지켜보던 설과 건이 고개를 갸웃거리며 서로를 마주 보았다.

한참이 지나도 소혼 주변에서 아무런 변화가 일어나지 않았기 때문이다.

소혼이 예전에 얘기했던 대로라면 폭음이나 은은한 뇌성이 울려야 했지만 그들의 귀에는 어떠한 소음도 들려오지 않았다.

휘이잉!

순간 한줄기 바람이 소혼의 몸을 스치고 지나갔다.

이에 한참을 나무만 응시하던 소혼이 천천히 몸을 돌려 자신을 지켜보는 동생들을 향해 환한 미소를 보냈다.

“됐어? 해낸 거 맞지?”

설이 소혼을 향해 조심스레 물었다.

“이히!”

소혼은 대답 대신 개구쟁이같이 괴성을 내지르며 동생들을 향해 달렸다.

"됐구나! 야호!"

크르릉!

덩달아 신이 난 설과 건이 달려와 소혼을 부둥켜안으며 소리를 질러 댔다.

"야아아아!"

"우다다다다!"

캬오! 캬오!

한참을 얼싸안고 팔짝팔짝 뛰던 셋은 다시 함성을 지르며 백룡담으로 달려가 물속으로 뛰어들었다.

푸푸푸웅덩!

그토록 찾아 헤맸던 심검의 실마리를 풀었다는 기쁨에, 예전의 소혼으로 돌아왔다는 안도감에, 함께 물놀이를 한다는 즐거움에 이렇게 각자의 만족에 빠진 셋은 연신 괴성을 질러대며 서로에게 신나게 물을 끼얹었다.

그렇게 삼 형제가 시간 가는 줄 모르고 물놀이를 즐기는 사이,

수백 년 동안 항상 그 자리를 지켜왔던 은행나무가 소리없이 사라졌다.

사위가 어둑어둑해져서야 물 밖으로 나온 그들에게는 지친 기색이라고는 전혀 보이지 않았다.

온몸을 세차게 흔들어 물기를 털어낸 건이 엉덩이를 씰룩거리며 숲속으로 사라지자 이를 지켜보던 설과 소혼은 건의 느끼한 행동에 허리를 꺾으며 웃어댔다.

초옥 옆에 나란히 앉아 건이 오기를 기다리던 소혼은 머리에서 물기를 털어내며 슬며시 입을 열었다.

"설아, 이제 너도 무공을 배워야 하지 않을까?"

"무공?"

"그래. 이제 너도 스무 살이잖아. 언제까지 이러고 살 수는 없지."

"내가 뭐 어때서?"

설은 소혼이 자신을 무시하는 것 같아 은근히 자존심이 상했다.

"후후, 녀석. 난 그냥 네가 잘되기를 바라는 거야."

"내가 잘 안 된 건 또 뭔데?"

설의 퉁명스런 대꾸에 소혼은 싱긋이 웃으며 가만히 입을 열었다.

"강해지고 싶다며? 그래서 좋은 사람도 되고, 엄마 아빠도 찾고 싶다며?"

"그야 그렇지."

설이 고개를 끄덕이자 소혼은 그의 어깨에 살며시 손을 얹었다.

"형이 널 강하게 만들어줄게."

"하하, 형, 지금 나한테 형의 무공을 배우라는 거야?"

"그래."

설이 천천히 고개를 저었다.

"가르쳐 주려는 건 고맙지만 난 안 배워. 아니, 배울 수 없어. 아직 어머니가 가르쳐 준 일월성신경도 다 못 배웠는걸. 아버지 무공도 남았고."

"설아, 그건 무공이 아니야. 물론 배워서 나쁠 건 없지만 그걸론 절대 네가 원하는 강한 힘을 가질 수 없어. 고집 피우지 말고 형한테 배워. 응?"

"싫어! 안 배울래! 형 말대로 일월성신경 다 익혀도 아무 소용이 없을지도 모르지만 그래도 난 끝까지 해볼 거야! 이제 얼마 안 남았단 말이야! 난 무슨 일이 있어도 팔 단계를 끝내고 말 거라고!"

"……."

설이 이 정도로 완강하게 거부할 줄 몰랐던 소혼은 잠시 입을 열지 못했다.

"휴, 그럼 그거 끝나면? 그러면 배울래?"

"아니, 미안하지만 내가 좀 바쁘거든. 그 다음은 건이하고 약속했던 대로 아버지 무공을 배워야 해서 말이야."

"뭐, 바빠? 하하하!"

소혼이 황당한 얼굴을 하자 설은 괜히 미안한 마음이 들었다. 어찌 됐든 소혼은 자신을 위해서 호의를 베풀려는 의도로 말을 한 것이었기 때문이다.

"미안해, 형. 다른 뜻은 없고 약속을 지키고 싶어서 그래. 어머니하고 했던 약속도 그렇고 건이도 그렇고."

소혼을 향해 입을 열던 설이 건이 사라진 쪽으로 힐끗 고개를 돌렸다.

"그래, 알았어. 하지만 좀 더 생각해 봐. 난 언제라도 준비돼 있으니까. 생각 바뀌면 바로 말하고. 알았지?"

"응, 알았어. 나도 파천일검은 꼭 배우고 싶어."

소혼이 설의 어깨를 툭 치며 한쪽 눈을 찡긋해 보이자 설은 환한 미소로 화답했다.

설은 소혼에게 자신이 굳이 파천일검을 배울 필요가 없다는 말은 하지 않았다.

소혼에게 투심술을 썼을 때 이미 자신의 머리 속에 파천일검의 구결과 초식들이 남겨졌다는 얘기는 스스로가 생각해도 믿기 힘든 사실이었기 때문이다.

그날 이후 소혼은 동생들과 어울리면서 틈틈이 파천일검 수련에 주력했고, 설은 일월성신경 공부에 열중했다.

그렇게 두 달이 지나자 설은 자신이 드디어 팔 단계에 들어서고 있음을 깨달았다.

'넘었어! 드디어 팔 단계에 들어섰다고!'

설은 자신의 온몸에 퍼진 현기들이 전신 세맥에 들러붙으며 몸 전체를 현단화시키려는 움직임을 보이자 이것이 팔 단계 경지임을 직감했다.

전신을 휘돌던 현기들이 서로 뒤엉켜 소용돌이치기 시작했고, 설은 이전과 비교도 할 수 없을 정도로 엄청난 희열을 맛보았다.

"그래, 해낸 거야! 해냈다고!"

설이 벅찬 감동으로 소리를 지르는 순간 그는 갑자기 숨이 턱 막히는 고통으로 머리를 감싸 쥐며 바닥을 뒹굴었다.

"이런, 왜 이러지?"

설의 침음성이 천마폭에 울려 퍼졌지만 안타깝게도 그의 주위에는 아무도 보이지 않았다.

"으윽! 머리가 깨질 것 같아!"

설은 이 고통의 시작이 현단임을 깨닫고 즉시 일월성신경을 거두기 시작했다. 하지만 몸은 전혀 그의 말을 듣지 않고 오히려 그의 전신에 퍼져 있던 현기들마저 그의 몸을 옥죄어오기 시작했다.

"아악!"

설은 마치 누군가가 자신의 뇌를 송곳으로 쑤시는 듯한 고통에 비명을 내지르며 나동그라졌다.

고통은 반 각 동안 계속됐다.

하지만 머리의 통증은 거기서 멈추지 않았다. 이번엔 온몸이 오그라드는 고통이 밀려오기 시작한 것이다.

'우욱! 번데기! 그런데 왜 팔 단계와 구 단계가 동시에 진행되는 거지?'

설은 비명조차 나오지 않을 정도의 극심한 고통에 시달리는 그 와중에도 예전에 어머니가 했던 말이 떠올랐다.

"설아, 그런데 말이야. 마지막 구 단계가 되면 속에 주먹만한 돌이 들어간 것처럼 머리가 묵직하고 지끈지끈 아프기 시작하거든. 이때가 고비야. 나비가 날개를 펴기 위해 번데기로 사는 거 알지? 그거하고 같은 거야."

일월성신경 팔 단계와 구 단계의 동시 도달.

하지만 그것은 설의 부모 역시 미처 예상치 못한 일이었다.

설은 가죽 공처럼 부풀어 올랐다가 다시 바람 빠진 풍선마냥 수축하는 자신의 머리를 감싸 잡고 땅바닥을 데굴데굴 굴렀다. 차라리 죽어버렸으면 하는 심정이었다.

이건 어머니의 말처럼 지끈지끈한 정도가 아니었다. 이 정도 고통이 따른다는 것을 미리 알았더라면 설은 절대로 일월성신경을 배우지 않았을 것이다.

그렇게 또 반 각이 흐르자 설은 곧 정신을 잃고 쓰러졌고, 팽창과 수

축을 반복하던 그의 머리도 서서히 가라앉기 시작했다.

"으으으, 그건 심마가 아니라 예시였어."

알 수 없는 말을 중얼거리던 설은 일순 눈앞이 캄캄해짐을 느끼며 곧바로 잠이 들었다.

"설아!"

건과 함께 사냥을 나갔던 소혼은 쓰러져 있는 설을 발견하곤 한걸음에 달려와 그를 끌어안았다.

"왜 그래? 무슨 일이야?"

소혼의 당황한 목소리를 들었는지 설은 슬며시 눈을 뜨며 배시시 웃었다. 그의 눈동자에는 심연과도 같은 깊은 지혜와 백치 같은 멍함이 동시에 느껴졌지만 소혼은 미처 그런 그의 눈빛을 발견하지 못했다.

"형, 가지 마. 헤헤헤."

"그게 무슨 소리야?"

소혼은 설이 이내 눈을 감아버리자 그를 들쳐 업고 초옥으로 냅다 뛰었다. 사육장을 정리하고 뒤늦게 도착한 건도 그들을 발견하곤 나는 듯 달려왔다.

설의 맥을 짚어본 소혼은 안도의 한숨을 내쉬었다.

"맥은 정상이야. 막힌 기혈도 없고. 설아, 괜찮아?"

"응, 괜찮아."

근심스런 얼굴로 묻던 소혼은 대답하는 설의 음성이 이전과 달리 낯설게 느껴졌다.

어떻게 들으면 냉막하게 들렸고, 또 어찌 들으면 아무런 감정이 실리지 않은 목소리였다.

하지만 소혼은 이내 그런 생각을 접고 다시 걱정스런 기색으로 입을 열었다.

"아무래도 주화입마였던 것 같아. 이제 일월성신경인지 뭔지 하는 거 익히지 마."

"응, 익힐 생각 없어."

"정말?"

"이젠 의미가 없으니까."

"무슨 의미?"

"형은 말해도 모를 거야. 미안한데 지금은 그냥 내버려 둬줄래? 혼자 있고 싶어."

소혼은 설의 말투와 행동이 조금 이상해진 것을 느끼고 불길한 예감이 들었다.

'혹시 머리를 다쳤나?'

그런 걱정으로 다시 설을 보니 눈이 게슴츠레하게 풀려 있고 이전에는 늘 담겨 있던 얼굴의 미소가 어디에도 보이지 않았다.

"설아, 왜 그래?"

소혼은 가슴이 철렁 내려앉았다.

"뭐가?"

소혼의 놀란 음성에 설이 제 눈빛을 찾으며 되물었다.

"휴, 난 또 네가 어떻게 된 줄 알고 깜짝 놀랐다."

"그런 걱정은 안 해도 돼. 그럼 난 좀 잘게."

설의 음성은 여전히 무심했지만 소혼은 내심 다행이라 여기며 자리에서 일어났다.

"그럼 좀 더 쉬어. 나는 건이하고 저녁 준비 할게."

"……."

소혼이 빙긋이 웃으며 밖으로 나가자 설은 창문으로 시선을 옮겼다.

"어머니가 번데기라 불렀던 구 단계는 무의미의 극복에 있었군. 쉽지 않겠어."

설은 의미를 알 수 없는 말을 중얼거리며 다시 무심한 눈빛이 되어 창문 너머의 건과 소혼을 바라봤다.

"이상해. 그렇지 않니?"

백룡담가에 누워 자고 있는 설을 본 소혼은 심란한 마음에 건에게 말을 건넸다. 물론 건이 자신의 말을 알아들을 리는 없겠지만 누구에게라도 말을 하지 않으면 답답해 미칠 것 같았다.

하지만 건은 제 앞발만 핥으며 딴청을 부릴 뿐이었다.

"에휴, 앓느니 죽지. 내가 지금 무슨 짓이지? 아휴, 속 터져!"

건을 바라보던 소혼이 이내 고개를 저으며 자리를 떴고, 건은 그의 뒷모습을 쳐다보다가 다시 설에게로 고개를 돌렸다.

[크르릉, 네 속이 터지면 내 속은 지금 썩어 문드러진다고! 그나저나 설이 녀석, 왜 갑자기 안 하던 짓을 해서 속을 뒤집는 거야 원! 한 달이 넘도록 퍼질러 자기만 하니 도대체 천마의 관문은 언제 통과시키지? 가만…….]

속으로 투덜대던 건이 갑자기 눈을 동그랗게 뜨며 벌떡 일어났다.

[저 녀석 혹시 구 단계? 에이, 설마 아니겠지. 나이가 몇인데.]

건은 다시 그 자리에 털썩 앉으며 고개를 세차게 내저었다.

아무리 세상엔 불가사의한 일이 많다 해도 건이 혹시라고 생각했던 일은 상상조차 할 수 없는 일이었기 때문이다.

건은 설에게 일월성신경이 무공이라 말하는 것을 극히 거려 했지만 일월성신경이 선도를 추구하는 도가의 무학과 상통하는 부분이 많다는 것은 인정하고 있었다.

다른 여타의 무공과 마찬가지로 도가 무학도 어느 정도 경지에 도달하면 신체나 힘의 한계에 부딪치듯이 일월성신경 역시 그 한계를 지니고 있다는 것도 그 공통된 부분 중 하나였다.

무욕지도를 통해 깨달음을 얻어야 하는 공부 일월성신경.

하지만 마지막 구 단계에 이르면 오히려 그 무욕의 도가 굴레가 되어 새로운 경지로 가는 걸림돌이 되고 마는 것이다.

수련에의 의욕도 무엇을 성취하고자 하는 욕구도 모두 무의미한 것으로 만들어 버리는 무욕지도.

그것은 일월성신경 구 단계에서 나타나는 가장 큰 벽이었다.

건은 내심 아니기를 바라면서도 혹시나 하는 불안한 마음에 다시 한 번 설을 힐끗 쳐다보았다.

어느새 자리에서 일어난 설이 느릿느릿 백룡담 안으로 들어가고 있었다.

그렇게 또 몇 달이 흘렀어도 설은 좀처럼 나아질 기미를 보이지 않았다.

그사이 소혼은 이렇게 잠만 잘 바에는 차라리 일월성신경이라도 다시 공부하는 게 어떻겠냐고 몇 차례 권했으나 그럴 때마다 세차게 고개를 저어 거부한 설은 다시 누워 코를 드르렁 골았다.

소혼보다 더 답답한 것은 건이었지만 소혼처럼 겉으로 내색할 수는 없는 노릇이었다. 건은 그저 지켜보는 것만이 자신이 할 수 있는 유일한 일이라 여기며 설의 곁에서 맴돌기만 할 뿐이었다.

그러던 차에 참다못한 소혼이 드디어 폭탄 선언을 하고 말았다.

"설아, 얘기 좀 하자!"

소혼은 여느 때와 마찬가지로 백룡담 가에 누워 곤하게 자고 있는 설을 흔들어 깨웠다.

"무슨 얘기?"

"정말 이럴 거야?"

입이 찢어져라 하품을 하며 일어난 설이 두 눈을 껌뻑이며 바라보자 소혼은 그를 노려보며 버럭 소리를 질렀다.

"내가 뭘 어쨌는데?"

"넌 내일 모레면 스물하나야! 다른 사람 같았으면 장가를 가도 벌써 가서 애까지 있을 나이라고!"

"후후, 그런가? 하지만 장가는 형이 먼저 가야지. 안 그래?"

"너!"

설이 피식 웃으며 자신을 쳐다보자 소혼은 한숨을 길게 내쉬며 끓어오르는 화를 애써 억눌렀다.

"이제 이런 시간 때우기는 그만두고 뭐라도 하나 해야 하지 않겠어?"

"형, 미안하지만 나 당분간만이라도 그냥 좀 내버려 둬주면 안 돼?"

"안 돼! 난 네가 이렇게 망가지는 꼴을 더 이상 못 보겠어."

"음, 글쎄. 내가 망가지고 있는 건지 아닌지는 나중에 판단하면 안 될까? 지금은 시기가 아닌 것 같아. 난 지금 일월……."

"또 그 일월성신경인지 뭔지 하는 얘기 들먹일 생각이면 입 다물어!"

오늘만큼은 단단히 마음먹은 소혼은 설에게 버럭 소리를 지르며 눈썹을 꿈틀했다.

"형, 휴우~ 아니야. 됐어."

소혼에게 자초지종을 설명하려던 설은 이내 고개를 저으며 입을 다물었다.

항상 이런 식이었다. 소혼의 충고와 조언은 설에게는 소 귀에 경 읽기였고, 설의 말 역시 소혼에게 있어서는 그저 허황된 얘기일 뿐이었다.

안타깝게도 소혼은 설의 허황된 말을 들어줄 의향이 없었고, 설 역시 구차하게 변명을 늘어놓을 마음이 전혀 없었다.

그에게는 그렇게 모든 것이 무의미하게만 느껴졌기 때문이다.

"말 좀 들어!"

소혼의 호통에 눈을 동그랗게 떴던 설은 또다시 그와 말을 섞을 의욕이 떨어지고 졸음이 밀려오기 시작했다.

마치 그동안 못 잔 한을 풀기라도 하듯 설은 잠시의 틈만 보이면 두 눈을 감고 잠을 청했다.

'아, 이러면 안 되는데…….'

"어쭈! 이 녀석이 정말 보자 보자 하니까!"

소혼은 너무 어이가 없어 웃음조차 나오지 않았다. 설이 앉은 자세 그대로 곯아떨어졌기 때문이다.

"너 정말 안 되겠구나!"

드르렁!

"이 녀석이!"

소혼은 순식간에 잠든 설을 가만히 노려보다가 이내 몸을 휙 돌려 초옥 안으로 들어갔다.

그가 안으로 들어가는 것을 곁에서 지켜보던 건이 달려와 앞발로 설의 몸을 흔들었지만 설은 도무지 꿈쩍할 생각도 안 하고 요지부동이었다.

[소혼이 많이 삐쳤다! 얼른 일어나 봐! 기상! 기상!]

"으음, 놔둬. 어차피 가야 할 운명이라면 잡는다고 해결되는 것이 아니니까."

건이 아무리 흔들어 깨워도 일어날 기미를 보이지 않았지만 설은 잠결에도 의미 모를 말들을 중얼거리고 있었다.

초옥 안으로 들어간 소혼은 거칠게 손을 놀리며 자신의 짐을 챙기기 시작했다. 뭐, 마땅히 짐이라 할 만한 것도 없었지만 그건 설에게 보이는 일종의 시위 같은 것이었다.

'그래, 어쩌면 내가 있어서 설이가 더 저런 식인지도 몰라. 잠시 떨어져 있는 것도 나쁠 건 없겠지.'

소혼은 다시 마음을 다지며 문을 열고 밖으로 걸어나왔다.

여전히 단잠에 빠져 있는 설을 한심한 듯 쳐다보던 소혼은 이내 성큼성큼 걸어왔다.

곁에 다다른 소혼이 노기 띤 음성으로 빠르게 말을 뱉어갔다.

"네가 이러는 건 다 이 형 잘못이다. 너한테 해가 되느니 차라리 내가 없어지는 게 낫지 싶다. 듣고 있냐?"

소혼의 떠난다는 말이 아련하게 귓가로 들려왔으나 안타깝게도 설의 몸은 그의 의지를 따라주지 못하고 있었다.

힘겹게 눈을 뜨고 고개를 쳐든 설은 물끄러미 그를 쳐다보며 입을 열었다.

"갈 거야?"

"그래."

"내가 가지 말라고 해도?"

"응, 가야겠어. 너를 위해서도 그렇고 아직 할 일도 남았고."

소혼은 일순 마음이 약해졌지만 눈에 힘을 주며 고개를 저었다.

"조금만 더 있어. 이대로 가면 나보다 형이 더 후회할지도 몰라. 그러니까……."

"아주 가는 게 아니잖아. 너도 정신을 차릴 계기가 필요한 것 같고, 나도 이 참에 그동안 미뤄왔던 일을 해야겠어. 그러니까 너도 내가 돌아올 때는 예전 모습으로 돌아와 있어. 알겠니?"

"……."

소혼의 말에 설은 더 이상 입을 열지 않았다.

그저 자꾸 감겨오는 두 눈을 주먹으로 꾹꾹 누르기만 할 뿐. 그런 설의 모습에 소혼은 코끝이 찡해왔다.

"에휴."

소혼은 한숨을 내쉬며 잠시 고민했다.

'설이를 데리고 갈까? 아니지. 유람도 아닌데 무공도 모르는 저 녀석에게는 너무 위험한 일이야. 아무래도 여기서 건이하고 있는 게 훨씬 안전하겠지.'

소혼은 슬며시 고개를 내저으며 설의 머리를 쓰다듬었다. 이젠 자신만큼 키가 자란 설이었지만 그에게는 여전히 귀여운 동생이었다.

하지만 이렇게 머리를 쓰다듬어 본 기억이 언제였는지는 가물가물했다. 설은 자신이 느끼지 못하는 사이 그렇게 훌쩍 커버린 것이다.

'그래, 너도 나름대로 생각이 있겠지. 네가 이렇게 컸다는 걸 이제야 깨닫다니.'

그는 아직 지키지 못한 사부와의 약속을 떠올리며 다시 입을 열었다.

"설아."

"응?"

"형 믿니?"

"믿어."

잠시 입을 다물고 설을 바라보던 소혼이 이내 착 가라앉은 목소리로 다시 말을 이어갔다.

"사부님은 돌아가시기 바로 전에 천마폭으로 가서 검의 끝을 보라고 유언하셨어. 그곳에 가면 날 도와줄 분을 만날 수 있을 거라고 했었지. 하지만 난 사부님이 말한 그분을 아무리 찾아도 만날 수가 없었어. 대신 너와 건이를 만났지."

설은 잠자코 소혼의 말을 듣고 있는 듯 보였지만 속으로는 자신의 행동을 유지하기 위해 혼신의 힘을 다하고 있었다. 모든 게 귀찮게 느껴지고 무의미하게 느껴지는 가운데에도 그나마 소혼에 대한 그의 정이 그를 버티게 해주고 있었던 것이다.

이를 모르는 소혼은 설을 쳐다보며 계속해서 말을 이어갔다.

"네 의지가 강하다면 네 힘으로 안 되는 일은 세상에 없어. 네가 마음만 단단히 먹는다면 세상에 불가능이란 존재하지 않는다고. 난 네가 스스로 그 난관을 헤쳐 나가기를 바라. 그래서 지금 가려는 거야. 나도 그렇고 너도 그래. 사람은 때로 혼자 해야 할 일도 있는 법이야. 난 지금이 바로 그 시기라고 생각해."

"하지만 때로는 인간의 힘으로 안 되는 일도 있는 법이거든. 나는 지금이 그 시기라고 생각해. 형이 지금 간다면… 형은 아마 나중에 많이 후회할 거야."

실로 오랜만에 설의 음성에 감정이라는 것이 들어 있음을 느낀 소혼은 잠시 고민하다가 이내 천천히 고개를 가로저으며 입을 열었다.

"아니, 그런 일은 일어나지 않아. 그리고 난 사부님이 돌아가시기 전에 두 가지를 약속드렸었다. 하난 못 지켰지만 남은 한 가지는 꼭 지키고 싶다."

"알았어. 그럼 가. 그 대신 되도록 빨리 돌아와. 그렇지 않으면……."

"그래, 알았어. 일 년만 기다려."

"……."

"일 년 안에 꼭 돌아올게."

"……."

소혼은 다시 무심해진 설의 얼굴을 아쉬운 눈빛으로 바라보다가 천천히 자리에서 일어났다.

"기다리고 있어. 금방 돌아온다."

"잘 가."

그렇게 무겁게 걸음을 뗀 소혼은 설의 시야에서 사라지는 순간까지도 뒤돌아보지 않았다. 설을 보게 되면 도저히 발걸음이 떨어지지 않을 것 같았다.

하지만 자꾸 무심한 표정으로 잘 가라 인사하던 설의 마지막 얼굴이 여운으로 남아 마음이 불안해짐은 어쩔 수가 없었다.

"혀어어엉! 기다리이인다아!"

설은 점점 멀어져 가는 소혼의 뒷모습이 보이지 않을 때까지 그렇게 소리 질렀다.

그가 떠난 빈자리를 채우려는 듯 노을을 머리에 인 새들이 하나둘 천마폭으로 날아 내렸다.

획!

"할 말 없어."

설은 자꾸 달려드는 건을 두 손으로 밀치며 인상을 찌푸렸다.

[그러지 말고 얘기 좀 하자.]

"건아, 미안하지만 나 지금 그럴 기분이 아니야."

소혼이 떠난 후 지난 이틀 동안 멍하니 누워 있던 설은 천천히 돌아누웠다.

[나도 알아. 하지만 심각한 얘기다.]

"심각한 얘기?"

건의 음성이 이전과 다르다 느낀 설은 더는 누워 있을 수 없었다.

[아무래도 만상허무대진이 풀린 것 같아.]

"뭐?"

설은 자리에서 벌떡 일어나 침상에 걸터앉으며 건을 쳐다봤다.

[사실 소혼 그 녀석이 이곳을 나간다고 할 때 가만히 있었던 건 만상허무대진이 있기 때문이었어. 들어올 때는 어떻게 들어왔는지 몰라도 만상허무대진이 있는 한 그 녀석은 절대 이곳을 빠져나가지 못하거든. 그런데 소혼이 녀석은 아무 거리낌 없이 천마폭을 빠져나갔다. 들어오는 것도 쉽지 않지만 나가는 건 더 어려워. 그래서 진이 풀린 거 같다

는 거야. 또…….]

설은 좀처럼 믿기지 않았다.

만상허무대진이라면 아버지가 누구도 뚫을 수 없다고 장담했고, 제갈천우가 설치한 팔문금쇄진을 안방 드나들듯 했던 자신조차 하루 종일 헤매게 만들었던 천고의 절진이다.

하지만 건의 말은 충분히 근거가 있는 말이었다.

머리를 쓰면 쓸수록 고통이 밀려와 애써 외면했었지만 건의 말을 들으니 소혼이 빠져나간 것이 너무도 괴이했다.

건은 오랜만에 눈을 반짝이는 설을 힐끔거리며 더욱 심각한 표정으로 말을 이어갔다.

[철새들이 날아들고 있어. 천마폭도 점점 얼어가고…….]

건의 말을 들은 설은 창문 밖으로 고개를 돌렸다.

과연 백룡담 주위로 청둥오리 몇 마리가 노니는 모습이 눈에 들어왔다.

또한 그 뒤편의 천마폭에는 하얀 얼음이 다닥다닥 붙어 있었다. 아직 살얼음이긴 했지만 얼고 있는 것은 분명했다.

만상허무대진의 위력 중 하나가 바로 진 안에서는 기온이나 날씨에 영향을 받지 않는다는 데 있다.

이 때문에 천마폭은 지난 십 년간 단 한 번도 얼지 않았었고, 지금 백룡담 가에 보이는 기러기들도 설이 이곳에 들어온 뒤로는 한 번도 본 적이 없는 것들이었다.

"어떻게 된 거지?"

[그건 나도 잘 모르겠다.]

건의 말에 설은 눈을 깜빡이며 되물었다.

"근데 만상허무대진이 풀렸다고 그게 무슨 문제가 되는데?"

[휴우, 이 밥통아, 진이 깨졌다는 말은 이제 천마폭에 아무나 들어올 수 있다는 말이잖아!]

"침입자?"

건은 설이 모처럼 만에 예전의 총기를 되찾은 것 같아 안도의 한숨을 내쉬며 슬며시 고개를 끄덕였다.

"건아, 미안하지만 나는 지금 아버지처럼 만상허무대진을 펼치거나 다른 방도를 구할 여력이 없어."

[방법이 하나 있긴 한데······.]

"방법? 무슨 방법?"

[천마동.]

"천마동?"

[원래는 관문을 통과해야 하지만 지금은 만상허무대진의 결계가 풀린 상황이니 그냥 관문은 생략하고 곧바로 천마동으로 들어가자. 그리고 좀 전에 기분 나쁜 기운들을 감지했어. 아무래도 시간이 별로 없는 것 같다. 따라와라.]

설은 잠시 망설였다. 팔 단계를 넘어서며 구 단계의 현상이 동시에 나타난 상황에서 과연 천마의 무공을 배울 수 있을까 하는 걱정이 들었기 때문이다.

설이 슬며시 고개를 들며 입을 여는 순간 건은 어느새 초옥 밖으로 나갔는지 방 안 어디에도 보이지 않았다.

"어디 가?"

밖으로 나온 설이 백룡담으로 달리는 건에게 소리쳤다.

백룡담을 지나친 건은 그대로 폭포 위로 몸을 날렸고, 단번에 일 장씩 도약하며 천마폭 위로 순식간에 몸을 이동했다.

[뭐 하냐, 빨리 안 오고?]

어기적거리며 걸어오는 설을 보며 건이 눈을 흘겼다.

"얼음이 얼어서 좀 미끄럽네."

[그러니까 진즉에 익혔으면 좋았잖아. 쓸데없이 일월성신경에 시간만 뺏겨가지고. 쯧쯧.]

말은 그렇게 했지만 건은 설이 일월성신경을 시전할 때 눈에 이는 파란 광채를 보면서 그의 성취가 팔 단계에 가까워졌음을 짐작하고 있었다.

물론 건은 일월성신경의 칠 단계 성취에 이른 사람은 아무리 난해한 무공이라도 쉽게 이해할 수 있다는 사실도 잊지 않고 있었다.

설이의 일월성신경 수련을 굳이 말리지 않았던 이유도 처음부터 천마의 무공을 익히는 것보다 일월성신경을 익힌 상태에서 수련하면 오히려 훨씬 빠른 성취를 보일 수 있을 거라는 기대감 때문이었다.

[이제 천마의 무공을 익히게 하면 일월성신경이 얼마나 대단한지 알 수 있겠지. 후후후.]

설이 극성을 넘어 번데기(구 단계)의 경지에 들어섰다는 사실을 모르는 건은 한껏 들뜬 마음에 더욱 가벼이 발걸음을 놀렸다.

폭포 중턱에 멈춘 건이 밑에서 엉금엉금 기어오는 설을 향해 고개를 도리 젓자 조심조심 발을 내딛던 설은 건을 향해 혀를 쑥 내밀어 보였다.

[어휴, 느려 터져 가지고. 좀 서둘러라!]

일각이 지나서야 건의 곁에 이른 설은 소매로 얼굴을 문지르며 흐르는 땀을 닦아냈다.

이를 곁에서 지켜보던 건은 어이없다는 듯 고개를 쳐들고 한숨을 푹 내쉬었다.

[참, 너, 일월성신경은 어디까지 공부했냐?]

설이 머리를 긁적이며 대답을 못하자 건은 내심 불안한 마음이 들기 시작했다.

[호, 혹시 번데기?]

"그래, 구 단계야. 미안하다."

[뭐, 뭐, 뭐? 팔 단계가 아니고?]

건은 구 단계라는 말에 충격을 받아 벌어진 입을 다물지 못했다.

건의 반응에 더욱 미안한 마음이 든 설은 고개를 숙이며 나직이 입을 열었다.

"팔 단계에 들어서면서 구 단계까지 같이 들어섰어. 아무래도 내가 익힌 일월성신경에 오류가 있었나 봐."

[크르릉! 이런 일이! 구 단계면 지금 넌 무욕지경(無慾之境)!]

"무욕지경? 그랬었구나. 그래서 어떤 것에도 흥미를 느끼지 못했던 모양이야."

자신의 말에 눈을 빛내며 고개를 끄덕이는 설을 본 건은 고개를 세차게 흔들며 머리를 양 발 사이로 파묻었다.

[아뿔싸! 설이 건곤지체일지도 모른다는 것을 깜빡했구나. 벌써 구 단계라니! 이를 어쩌지?]

성문세가와 천마교의 피를 동시에 타고난 설을 일반적인 기준으로 판단한 것이 실수였다.

건은 일월성신경 팔 단계가 되면 능히 천하에 배우지 못할 무공이 없다는 것과 더불어 구 단계가 되면 천하에 배울 수 있는 무공이 드물 정도로 머리가 하얘진다는 사실도 익히 알고 있었다.

또한 설이가 구 단계 경지를 지나려면 십 년이 걸릴지 백 년이 걸릴지는 아무도 모르는 일이었다.

깨달음이라는 것은 아무나 얻을 수 있는 것도, 아무렇게나 얻어질 수 있는 것도 아니다. 더군다나 지혜의 가문이라는 성문세가의 일월성신경이라면 두말할 필요도 없었다.

가슴이 천근만근 무거워진 건은 다시 설을 쳐다봤다.

천하태평. 무심한 얼굴의 설을 보자 더욱 울화가 치밀었다.

[하늘도 무심하시군. 어찌 저런 별종과 인연을 맺게 해서…….]

건이 제 가슴을 치며 고개를 젓자 설은 미안한 생각에 조심스레 입을 열었다.

"너무 속상해하지 마. 내가 열심히 노력할게."

[흥! 노력으로 되는 일이 있고 그렇지 않은 일이 있는 거야. 어떻게 나한테 한마디 상의도 없이……. 에휴, 이제 나도 모르겠다.]

건은 자리에서 벌떡 일어나 폭포 쪽으로 몸을 날렸다.

"어?"

폭포로 몸을 날린 건이 자신의 시야에서 순식간에 사라지자 설은 짧은 탄성을 지르며 사방을 두리번거렸다.

[멍청한 녀석!]

설은 다시 나타나 으르렁대는 건을 보자 그제야 건이 사라진 것이 아니라 폭포 속으로 들어갔다가 나온 것임을 알아챘다.

이윽고 건은 다시 폭포 속으로 들어갔고, 설은 그 폭포를 유심히 살피다가 폭포 안에 숨어 있는 너른 평지를 발견했다.

"저 안이 천마동이었구나!"

불과 반 장 정도의 거리였으나 설은 부담이 되는지 심호흡을 하며 힘차게 폭포 속으로 뛰어들었다.

"앗!"

쿵!

설은 폭포 안으로 무사히 들어왔다는 안도감을 느끼기도 전에 얼어버린 땅에 발을 내딛다 미끄러지고 말았다.

엉덩방아를 찧으며 쭉 미끄러진 설은 동굴 벽에 머리를 부딪치고 나서야 자리에 멈출 수 있었다.

옆에서 이를 지켜보던 건은 혀를 차며 한숨을 내쉬었다.

[재수가 좋은 놈은 자빠져도 침상이라더니. 쯧쯧.]

"그게 무슨 말이야?"

설은 손으로 머리를 문지르며 눈살을 찌푸렸다.

[천마동을 그런 식으로 찾은 놈은 네가 처음이란 말이다.]

건은 자리에 엎드리며 다시 입을 열었다.

[천마동 입구까지 데려왔으니 이젠 네가 알아서 해라.]

"뭘 알아서 해?"

설은 두 사람이 누우면 꽉 찰 만큼 작은 동부를 빙 둘러보며 손을 휘익 저었다.

건은 설의 행동에 신경 쓰지 않고 제 앞발만 핥아댔고, 이를 바라보던 설은 이내 고개를 저으며 다시 한 번 동부를 둘러보았다.

얼마나 오랫동안 사람의 손길이 닿지 않았는지 동굴 내부는 온통 이끼 천지였다.

설이 입구를 찾으려면 시간이 꽤 걸릴 거라 생각한 건은 바닥에 턱을 괸 채 눈을 감았다.

쿵!

동굴을 살피려 걸음을 옮기던 설이 또다시 동굴 벽에 이마를 찧었다.

"아얏! 도대체 여기서 뭘 하라는 거야!"

이마를 문지르던 설이 짜증 섞인 목소리로 투덜대며 밖으로 나가려 하자 건이 자리에서 벌떡 일어나 소리쳤다.

[안 돼! 들어온 이상 입구를 찾아야 돼! 그리고 넌 벌써 입구를 찾았잖아, 이 한심한 녀석아!]

"내가 언제 찾아?"

설이 되묻자 건은 어쩔 수 없다는 듯 머리를 도리질 치며 그의 오른쪽 뒤편을 향해 턱짓했다.

"어? 이게 뭐지?"

건이 가리키는 방향으로 고개를 돌린 설은 그곳에 쓰인 글자를 발견하곤 한 자 한 자 손으로 짚으며 읽어보았다.

"천. 마. 동. 천마동? 입구가 여기니?"

[그래, 이 밥통아!]

천마동이라 쓰인 핏빛 글자는 방금 전 설이 이곳으로 들어올 때 이마를 찧었던 곳에 위치해 있었다. 하지만 설은 그것까지는 미처 깨닫지 못한 듯 천마동이라는 글자를 손가락으로 하나하나 짚어보며 중얼거렸다.

[저 녀석, 저러고 있으니까 정말 한심해 보이는군.]

건이 답답한 마음에 버럭 소리를 지르려 할 때였다.

“아무도 없습니다.”

밖에서 들리는 음성에 설이 입을 열려는 순간 건이 앞발로 설의 입을 막으며 눈을 빛냈다.

[쉿! 조용히 해봐!]

설은 소혼이 다시 돌아왔나 하는 생각에 밖으로 고개를 내밀려 했지만 건의 발이 자신의 목을 감고 있어 전혀 움직일 수 없었다.

“그럴 리가? 이곳은 그들이 사라진 직후부터 무려 십 년간 결계가 쳐져 있던 곳이다. 분명 뭔가 있다. 다시 찾아보거라.”

또 다른 사람의 말소리가 들렸다.

“역시 만상허무대진은 대단하군. 진을 파훼하는 데 십 년씩이나 걸리다니. 천사영(天四影)!”

“예, 천주!”

설은 폭포수 사이로 밖을 내다보다가 초옥 앞에 서 있는 중년 서생과 그의 앞에 부복해 있는 사 인의 회색복면인을 발견했다.

“주변을 샅샅이 뒤져라. 개미새끼 한 마리도 놓치지 말고.”

“존명!”

회색복면인들은 마치 한 사람이 말하듯 동시에 답한 후 쾌속히 신형을 날려 사방으로 흩어졌다.

“분명 뭔가 있어. 감춰야 할 그 뭔가가……. 반드시 찾아야 해.”

중년 서생의 말소리가 숨어 있는 누군가에게 들으라는 듯 천마폭 주변에 메아리쳤다.

그는 자신과 천사영의 이목을 속일 수 있는 인물은 세상에 존재하지 않는다고 확신했다.

초옥 앞에 서 있는 사내를 바라보던 설은 인상을 찌푸렸다. 그 사내를 바라보자 아무 이유 없이 두려움과 불쾌한 감정이 일었기 때문이다.

아무 특징이 느껴지지 않는 사내. 사내를 바라보는 설의 머리에 무색무취라는 단어가 떠올랐다.

설은 알지 못했지만 이 서생은 설이 유림으로 떠나던 날 그의 아버지와 현기(賢氣)를 겨루던 바로 그 서생이었다.

설과 건은 천마동 입구에 앉아 그들이 떠나기만을 숨죽여 기다렸지만 반나절이 지나도록 중년 서생과 천사영은 사방을 뒤지고 다녔다.

'저 사람들, 바보 아냐? 왜 초옥은 안 뒤지고. 크크크.'

설은 뒤편에 있는 초옥은 뒤지지 않고 사방만 헤매고 다니는 그들에게 내심 우스운 생각이 들었다.

그들의 어이없는 수색은 해가 뉘엿뉘엿 저물어갈 때까지 계속되었다. 해가 지고 사위에 어둠이 드리우자 그제야 천사영이 속속 모습을 드러내며 중년 서생의 발 앞에 부복했다.

"흠, 분명 일월성신경과 관련된 뭔가가 있을 것이라 생각했는데. 그들에게 또 속은 것인가? 가만, 이 기운은?"

서생은 초옥 쪽으로 고개를 돌린 채 뚫어져라 정면을 응시했다.

이전까지 느껴지지 않은 기운이 뒤늦게 감지된 까닭이었다.

"조화안(造化眼)!"

서생이 양 손바닥으로 자신의 눈을 가렸다가 펼치자 그의 눈에서 잿빛 기운이 뻗어나갔다.

"역시! 만상허무대진 속에 또 진을 펼쳤었군."

초옥을 향해 다가간 서생은 몸을 돌려 땅을 유심히 살폈다. 그는 뭔가를 찾는 듯 땅에 시선을 고정한 채 한 발 한 발 걸음을 옮겼다.

그렇게 십여 장을 걷던 서생은 다시 고개를 들고 정면을 뚫어져라 응시했다. 그의 시선이 향한 곳은 며칠 전 소혼이 떠난 방향이었다.

"흠, 벌써 떠났단 말인가? 흠, 너희들은 별다른 명이 있기 전까지 이곳에 잠복해 있도록 해라. 반 시진이 지나면 저쪽에 가옥이 한 채 나타날 것이다. 그럼 바로 수색하고 수상한 자나 수상한 물건이 발견되면 즉시 보고하도록."

"존명!"

말을 마친 중년 서생은 소혼이 떠난 방향으로 걸음을 옮겼다. 천천히 걷는 듯 보였지만 순식간에 그의 모습은 시야에서 멀어져 갔다.

천사영은 서생이 사라졌는데도 여전히 부복한 자세로 있으면서 일어날 생각을 하지 않았다. 그렇게 일각이 흐르자 사 인은 누가 먼저랄 것도 없이 동시에 자리에서 일어났다.

"제기랄! 또 잠복이라니!"

"셋째야, 말조심해라. 천주(天主)께서 들으시면 어쩌려고……."

"죄송합니다. 너무 화가 나서 저도 모르게 그만."

셋째라 불린 자가 공손히 머리를 숙이자 주의를 준 사내가 고개를 끄덕였다.

"대형, 셋째만 탓할 수도 없습니다. 지난 십 년간 이곳에서 썩은 걸 생각하면 저도 울화가 치미는걸요."

"둘째까지 왜 그러나?"

"대형은 참 속도 좋으십니다. 이건 말이 임무지 유배나 다름없는 거 아닙니까?"

일영은 이영의 말에 뭐라 반박하고 싶었지만 딱히 할 말이 없었다.

자신의 심정도 이영이나 삼영과 별반 다를 바 없었기 때문이다.

천주의 명이라면 죽음이라도 불사하는 천사영이었지만 지난 십 년 동안 천마산에서 보낸 걸 생각하면 일영 역시 이가 갈렸다.

한 달도 일 년도 아닌 자그마치 십 년의 세월이다.

더욱이 그 기간 동안 어떤 소득도 없었다. 아니, 소득은커녕 자신들이 왜 이곳에 있어야 하는지 그 이유조차 모르고 있었다.

천주의 명을 절대 복종해야 하는 것을 모르는 바 아니었지만 그들은 자신들이 속한 세력에서도 꽤 높은 신분을 지니고 있었다.

"이제 천주께서 말한 시간이 얼마 남지 않았으니 조금만 더 참자. 모두 흩어져 혹시 있을지 모를 만일의 사태에 대비하도록."

일영의 말이 끝나자 나머지 삼영은 즉각 삼방으로 산재했다.

'쌍! 아무나 걸리기만 해봐라! 내 십 년 동안 여기서 썩은 값을 톡톡히 치러주지!'

백룡담 나무 뒤로 은신하는 사영의 내심이었으나 일영, 이영, 삼영의 마음도 별반 다를 바 없었다.

소혼의 이동로를 따라 빠른 속도로 움직이던 중년 서생이 걸음을 멈추고 힐끗 고개를 돌렸다.

그의 시선 끝으로 울창한 수림이 자리하고 있었다.

"나오시게."

"하하하, 대단한 실력이군. 단번에 나를 찾아내다니."

서생의 부름에 모습을 드러낸 사내가 천천히 앞으로 걸어나왔다.

한 줌 인간의 감정도 느껴지지 않는 음습하고 차가운 인상의 사내는 좌마사였다.

무려 십 년 동안 모습을 감추고 천마폭 주변을 맴돌았던 그가 드디어 모습을 보인 것이다.

"후후후, 그동안 만상허무대진을 파훼하지 못하도록 방해했던 인간이 자네였군."

"자네?"

좌마사의 눈썹이 꿈틀했다.

초절한 내공으로 인해 기껏해야 오십대 정도로밖에 안 보였지만 세수 백을 넘긴 지 이미 오래인 그로서는 무척 자존심이 상하는 말이었다.

"미친 녀석. 아이야, 노부가 누군지 알고 그따위 망발을 지껄이는 것이냐?"

"후후후, 노부라……. 글쎄, 본좌는 자네가 몇십 년 전에 하늘 높은 줄 모르고 설쳐 대던 천마교의 무정마혈이라는 아이라고 생각했는데……. 내가 잘못 본 건가?"

"아이라?"

좌마사는 하도 어이가 없어 피식 웃음이 새어 나왔다.

하지만 그렇다고 노기로 이성을 잃거나 하는 어리석은 우를 범하지는 않았다.

자신이 누구라는 것을 알면서도 그런 식으로 말할 수 있는 중년 서생이 천하에 다시없을 대적임을 직감했기 때문이다.

더욱이 그에게는 자신이 이제껏 상대했던 절정고수들에게서 공통적으로 느껴지던 특유의 기운조차 느껴지지 않았다.

"자네 같은 사람이 주변을 지키고 있고 천고의 절진이라는 만상허무대진으로 결계를 쳐놓았다면 필시 천마폭에는 천마교의 엄청난 비밀이 감춰져 있을 테지. 그게 뭔지 말해 줄 수 있겠나?"

"닥쳐라! 그 대답은 네 무덤 앞에서 해주지!"

피융!

좌마사가 어깨를 들썩이자 그의 우수에서 청색 장력이 뻗어 나와 중년 서생을 향해 날아갔다.

"호오, 천마심공까지 전수해 준 걸 보니 천마대제가 자네를 꽤 아꼈던 모양이군."

"……"

가볍게 소매를 터는 동작으로 좌마사의 공세를 무위로 돌린 중년 서생의 눈에 이채가 서렸다.

하지만 좌마사는 입을 열지 않았다.

그는 긴장하고 있었다.

앞에 선 서생이 단 일 수로 자신의 예상을 훨씬 뛰어넘는 실력임을 입증했기 때문이다.

'이자, 아직 소주를 발견하지는 못한 모양이군. 그렇다면……'

슈아악!

좌마사는 생각과 동시에 빠르게 몸을 날렸다.

쉴 새 없이 쏟아지는 그의 공세에 중년 서생 역시 더 이상은 방심하지 않고 정식으로 싸움에 임했다.

"대천마장(大天魔掌)!"

현란한 몸놀림으로 사정없이 몰아치던 좌마사가 버럭 기합성을 내지르며 양장을 쭉 내뻗었다.

콰콰쾅!

폭약 터지는 소리와 함께 주변에 있던 나무 파편과 풀들이 뒤엉켜 사방으로 날아갔고, 중년 서생에게 짓쳐들던 좌마사 역시 날아올 때보다 배는 빠른 속도로 뒤로 곤두박질쳤다.

"푸악!"

피를 토하는 좌마사의 눈이 경악으로 일그러졌다.

"어찌… 당신이… 천룡……."

좌마사는 말을 맺지 못하고 고개를 푹 숙였다.

이미 숨을 거둔 것이다.

"후후후, 대단하군. 역시 마교의 전설이라는 천마쌍사다워. 나를 죽이기 위해 동귀어진의 수까지 두다니. 우마사가 있었다면 훌륭한 한 수로 인정해 줬겠지만 지금 상황에서는 패착이었다네."

중년 서생은 말없이 좌마사의 시신을 바라보다가 천천히 몸을 돌리며 중얼거렸다.

"도대체 천마폭에 뭐가 있기에……."

중년 서생의 다음 말은 들려오지 않았다. 그가 이미 자리를 뜨고 없었기 때문이다.

반 시진이 흐르자 천사영은 속속들이 초옥 앞으로 모습을 드러냈다.

"역시 천주님의 말씀은 한 치의 오차도 없군."

일영의 말에 삼 인이 고개를 끄덕였다.

"둘째와 넷째는 들어가서 안을 살피고 셋째는 초옥 주변을 경계해라."

스르륵!

일영이 말을 마치자 삼 인은 이형환위의 신법을 펼쳐 순간적으로 오 장가량을 이동했다.

폭포 뒤에 숨어 숨을 죽이고 그들을 바라보던 설이 인상을 찌푸렸다.

"어라? 저 녀석들, 남의 집에 허락도 없이 막 들어가네?"

[일단 좀 더 두고 보자. 보통내기들이 아닌 것 같아.]

천사영의 기도가 범상치 않다 여긴 건이 설을 다독였다.

[저놈들은 혹시⋯⋯.]

천사영을 바라보던 건이 갑자기 눈을 휘둥그렇게 뜨고 설에게 고개를 돌렸다. 그들의 움직임에서 뭔가를 깨달은 것이다.

[설아, 큰일이다. 지금부터 내 말 잘 들어.]

“응?”

[만약 저들이 그들이라면 우려했던 것보다 훨씬 심각한 상황이야.]

“⋯⋯.”

동그랗게 눈을 뜬 설이 건을 물끄러미 쳐다보다가 다시 불안한 표정으로 밖을 살피자 건이 그의 어깨를 툭 치며 말했다.

[믿기 힘들겠지만 이젠 얘기해 줘야 할 때가 된 것 같다.]

천사영 쪽을 힐끔 쳐다본 건은 이내 눈을 슬그머니 감으며 옛일을 떠올리기 시작했다.

[아마 천 년 전쯤일 거야. 그때는 정말 엄청난 사람들이 많았지. 소림의 달마도 있었고, 천마교를 개파한 기무천도 살았고, 성문세가의 시조인 성문자도 그 시대 사람이지.]

“천마교와 성문세가라면 두 군데 모두 나와 관련이 있는 곳이잖아.”

[그래, 그리고 세간에는 알려져 있지 않지만 그때만 해도 그들에 버금가는 인물이 한 명 더 있었어. 지다성(智多成)이라는 사람이었는데 그는 기무천과 대등한 무공에 성문자에 필적하는 지혜를 지닌 정말 뛰어난 사람이었지.]

잠자코 건의 말을 듣던 설은 문득 의문이 생겼다.

‘하여간 허풍은⋯⋯. 그런 사람이 기무천 조사나 성문자 할아버지

처럼 알려지지 않았다는 게 말이 돼?'

하지만 그런 내심과는 달리 건의 진지한 표정에 설은 차마 그 말을 입 밖으로 꺼내지는 못했다.

[기무천, 성문자, 지다성. 그들은 최고라는 자부심 때문에 누가 더 뛰어난지를 가리고 싶어했지. 달마는 불심이 깊어 그런 명리에 초월했었고, 또 기무천이 출두하기 전에 이미 중원을 떠나 버렸기 때문에 자웅을 겨룰 기회는 없었지. 결국 가장 승부욕이 강했던 지다성이 먼저 성문자를 찾아갔어. 지다성이 자신을 찾아오자 성문자는 처음에는 당황하는 눈치였는데 결국 지다성의 고집 때문에 승부를 수락했지. 우열을 가리는 방식은 의외로 간단했어. 서로 번갈아가며 문제를 내면 상대방이 맞히는 거였거든. 맞히면 계속 문제를 내는 거고 못 맞히면 지는 거야. 하지만 그 간단한 방식은 어떤 무공 대결보다도 치열했어. 무려 칠 주야 동안 이어졌으니까 말이야. 아무리 해도 승부가 나지 않자 결국 성문자가 마지막으로 한 가지를 제안했어.]

"어떤 제안?"

설이 점점 관심을 보이자 건은 흐뭇한 눈빛으로 다시 말을 이어갔다.

[자신이 문제를 하나 낼 테니까 맞혀보라고. 기회는 단 한 번. 만약 맞히면 지다성이 이긴 걸로 하고 못 맞히면 자신이 이긴 걸로 하자는 제안이었어. 지다성은 잠시 망설였지만 어차피 승부를 가려야 한다는 생각에 곧 승낙했어. 그런데 문제를 내기 전에 성문자는 한 가지를 더 제안한 거야. 지는 사람이 이기는 사람의 부탁 하나를 들어주자고. 물론 자존심 강한 지다성이 그런 제안을 마다할 리 없었지.]

"그래서, 그래서 누가 이겼는데?"

[음, 안타깝게도 지다성이 졌어. 성문자가 낸 문제는 인간이 맞힐 수 있는 문제가 아니었거든. 쩝.]

설은 건의 얘기에 푹 빠져들어 아예 자리를 잡고 앉으며 그의 말에 귀를 기울였다.

"그 다음에는 어떻게 됐어?"

[성문자는 패배의 충격에서 벗어나지 못한 지다성에게 넌지시 말했어 '내키지 않으면 약속은 지키지 않아도 좋네'. 그 말에 지다성이 버럭 소리를 질렀지. '자네는 내가 약속 하나 지키지 않을 몰염치한 인간으로 보이나?'라고 말이야. 그 말에 성문자는 그저 씩 웃기만 했지.]

"자네? 둘이 친구였어?"

[응. 지다성, 성문자, 기무천 모두 꽤 친분이 있었어.]

건은 입이 마르는지 혀를 날름거리며 다시 입을 열었다.

[지다성은 성문자의 부탁이 조금 의외였지만 일단은 알았다고 했지.]

"부탁이 뭐였는데?"

[내가 말 안 했나?]

건이 고개를 갸우뚱하며 물었다.

"응."

[그 부탁은 말이야, 몇 년 있으면 기무천이 문파를 하나 세울 텐데 그걸 도와주라는 거였어. 기무천과도 원래 안면이 있던 터라 그런 일이라면 굳이 부탁을 하지 않아도 당연히 도울 거라는 걸 모를 리가 없는데도 말이야. 지다성은 그게 조금 걸리긴 했지만 결국 승낙하고 말았지.]

말을 마친 건이 한숨을 푹 내쉬었다.

"그래서 뭘 도와줬는데?"

[성문자는 지다성에게 기무천의 후예들을 보살펴 달라고 했어. 그것도 딱 세 명만. 너무 쉬운 부탁이라 생각한 지다성이 세 명이면 되냐고 되물었더니 성문자는 충분하다고 말했지. 그리고는 곧장 지다성을 데리고 기무천의 후예들을 키울 장소를 물색했어. 성문자와 지다성이 힘을 합쳐 기무천의 무공을 익힐 후학 양성소를 만들기로 한 거야. 정말 엄청나지 않냐?]

건은 몸을 부르르 떨며 설의 눈을 바라봤다.

"엄청나긴 한데……."

[근데?]

"그 얘기를 왜 나한테 해주는 건데?"

설의 말에 일순 건의 안색이 굳어졌다.

[그래, 이제는 본론을 얘기해 줘야겠지.]

살며시 고개를 숙인 건은 잠시 고민하더니 이내 마음의 결정을 내린 듯 고개를 번쩍 치켜들었다.

[설아!]

"응?"

[너는 내가 누구라고 생각하니?]

"그야 건이지."

[아니, 그거 말고.]

설이 당연하다는 듯 말하자 건이 고개를 좌우로 저었다.

"천마호?"

[천마호라……. 그래, 너를 처음 봤을 때 그렇게 말했었지.]

고개를 끄덕인 건이 자리에서 일어나 앞발을 펼쳐 보였다.

[그런데 아무리 영물이라도 내가 사람처럼 말을 하는 게 좀 이상하

지 않니? 이렇게 두 발로 걸어다닐 수 있는 것도 그렇고.]

"글쎄, 나도 처음에는 좀 이상하다고 생각했는데. 천마의 후예하고는 영성이 통해서 말할 수 있는 거라며?"

설이 어깨를 한 번 으쓱하며 되묻자 건은 살며시 고개를 저었다.

[그래도 그건 좀 황당하지. 어쩌면 지금 내가 하는 말이 더 터무니없게 들릴지도 모르지만…….]

"무슨 말인데 그렇게 뜸을 들여?"

[흠, 그게 말이다. 나는 지금 내가 천마호가 아니라는 말을 하고 있는 거야.]

"뭐라고?"

설은 건의 말을 도무지 이해할 수가 없었다. 하지만 곧 이어진 녀석의 말에 더욱 충격을 받은 설은 심장이 튀어나올 정도로 놀라고 말았다.

『건곤지인』 2권으로 이어집니다

청 어 람 신 무 협 판 타 지 소 설

2005년 고무판(WWW.GOMUFAN.COM)
「장르문학 대상」최고의 영예, 대상(大賞) 수상작!

좌검우도전(左劍右刀傳) / 이령 지음

한칼에 세상이 갈라지고,
한걸음에 무림이 격동친다!

『좌검우도전』
(左劍右刀傳)

**강한 자(强漢者)가 뿜어내는 거대한 힘과
강인한 매력에 빠져든다!**

"너는 반드시 힘을 가져야 한다. 네 의지로… 세상을 뒤엎어 버려라."

"강자를 약자로 만들고, 명예를 뭉칠하고, 돈을 빼앗아라.
협의도(俠義道)가, 마도(魔道)가 얼마나 더러운 것인지 알려주어라."

"오냐, 아무것에도 얽매이지 말고 네 마음대로 세상을 휘저어라.
너의 이름은 수강호(讐江湖)가 아니더냐? 강호를 향해 마음껏 복수하거라!
유오독존(唯吾獨尊)! 그것이 나의 소원이다."

청어람 신무협 판타지소설

제1회 신춘무협 공모전에 『보표무적』으로 금상을 수상한 작가 장영훈의 신작!!

한 겹 한 겹 파헤쳐지는
음모의 속살을 엿본다!

『일도양단』
(一刀兩斷)

일도양단(一刀兩斷) / 장영훈 지음

그의 이름은 기풍한.

**천룡맹(天龍盟) 강호 일급 음모(一級陰謀) 진압조(鎭壓組)
질풍육조(疾風六組)의 조장이다.**

임무를 위해 출맹한 지 사 년이 지난 어느 겨울날 새벽,
돌아온 그에게 천룡맹 섬서 지단 부단주가 말했다.

"질풍조는 이미 해체되었네."

그리고…
그의 존재를 알던 모든 이들이 죽었다.

청 어 람 신 무 협 판 타 지 소 설

토탈 조회수 200만의 새로운 신화 창조!
최고의 신무협 작가 『한성수』의 최신작!

태극검해(太極劍解) / 한성수 지음

"반보붕권이 천하를 위진하리라!"

『태극검해』
(太極劍解)

장르 사이트 전체 조회수 1위! 토탈 조회수 200만! 편당 조회수 2만!

진자운!
누가 그를 무당의 제자라 할 것인가?
누가 그를 무당의 제자가 아니라 할 것인가?

반보무적(半步無敵) 일보단천(一步斷天)!
정마(正魔)의 경계를 뛰어넘은
진자운의 무림을 향한 일보가 시작되었다!

반보에 천하가 떨고 일보에 천하가 무릎 꿇는다!

괄시받던 무당파 속가제자 진가운의 신화 창조의 비밀을 파헤쳐라!